U0449958

当代现实题材长篇小说乡村空间书写流变论

张 欢 ◎著

中国社会科学出版社

图书在版编目（CIP）数据

当代现实题材长篇小说乡村空间书写流变论／张欢著. -- 北京：中国社会科学出版社，2024.4. -- ISBN 978-7-5227-3921-2

Ⅰ.I207.425-53

中国国家版本馆CIP数据核字第20245NM650号

出 版 人	赵剑英
责任编辑	张　玥
责任校对	周　昊
责任印制	戴　宽

出　　版	中国社会科学出版社
社　　址	北京鼓楼西大街甲158号
邮　　编	100720
网　　址	http://www.csspw.cn
发 行 部	010-84083685
门 市 部	010-84029450
经　　销	新华书店及其他书店
印　　刷	北京明恒达印务有限公司
装　　订	廊坊市广阳区广增装订厂
版　　次	2024年4月第1版
印　　次	2024年4月第1次印刷
开　　本	710×1000　1/16
印　　张	15.25
插　　页	2
字　　数	200千字
定　　价	89.00元

凡购买中国社会科学出版社图书，如有质量问题请与本社营销中心联系调换
电话：010-84083683
版权所有　侵权必究

前　言

自中华人民共和国成立以来,"乡村空间"成为当代现实题材长篇小说中重要的书写对象,随着中国社会的发展,当代现实题材长篇小说中的"乡村空间"书写呈现出鲜明的阶段性演变,映射了不同历史时期乡村社会与文化的变迁。根据乡村空间书写所体现出来的文化征候的差异性,当代现实题材长篇小说的乡村空间书写大概可以划分为"十七年"时期与"文化大革命"时期（1949—1976年）、新时期（1977—1999年）、新世纪（2000至今）三个历史阶段。

本书以"十七年"时期与"文化大革命"时期、新时期、新世纪三个重要历史阶段的典型现实题材长篇小说的乡村空间书写为研究对象,探讨小说乡村空间书写的对象、空间书写的特点,以及空间书写的演变所映射的乡村社会与文化的变迁。

第一章,绪论。本章论述了研究的起源与背景、相关研究的历史和现状、阐释研究涉及的核心概念、厘定研究对象和研究范围、廓清乡村空间书写流变的历时轮廓等。

本章共分五节。第一节论述了本书选题的起源,小说中诸如地域地貌、各类场景、物象景观等乡村空间的书写,都在一定程度上反映了乡村社会与文化的变迁。因此,本书尝试从空间书写视角来研究当代现实题材长篇小说中乡村的发展与变化，具有合理性。第二节分析了国内外关于乡村小说空间书写研究的现状。目前针对乡村小说的文学史研究，乡村小说的文化表征研究，以及乡村小说的艺术形式研究较多，而针对乡村小说的空间书写研究较少。因此，现有研究在一定程度上忽视了乡村作为空间中的"物"而存在。第三节介绍了本书采取的研究方法。本书除采用文本分析法、文献整理法、比较分析法、社会历史研究法等传统研究方法外，还采用了文学地理学与文化社会学等跨学科的研究方法。第四节对相关概念进行界定。阐释"乡村小说""乡村""乡村空间"的概念，表明"乡村空间"是与"城市空间"相对应的空间。厘定了本书研究的对象与研究范围。阐明研究对象主要包括小说中实有可见的"具象空间"，以及由民俗事象形成的"非具象空间"。第五节阐述了当代现实题材长篇小说的乡村空间书写的阶段性演变过程，揭示了乡村空间书写呈现的社会与文化变迁。

第二章，传统文化的消逝与革命政治文化的兴起（1949—1976年）。中华人民共和国成立初期，传统文化仍影响乡村，乡村聚落空间书写的特点是"依山傍水""自然生态"。同时，由于革命政治生活逐渐成为乡村的主要生活形态，乡村的民居文化、民俗与民间信仰、生产劳动等都受到影响，空间书写出现了政治化转向。

本章主要以周立波、浩然、柳青、丁玲、赵树理等当代作家的典型现实题材长篇小说为研究对象。本章共分六节。第一节主要分析了"十七年"时期与"文化大革命"时期长篇小说乡村聚落空间书写呈现的特点，表明传统文化影响了乡村聚落空间的形成。同时，在革命政治文化影响下，聚落空间书写中出现了"合作社""供销社""水渠"等新质元素。第二节主要分析了民居空间书写呈现的特点，剖析空间书写背后的社会与文化变化。政治文化影响了民居空间的呈现，民居空间书写映射了乡村各阶级之间的斗争与对立。第三节分析了在政治文化影响下，乡村的民俗装饰、婚丧嫁娶仪式、民间节庆等空间的书写具有政治化特征。以"龙王庙""土神庙""堂屋神龛""墓地"等为代表的民间信仰空间，被具有政治意味的符号所置换，映射了乡村社会精神文化的变迁。第四节分析了会议室空间、集会空间的书写。会议空间书写成为"十七年"文学的鲜明特征，具有某种精神权力控制的实际意义，代表着乡村宗族文化让位于革命政治文化。第五节分析了农田、水渠与合作社的书写特点，表明土地改革和合作化运动对中国乡村生产模式产生了巨大影响，家庭生产向集体生产转变，传统农业生产向现代生产过渡。第六节分析了在时代变迁下，20世纪五六十年代的长篇小说中集镇空间与商业空间的书写，表明传统乡村并非完全封闭，乡村逐步向现代化过渡。

第三章，新时期长篇小说乡村空间的书写（1977—1999年）。"文化大革命"结束后，传统文化逐渐在乡村复苏，乡村逐渐从封闭型半封闭型走向开放，与外界交流增多。各类型商业经济蓬勃发展，乡村出现许多商业空间。本章主要以周克芹、路遥、贾平凹、何申、浩然、张炜、贺享雍等当代作家的典型当代现实题材长篇小说为研究对象。

本章分为四节。第一节分析了20世纪80年代的乡村聚落空间呈现的特点。聚落空间体现了传统与现代的结合，空间书写中出现了新质元素，如"城""镇""新房""新路"等。这些新质空间书写的出现，表明20世纪80年代以后，传统乡村聚落空间结构开始改变，中国乡村文化兼具传统与现代特征。第二节分析了民居空间书写的特征。与"十七年"时期和"文化大革命"时期不同，因受到商业文化的影响，民居空间书写体现了农民贫富的差距、乡村权力结构的变化，以及农民价值观的蜕变；而民居内部装饰空间的书写，体现了乡村文化的多样性。第三节分析了民俗与民间信仰空间书写的变化。随着传统文化逐渐恢复，婚庆民俗、丧葬习俗等民俗开始复苏。庙宇空间与祭祀空间等信仰空间的政治特征弱化，它们开始与当地旅游结合，推动了地方经济的发展。第四节主要分析了公共商业空间（街道、集市），私人商业空间（私人商店、个体户的各种摊点）的书写特点，以及责任田、工厂与农业园等生产与工作空间的书写。乡村商品经济的发展，改变了传统的生产与劳作模式，大集体生产让位于家庭生产，生产空间变得多元化，商业文化逐渐影响乡村。

第四章，城市文化的渗透、融合与新变（2000年至今）。进入21世纪，在乡村城镇化建设、新农村建设的背景下，乡村在传统文化与现代文化，本土文化与城市文化的不断碰撞与融合中产生新变，不断呈现出新的空间形态。小说中出现了新的工作空间、休闲与娱乐空间的书写，新世纪现实题材长篇小说的空间书写呈现多元化特征。本章主要以贾平凹、周大新、孙惠芬、贺享雍、关仁山等作家的典型当代现实题材长篇小说为研究对象。

本章共分五节。第一节主要分析了乡村聚落空间的书写。受到新农村建设等政策的影响，乡村聚落空间发生了质的改变，虽然文化的继承性仍然存在，但新质空间大量呈现，甚至完全改变了传统聚落的空间结构和文化内涵，如整齐划一的村庄、荒芜空旷的土地、商业氛围浓厚的乡村街道、休闲娱乐的文化广场等。聚落空间的新变，意味着乡村在现代化建设过程中传统特色正逐渐消失。第二节分析了乡村民居空间的书写。表明21世纪传统文化在乡村得到延续，但城市文化进一步影响乡村，农民价值观也随着改变，城市建造观念影响了传统民居的建造，年轻一代与父母的居住观念不同，传统的家庭文化受到了冲击。第三节分析了乡村工作空间的书写，与"十七年"时期和"文化大革命"时期的工作空间不同，新世纪乡村的工作空间是工厂、乡镇企业、矿区等。传统的工作空间——土地变得空旷，有的被转卖成为工厂或商铺，土地价值发生变化。第四节分析了民俗与民间信仰空间的书写，表明传统民俗依然在乡村得到延续，但有新变特征。民俗与商业结合，推动经济发展，有的民俗的内容与形式都发生了改变。信仰观念的虔诚度降低，信仰文化多元化。第五节分析了公园、广场、影院、舞厅等乡村休闲娱乐空间的书写，表明农村城镇化建设与新农村建设，让农民的物质生活与精神生活都得到提高，乡村休闲娱乐设施越来越多。同时，大量返乡农民创业，带来了城市文化，影响了乡村传统的休闲娱乐活动，丰富了乡村精神文化生活。

  总体来看，中国当代现实题材长篇小说的乡村空间书写反映了当代乡村社会与文化的变迁。

目 录

第一章 绪论 …………………………………………（1）
　第一节　选题的缘起 ………………………………（1）
　第二节　研究现状 …………………………………（6）
　第三节　研究方法 …………………………………（12）
　第四节　相关概念的阐释与研究对象的界定 ……（14）
　第五节　当代现实题材长篇小说乡村空间书写的
　　　　　历史嬗变 …………………………………（19）

**第二章 传统文化的消逝与革命政治文化的兴起
　　　　（1949—1976 年）** ………………………（27）
　第一节　乡村聚落空间的继承 ……………………（28）
　第二节　民居空间书写的政治寓意 ………………（35）
　第三节　民俗与民间信仰空间书写的新变 ………（43）
　第四节　政治生活空间书写的嬗变 ………………（58）
　第五节　乡村生产空间的现代化过渡 ……………（64）
　第六节　时代变迁下的异质空间书写 ……………（76）

· 1 ·

第三章 新时期长篇小说乡村空间的书写
（1977—1999年） …………………………………（79）
第一节 乡村聚落空间书写的特征 ………………………（80）
第二节 文化变革中民居空间书写的变异 ………………（96）
第三节 民俗与民间信仰空间书写的复苏与变更 ………（119）
第四节 乡村商业空间书写的多元化 ……………………（135）

第四章 城市文化的渗透、融合与新变（2000年至今） ……（155）
第一节 乡村聚落空间书写的继承与新变 ………………（157）
第二节 乡村民居空间书写的多元化 ……………………（171）
第三节 乡村工作空间书写的流变 ………………………（179）
第四节 民俗与民间信仰空间书写的多元化 ……………（200）
第五节 乡村休闲娱乐空间的书写 ………………………（211）

结语 …………………………………………………………（219）

参考文献 ……………………………………………………（221）

第一章 绪论

第一节 选题的缘起

从传统意义上讲，小说的研究是从时间序列上展开，关注时间维度下文本中的故事情节发展、人物性格变化，等等。事实上，小说的空间书写，不仅为小说故事情节作铺垫、作背景、塑造人物形象，小说的空间书写也映射了社会历史与文化的变迁。然而，目前研究乡村小说的成果虽多，但主要是针对乡村小说的文学史、文化表征、艺术形式等方面的研究，对小说中关于乡村空间书写的研究尚且薄弱，特别是对当代现实题材长篇小说中的乡村空间研究几乎空白。小说乡村空间的书写不仅仅是地理学上的叙述，还具有一定的社会学和文化学意义。法国哲学家亨利·列斐伏尔（Henri Lefebvre）认为，小说空间呈现着社会关系，小说中人物事件以及情节之间的关系和变化与空间的变化有着紧密关系。他说："每一个社会——因此每一种生产方式及其亚变种（即所有被普遍概念例证的社会）——都生产出一个空间，它自身的空间。"[①]

[①] ［法］亨利·列斐伏尔：《空间的生产》，刘怀玉等译，商务印书馆2021年版，第48页。

新文化地理学的代表人物迈克·克朗（Mike Crang）也认为："文学作品不能被视为地理景观的简单描述，许多时候是文学作品帮助塑造了这些景观。"[1] 文学作品将那些在社会历史进程中不断消失的乡村风景，以文字形式记录了下来，特别是现实题材的文学作品，呈现的空间想象是现实世界的映射。达比（Clifford Darby）在1948年对托马斯哈代（Thomas Hardy）笔下的西萨克斯点评道："任何一部小说均可能提供形式不同，甚至相左的地理知识，从对一个地区的感性认识到对某一地区和某一国家的地理知识的系统了解。"[2] 同时，"苏联美学家卡冈在阐述艺术同生活现实相联系的系统时，将文学划分到艺术活动领域，认为它（文学）是文化的形象'肖像'"[3]。由此可见，小说中地理空间的书写可以让人对这一地区有系统的地理（空间）知识的认识。小说书写中的地理属性上的空间流变，也反映了现实世界乡村地理（空间）的变化。小说中的空间书写，也是反映这个地域文化的"肖像"。小说书写的空间具有社会性与文化性，我们可以通过分析不同历史阶段的典型现实题材长篇小说书写的地理（空间）知识的变化，观照这一地区社会与文化的变化。但是，小说中的地理空间的书写也不是固定不变的，在不同的历史时期，小说书写的地理空间是不同的。那么，我们就可以从小说中呈现

---

[1] ［英］迈克·克朗：《文化地理学》，杨淑华、宋慧敏译，南京大学出版社2003年版，第55页。

[2] ［英］迈克·克朗：《文化地理学》，杨淑华、宋慧敏译，南京大学出版社2003年版，第55页。

[3] 《马克思主义文艺理论研究》编辑部：《美学文艺学方法论》（下），文化艺术出版社1985年版，第355—367页。苏联美学家卡冈在本书《文化系统中的艺术——论问题的提法》一节中指出，艺术是各种艺术活动形式的总和，具体领域包括造型艺术或者文学等。他认为，艺术是文化现象，它归属于文化，同时艺术作为文化的一部分，不同于文化的其他各个部分。它不是片面地而是完整地代表文化。艺术是某种文化类型独特的模型，它是文化的形象"肖像"。从这里可以看出，卡冈认为作为艺术类型之一的文学，是一种文化现象，它（文学）是文化的形象"肖像"。

的地理空间书写的流变,来观照社会与文化的变迁过程。可见,小说的空间书写,不仅具有文学史意义,还具有社会学与文化学意义。

在中国文学的发展历史中,鲁迅是乡村小说的开创者,他在1919—1924年,先后创作了《阿Q正传》《祝福》《故乡》等小说,客观真实地描写了浙东水乡的乡村景象(空间)。根据蹇先艾、许钦文、王鲁彦等作家的创作,鲁迅认为"乡土文学"创作者的身份应该是离开了家乡、对故乡故事的回忆创作,作品具有"乡愁"的情调。此后,中国书写乡村的作家层出不穷,如萧红、沈从文、废名等,他们秉承鲁迅的精神,将目光投向乡村的风土人情,表现农民在封建社会中的人性,他们的作品展现了20世纪二三十年代中国乡村的不同风貌。以蹇先艾、台静农、裴文中等为代表的作家,发表了一系列反映乡村生活的小说,他们继承的是鲁迅的艺术风格和精神立场,表现乡村文化的落后与封闭。可以说,他们都是小说乡村景象(空间)书写的先行者。但是,20世纪二三十年代的乡村小说书写,立足于通过书写小人物的命运,揭露封建社会下乡村的黑暗面,具有强烈的批判精神。因而,小说乡村景象(空间)的书写除表现乡村风土人情外,主要是为小说中人物命运的变化作铺垫。之后,以叶紫、沙汀、艾芜、柔石等人为代表的作家,开始转向通过描写中国乡村的社会现象,以体现时代变化带给乡村与农民的影响。直至20世纪四五十年代后,当代作家逐渐将乡村小说的视点,放在了表现乡村阶级斗争与乡村生活上来。以赵树理、周立波、柳青等为代表的解放区作家,将乡村的书写与时代的命运结合在一起,体现现实乡村的变化,通过书写乡村来展示整个社会的变革,政治的斗争和农民的蜕变,乡村小说的现实主义书写越来越浓厚。新时期以后,以贾平凹、路遥、张炜、孙惠芬、关仁山、周大新等为代表的当代作家，更加关注社会历史发展下乡村的农民生活、乡村社会与文化的变迁，他们创作了大量丰富的现实题材乡村小说。可以说，在中国当代文学作品中，描写乡村的现实题材小说，堪称当代中国乡村生活形象的编年史和风俗画，具有重要的文学史与社会文化史研究价值。

　　中华人民共和国成立至今，绵延数千年的中国乡村发生了巨变，其社会意义和文化意义发生了变迁，社会主义建设不断地对乡村空间进行重构。生活来源于现实社会，乡村空间成为了乡村文化再生产的主要场所。作家利用自己敏锐的感知，观察乡村世界和农民，创作出映射时代变迁的现实题材乡村小说。这些现实题材乡村小说呈现的乡村空间变化，正是乡村社会与文化变迁产生的直接结果。"像周立波的《山乡巨变》、柳青的《创业史》、浩然的《艳阳天》等作品，全景式记录了中国农村进行社会主义改造的全过程，在表现社会主义文化方面具有不可替代的意义。"[①] 文学，特别是现实题材文学，反映而且参与了这个空间变化的过程，成为中国乡村发展变迁的见证人和代言人。当代中国社会发生的几次重要社会变革都影响着文学作品的创作，每当中国社会发生重大变革时，有关政治革命或启蒙等类型的文学作品中书写的地理空间也会随之更换。我们可以从这些文学作品中的空间书写，看到当代中国乡村在现代化进程中发生的变化。通过分析文学作品中不同历史时期一系列的空间书写流变，分析其社会与文化变迁。

　　本书从聚落空间、民居空间、民俗与民间信仰空间、生产空间、商业空间、工作空间、休闲娱乐空间等乡村空间书写的文学叙述中，来解读中华人民共和国成立至今乡村社会与文化的变

---

① 丁琪：《中国乡土叙事类型的生成与蜕变》，载曾军主编《文史与社会：首届东亚"文史与社会"研究生论坛论文集》，上海大学出版社2012年版，第156—163页。

迁，以及现代化进程对乡村的影响。这些文学作品书写的空间演进和流变，也是中国乡村社会发展的结果，隐含了不同历史时期乡村社会的思想观念和文化审美观念的嬗变和更新。

本书从多维视角对中国当代现实题材长篇小说中书写的乡村地域地貌、乡村场景、物象景观等多重叠加空间进行分析，深入研究乡村空间生产的内在隐秘。通过研究小说呈现的各类空间意象，来展现小说空间书写背后所隐藏的乡村民俗文化、乡村信仰文化、乡村政治权力文化、乡村居住文化、乡村生产与工作文化、乡村商业文化、乡村休闲娱乐文化的特点及变迁。小说中对乡村自然环境、人造环境的描写，不仅是客观的物理空间的再现，而且包含历史环境中人们对社会与历史的理解。本书重点研究不同历史阶段的典型当代现实题材长篇小说中的乡村空间书写，研究空间书写的对象，空间书写的特点，从而研究空间书写流变映射的整个当代中国乡村社会与文化的变迁。

本书研究中国当代现实题材长篇小说中乡村空间书写呈现的地理学属性上的空间变化特征。空间书写在不同历史时期的变化，不仅有当时地理学上的自然因素，也有每个时期文化、政治、经济等社会因素，以及作家思想的影响，从而侧面反映乡村社会与文化的变化。本书首先从文学地理学的角度研究小说中书写的乡村空间的变迁，再从文化社会学角度研究小说乡村空间书写呈现的社会与文化成因。空间是社会历史文化的产物，通过分析研究当代现实题材长篇小说中的乡村空间书写对象与特点的变化，从文化与社会的视角研究乡村空间书写变迁的过程，发现空间在小说书写中是一个动态的过程。当代现实题材长篇小说通过对乡村空间的叙述，动态呈现了中国乡村空间的变化，反映出中华人民共和国成立至今的乡村社会与文化变迁。

第二节　研究现状

一　国内研究现状

目前，国内关于乡村小说的研究主要从以下几个方面展开。

一是乡村小说的文学史研究。例如，丁帆的《中国乡土小说史》以20世纪以来中国乡土小说的发展历史为研究对象，概述了乡土小说发展的历史轨迹，描述了乡土小说的审美特征，对百年来不同历史时期各个流派及代表作家作品做了具体的论述，为我们展现了中国乡土小说发展的整个脉络。王孝坤的《中国当代乡土小说源流》，以代表性乡土作家为节点，在"点—线—面"研究框架中，对乡土文学的发源点、发展轨迹、叙事手法等方面展开研究。叶君的《乡土·农村·家园·荒野——论中国当代作家的乡村想象》对乡村小说中的"乡土""农村""家园""荒野"四种文学景观进行了深入、细致的理论分析和文本阐释，论述了这四种想象方式之间的区别和联系，开拓了中国当代乡土文学研究的新空间。白烨的《中国当代乡土小说大系》对乡土小说创作的发展与演变做了全面的概述和总结，并针对1979年以来乡土文学发展进程中的具有代表性的作品进行研究。王华的《新世纪乡村小说主题研究》归纳和梳理了新世纪乡村小说的几个主要的主题，探讨这些主题的变化，以及变化的原因，并比较了20世纪八九十年代乡村小说的主题，指出新世纪乡村小说主题的新变。陈国和的《1990年代以来乡村小说的当代性》从贾平凹、阎连科和陈应松的作品入手，从乡村生态、乡村政治与乡村寓言三个方面，探讨了 20 世纪 90 年代以来乡村小说的当代性问题。陈继会的《理性的消长——中国乡土小说综论》则从群体文化主体出发，分别从乡土小说的发展轮廓，乡土小说的写作主题，农民的文化心态嬗变与重建，乡土小说的艺术选择轨迹等方面，对现代乡土小说进行了全面且完整的叙述，并对文学现象进行透视和探讨。魏家文的《民族国家视野下的现代乡土小说》从民族国家建构的角度，选取了不同时期乡土作家的作品，阐释表现中国的农民变化、反映中国乡村发展的一系列作品的意义，探讨不同时期乡土小说与追求民族国家的梦想之间的关系。刘瑶的《中国 20 世纪乡土小说史话》从文学与文化批判的视角，论述了 20 世纪中国乡土小说发展演变的历史，挖掘乡土小说的文学价值和文化精神。以上研究主要从文学史的角度，从宏观层面对乡村小说的发展与演变轨迹进行研究。

　　二是乡村小说与文化的研究，包括乡村小说与地域文化的研究，乡村小说与传统文化的研究，乡村小说与农民文化的研究等。例如，赵园的《地之子：乡村小说与农民文化》分析经典乡村小说，研究与探讨了知识分子对土地、农民的文化感情及精神联系，揭示了作家与乡村、农民之间的文化关系及其文学表达方式。崔志远的《乡土文学与地缘文化——新时期乡土小说论》探讨了新时期乡土文学的地缘文化风貌，分析了刘绍棠的"运河文学"中的燕赵文化，贾平凹商周系列小说中的三秦文化，汪曾祺和高晓声小说中的吴越文化等。张瑞英的《地域文化与现代乡土小说生命主题》以四个作家群体，对不同地域文化背景下的乡土小说的生命主题进行历史性观照，发掘乡土文化的地域文化资源。孟繁华的《重新发现的乡村历史——本世纪初长篇小说中乡村文化的多重性》针对 21 世纪初长篇小说中欠发达的中国乡村文化问题进行研究，认为中国乡村潜隐的文化问题可能仍然是中国最本质、最具文化意义的问题。郭翠英的《传统与变迁——从80年代农村改革小说看农民社会文化心理的嬗变》研究了20世纪80年代由传统向现代转变的过程中，农民社会文化心理的转变。贺仲明的《"农民文化小说"：乡村的自审与张望》以赵树理、高晓声、刘震云的创作立场和艺术风格为主，探讨农民文化小说的发展特点与创作轨迹。周水涛发表了系列乡村小说与文化研究的论文，一方面是以新时期的乡村小说为分析对象，探讨乡村小说与文化意蕴、农民文化。如《论新时期乡村小说的文化意蕴》以新时期乡村小说为研究对象，以作品的文化意蕴为研究重点，分析乡村小说文化内涵的静态构成和动态建构方式。《新时期乡村小说农民文化人格审视》通过对经典乡村小说的分析，从文化人类学或人性的角度，审视了农民文化人格。另一方面是以20世纪90年代的乡村小说为分析对象，论述了20世纪90年代的文化守成的必然性，以及城市与乡村的文化冲突。如周水涛的《90年代乡村小说创作的文化守成》《一种文化能指的新意味——评90年代以来乡村小说中的"父亲"》《面对文化冲突的乡土恋歌——简评迟子建90年代乡村小说的创作》《城市进逼下的乡村——90年代农村小说的文化思考》《守望乡村　拒斥城市——评90年代农村小说的一种文化思考》，等等。伍世昭的《90年代乡土小说文化价值取向论》将20世纪90年代的乡土小说的文化价值取向归纳为批判精神、"恋乡恋土"情结、回归之旅，揭示乡土小说的价值和意义在于对精神价值的探求与重铸，等等。以上研究主要立足点在乡村小说叙述中体现的文化现象。

三是乡村小说的艺术形式研究。包括乡村小说的叙事范式、叙事风格、审美艺术等。例如，周新民《近二十年长篇小说乡村现代性叙事规范的拆解》论述了近二十年以来叙事规范的重新建立，从而消解了"十七年"长篇小说的现代性叙事规范。洪治纲的《1976：特殊历史中的乡村挽歌——论毕飞宇的长篇小说〈平原〉》通过分析长篇小说《平原》中的人物人性变化，呈现乡村社会伦理体系。萨支山的《试论五十至七十年代"农村题材"长篇小说——以〈三里湾〉、〈山乡巨变〉、〈创业史〉为中心》论述了在三部作品写作和修改的过程中，如何"建立故事的'真实'的话语等级"，分析三部长篇小说的书写范式及其历史意义。邓雨佳、刘川鄂的《困顿境遇中的坚守——刘醒龙〈天行者〉论》从对现实乡村体制的批判，人物命运的荒诞，以及人物道义之善及其缺失三个方面展开分析，认为作者从理性的角度思索民办教师转正过程中所遭遇的坎坷及其成因，从而思考折射现实中的问题，具有丰富的意蕴等。周立民的《隐秘与敞开：上塘的乡村伦理——读孙惠芬的长篇小说〈上塘书〉》从叙事学角度，论述了孙惠芬的长篇小说《上塘书》的书写特色，以及人物在强大的乡村伦理的压制下所表现出的人性。惠雁冰、任霄的论文《从"负重"到"从轻"——论〈香飘四季〉对农业合作化题材长篇小说叙事模式的改写》从叙事模式角度论述了小说《香飘四季》，认为小说从"社会本质秩序的断裂""阶级斗争生活的移位"与"乡土意识的复苏"三个方面改写了当代文学中有关农业合作化题材长篇小说的叙事范式。何镇邦的《贺享雍乡村叙事的正调与变调——试论贺享雍的农村题材长篇小说创作》论述了贺享雍的农村题材长篇小说的叙事风格与叙事语调。曾金华《论农业合作化题材小说的叙事张力——以〈三里湾〉、〈山乡巨变〉、〈创业史〉和〈艳阳天〉》为例从叙事学角度，发掘农业合作化题材小说文本深层所内蕴的叙事张力。阎浩岗的《作为文学史链条一环的"十七年"长篇小说》论述了"十七年"长篇小说优秀作品中的小说文体，结构与语言等小说艺术特色。范家进的《"互助合作"的胜利与乡村深层危机的潜伏——重读三部农村"合作化"

题材长篇小说》讨论了三部描写20世纪50年代农村合作化运动的长篇小说中主人公在历史演变过程中,心理和精神上所遭受的震撼与裂变。段金柱的硕士学位论文《论当代中国长篇小说的史诗性追求》从审美范畴研究当代中国长篇小说在不同的历史阶段呈现的思想、审美与历史价值。林惠琴的硕士学位论文《论"十七年"长篇小说的审美特征》从审美视角论述"十七年"长篇小说。刘津的硕士学位论文《90年代以来长篇小说中的村官形象初探》通过分析20世纪90年代以来长篇小说中的村官人物形象来剖析人性。以上主要从作品的叙事范式、叙事风格、审美艺术、采用的艺术手法等方面展开研究。

四是乡村小说的空间研究。目前,关于乡村小说的空间书写的研究,仅有张文诺、张玉贞、吴玉玉等青年学者的论文。例如,张文诺的《解放区小说中的乡村空间叙述》从小说的空间书写看乡村文化变化,论述了解放区小说地主大院是阶级压迫的表征;乡村公共场所控制权的更替,突出权力文化的网络意义;强调农民住宅的公共性意义,弱化其私人性意义。张玉贞的《空间中的"政治"——"土改小说"再解读》分析了《太阳照在桑干河上》《暴风骤雨》等长篇小说的文本,以文本中建筑空间的变化映射土改时期我国新政权建设与经济建设,以及人民的思想改造。吴玉玉的《私人空间的消逝——论"十七年"农村小说中的乡村生活书写》以"十七年"时期典型长篇小说为例,论述了20世纪五六十年代,乡村社会中公、私空间界线的消逝,公共生活空间的无限延伸侵入了农民私人生活领域,并使后者在一种不合法的名义下自行隐退。此外,在学者叶君、韩春燕、赵园的著作中,有部分章节涉及了当代现实题材长篇小说的乡村小说的空间书写。叶君的博士学位论文《农村·乡土·家园·荒野——论中国当代作家的乡村想象》将文学中的乡村分为"乡土""农村"

"家园""荒野"四种景观空间，并对其进行论述。韩春燕的著作《文字里的村庄——当代中国小说的村庄叙事》在第四章第二节，将村庄空间分为自然物象、房屋建筑、生产生活器物等空间类别。赵园《地之子》以"大地""荒原"等空间意象论述了小说中的乡村空间书写等。以上关于乡村小说的空间书写研究对本书具有重要的参考价值。

二　国外研究现状

目前国外未见关于中国当代现实题材长篇小说乡村空间书写的研究，仅有部分学者对贾平凹、莫言、苏童等当代著名作家的部分长篇小说的叙事艺术、人物角色等进行研究。如劳伦·贝尔法（Lauren Belfer）、保罗·哈钦生（Paul E. Hutchinson）、王德威、金克雷（Jeffrey C. Kinkley）、卢恩（K. C. Leung）等学者对贾平凹的乡村题材长篇小说《浮躁》的叙事艺术进行了评论。部分学者对莫言的长篇小说进行了研究，如朱玲《勇敢的新世界——论〈红高粱家族〉中"男性气质"和"女性气质"》和陈雪莉（Shelley W. Chan）《从男性王国到女儿国：论莫言的〈红高粱〉和〈丰乳肥臀〉》研究了小说中的人物角色。美国当代作家约翰·厄普代克（John Updike）曾于2005年以《来自中国的两部小说》为题，对苏童的《我的帝王生涯》和莫言的《丰乳肥臀》进行了评论。以上研究未有涉及中国当代现实题材长篇小说的乡村空间书写。

综上所述，目前针对中国当代乡村小说的研究呈现如下几个特征：首先，从宏观研究层面看，研究成果十分丰富。但是，大多仅对某一历史时期的乡村小说展开研究，如对"'十七年'时期乡村小说""新时期乡村小说""90年代以来乡村小说""新世纪乡村小说"的研究，研究单一且静止。事实上，在中国当代文学发展历史中，不同时期的现实题材长篇小说书写的乡村，反映的是当时历史时期社会变迁下的乡村，具有动态变化的特点。因此，需要对整个当代不同历史时期现实题材长篇小说书写的乡村，进行动态且全景式的研究。其次，对小说中映射的乡村文化特色，如地域文化、农民文化、传统文化特色的研究较多，而分析小说反映的乡村社会变迁的研究较少。然而，乡村小说，尤其是现实题材乡村小说，往往是乡村社会变迁的镜子，不仅具有文学史意义，而且对于研究中国当代乡村社会的变化，也具有重要的参考价值，需要对其做系统整体的研究。最后，从微观层面看，目前单篇论文研究较多，对小说中的叙事范式、叙事风格、审美艺术等艺术形式研究十分丰富，而对小说中的"乡村空间书写"研究较为少，仅有几位青年学者的论文。基于目前的研究现状，本书将系统、整体、动态地将当代现实题材长篇小说中的乡村空间书写，放置到整个中国当代社会历史发展的背景下去研究，通过挖掘小说中呈现的乡村空间的变化，揭示中国乡村社会与文化变迁的脉络。

第三节　研究方法

本书采取文本分析法、文献整理法、比较分析法、社会历史研究法等方法，结合文学、文化学、社会学、艺术学、历史学等相关学科理论，既在纵向上论析当代现实题材长篇小说乡村空间书写的对象与特点，也在横向上阐述其空间书写映射的社会与文化内涵。

第一章 绪论

　　本书以文本本身为主，突出问题意识，通过分析不同时期代表性作家的典型作品，揭示乡村空间书写的变化，及其映射的社会与文化变迁。立足于文学文本的细读，以作家的典型作品作为观念出场，分析和对比文学作品文本，将文本放置到社会历史文化语境中予以观照，仔细观察社会历史文化因素在文本中留下的影响。关注个体文本的书写，从文本中挖掘不同时期作家的乡村空间想象。

　　研究方法上，采用的是跨学科的文学地理学与文化社会学进行研究。从文学地理学与文化社会学批评的角度解读文本中的乡村空间构建，通过分析作品，研究中华人民共和国成立至今，中国广大乡村发生的巨大变化；研究中华人民共和国成立后至今的中国乡村在文本世界和生活世界中的建构。不仅要研究文学文本，还要研究其他类型的文化社会学，如乡村文化、空间理论等材料。

　　本书是通过分析小说中空间书写的流变，管窥中国乡村社会与文化在不同历史转型时期的特点。本书的研究重点是：首先，全面梳理出一些典型的当代现实题材长篇小说中的乡村空间书写对象，及其在不同历史时期呈现的特点，结合文学地理学与文化社会学理论来分析这种空间呈现，以及空间变迁背后的社会与文化内涵。其次，从微观层面展开研究，一是将小说中碎片化的文本进行观察研究，从而复原中国乡村空间；二是将当代现实题材长篇小说中典型具象的乡村空间提炼出来，以点带面的方式进行归纳总结，研究这一时期乡村空间变迁的特征，揭示乡村社会与文化的内涵。本书的研究并不仅是通过当代现实题材长篇小说来观察当代中国乡村发展的历史，同时也思考当代作家是如何想象中国乡村空间，通过作家在小说中书写的空间对象、空间呈现的特点，观察中国乡村社会的文化变迁。

第四节　相关概念的阐释与研究对象的界定

一　乡村小说的概念

自"五四"新文学诞生以来，随着社会的变迁和文化语境的更替，"乡村小说"的概念经历了多次变更。20世纪30年代，鲁迅在《中国新文学大系》中的《小说二集》序中写道："凡在北京用笔写出他的胸臆来的人们，无论他自称为用主观或客观，其实往往是乡土文学。"[①] 鲁迅首次在这里提出了"乡土文学"的概念，用来界定描写乡村的文学作品，从而被文学史家认为是"乡土小说"的开端。在这里，"乡土小说"是指书写乡村文化的落后与封闭，对封建社会下乡村黑暗面进行揭露，具有强烈的批判精神的小说。20世纪40年代以后，中国乡村社会发生了重大变革，"乡土小说"的概念发生了变化。"1962年在大连召开过一次颇有影响和争议的小说创作会，会名就叫'农村题材短篇小说创作座谈会'，于是农村题材小说这一概念就约定俗成了，一直沿用至今。"[②] "农村题材小说"是指那些"反映农村斗争和农民生活题材的小说"或"表现农村生活的小说"[③]。自此，沿用近二十年的"乡土小说"的概念，被"农村题材的小说"置换。

20世纪80年代，严家炎在《中国大百科全书·中国文学》

[①] 鲁迅：《〈中国新文学大系〉小说二集序》，载《鲁迅全集》第6卷，人民文学出版社2005年版，第255页。
[②] 段崇轩：《农村小说：概念与内涵的演进》，《晋阳学刊》1997年第1期。
[③] 段崇轩：《农村小说：概念与内涵的演进》，《晋阳学刊》1997年第1期。

中，再次将以往鲁迅和茅盾对于乡土小说的定义进行诠释。他认为"乡土小说"应该是指以乡村生活为题材叙述的小说，有乡土气息与地方色彩。而丁帆在《中国乡土小说史论》中，认为乡土小说应该具有地方色彩，风俗画面，注重精神文化内涵。刘绍棠却认为，乡土文学，它"是反映一地（家乡、故乡）风俗习惯、风土人情、人们生活等具有乡村风味、地方特色的文学。其特点表现为中国气派、民族风格、地方特色、乡土题材"①。

可见，关于"乡村小说"的概念，经历了多次更替，在不同历史时期的含义有所不同。此后，段崇轩、周水涛、叶君等学者都对这一概念进行了阐释。其中，段崇轩在《农村小说：概念与内涵的演进》中使用并阐释了"乡村小说"这一概念，他认为"乡村小说"的概念是"具有较强的涵盖力的"，对于鲁迅批判式的小说，茅盾的社会分析式创作，沈从文的田园牧歌式的作品，这一概念可以把各种模式的小说"团结"在自己的麾下；它还是一个"弹性的概念"，它可以包括那些"写'农工商'联合运行的乡村生活，也可以写进城打工、闯荡的农民，还可以写从城市流向农村的科技人员……"② 可见，段崇轩对于"乡村小说"的概念的阐释，无论是内涵与外延都比较广，本书将使用这一概念来定义研究中涉及的描写乡村社会、农民、乡村风俗等各个方面的长篇小说。

二 乡村与乡村空间的概念

"乡村是传统社会最为普遍的组织形式"③。在这里，"乡村"

---

① 李莉：《论21世纪乡土小说的人文精神》，《绥化师专学报》2002年第2期。
② 段崇轩：《农村小说：概念与内涵的演进》，《晋阳学刊》1997年第1期。
③ 赵炜：《乡土伦理治道：传统视阈中的家与国》，中国矿业大学出版社2011年版，第97页。

是与城市相对应的,与"农村是一致的"。"它是相对于城市的包括村庄和集镇等各种规模不同的居民点的一个总的社会区域概念"①。地理学意义上的乡村空间是这样分类的,"边界之内有一块建筑居所的空地,周围有可耕种的农田,村落一般是依山傍水,坐北朝南,正前方的视野开阔就更好,这就是乡土内部空间的基本布局"②。本书研究的"乡村空间"是指小说文本书写的地理学意义上的物理空间,诸如小说中书写的由山川河流民居形成的整体聚落空间形态。由民居、寺庙、祠堂、商店、学校、工厂、电影院等组成的各类外部建筑空间和室内建筑空间,以及由农田、菜地、土场、街道、农业园、公园、广场等不具明显限定物组成的空间等。它们共同组成了小说的"聚落空间""民居空间""商业空间""民俗与民间信仰空间""生产空间""工作空间""休闲娱乐空间"等。在当代现实题材长篇小说中,乡村空间的书写不仅是推动小说故事情节发展、烘托气氛的重要组成部分,也是反映乡村社会与文化的一面镜子。当代作家用类似"白描"的形式书写了当代中国乡村空间,映射了中国当代乡村社会与文化的变迁。

对研究的相关概念进行界定,才能有针对性地展开研究。本书的研究从文学地理学与文化社会学视角展开,归纳总结小说文本中乡村空间的书写对象、书写特点,从而分析空间书写反映的社会与文化内涵。费孝通认为,"乡土社会"是跟"现代社会"相对的一个概念,乡土社会代表着"过去的乡村",现代社会代表着"现代的城市",城市代表着当下和发展的将来,乡村代表着传统和守旧。然而,事实上,乡村的发展进程也不是不变的,

---

① 王先明:《中国近代乡村史研究及展望》,《近代史研究》2002年第2期。
② 张柠:《土地的黄昏——中国乡村经验的微观权力分析》,东方出版社2005年版,第45页。

乡村的书写并不是永恒静止的。乡村空间书写呈现的空间形态，随着时代的变迁，也在逐渐发生变化。当代现实题材长篇小说的乡村空间书写，映射了乡村的多次社会与文化变迁。在传统文化、革命政治文化、改革开放文化、市场经济文化、多元文化的影响下，在磨合与碰撞、吸收与扬弃、融合与发展的过程中，小说中空间书写不断地发生演变。因此，当代现实题材长篇小说中呈现的乡村空间，是一个逐渐转变的过程。空间书写的变迁是社会与文化变迁的反映。当代中国乡村文化经历了衰退与复苏，融合与发展的过程，既是自然现象也是必然现象，时代的发展不断地赋予乡村新的文化内涵，使作家笔下书写的乡村空间，在不同的时期发生着书写变化。本书着重从研究乡村空间书写的视角，研究小说中乡村空间在不同时期的书写对象、书写特点，以及反映的社会与文化内涵，探讨时代的发展如何不断重塑当代中国乡村的空间。

三　研究对象与研究范围

研究对象：本书研究的对象不仅包括小说中"具象空间"的书写。"具象的空间是附着于实有事物的……称为实质空间"[①]。"具象空间"是指实有空间，具体可见的空间。例如，经由山川河流建筑组合而成的聚落空间；表现农民生活的民居、寺庙、学校、祠堂、农会、会议室等空间；表现农民生产与工作的土地、农田、合作社、企业工厂、农业园、矿区等空间；表现乡村商业的商店、门面、摊位、集市等空间；表现农民休闲娱乐生活的广

[①] 曾霄容：《时空论》，青文出版社1972年版，第262页。

场、舞厅、电影院、观光区等空间。还包括一些"非具象空间"书写的研究。例如，由民俗事象形成的民俗仪式空间等。具体包括：聚落空间，它是由山川河流建筑共同组成的村庄整体空间意象。民居空间，由茅草屋、砖瓦房、高大门楼、院落、楼房等构成。民俗与民间信仰空间，由婚嫁空间、丧葬空间、节庆空间、祠堂、寺庙、墓地等构成。政治生活空间，由会议室、集会空间等构成。生产与工作空间，由土地、合作社、水渠、工厂、农业园区、矿区等构成。商业空间，由街道、集市、商店等构成。休闲娱乐空间，由公园、广场、影院、舞厅、观光区等构成。随着时代的变迁，现实题材长篇小说中的乡村空间书写对象都在发生变化，但在不同的历史阶段，有相同的空间书写，例如，聚落空间、生产与工作空间、民居空间、民俗与民间信仰空间等。也有新质空间的书写，如政治生活空间、商业空间、休闲娱乐空间等。

从纵向来看（时间范围），本书选取当代文学发展史中的"十七年"时期与"文化大革命"时期（1949—1976年）、新时期（1977—1999年）、21世纪（2000年至今）几个历史阶段的典型现实题材长篇小说进行研究。本书将对这几个历史时期典型的现实题材长篇小说中空间书写的对象与特点进行分析，并对比每个时期不同的空间书写的变化，分析其呈现的文化表征和反映的社会变迁。虽然本书划定了纵向研究时间的范围，但社会历史的发展与文学的发展都有其延续性，在研究过程中，本书会进行跨时间范围参考相关作品。例如，在第二章研究"十七年"时期小说时，本书会将解放区文学《太阳照在桑干河上》与《暴风骤雨》也纳入研究，因为它们无论是在审美上还是在写作手法上，以及呈现的空间形态上，都与"十七年"时期的长篇小说有着相同或相似点，反映了中华人民共和国成立初期中国乡村空间的面貌。本书将其纳入第二章，不仅承前启后，还能更好地理解"十七年"时期现实题材长篇小说中空间书写展现的乡村变迁。从横向上来看（空间范围），不同历史时期的小说呈现的空间书写会有交叉重叠。如"十七年"时期与"文化大革命"时期小说呈现的是在传统文化影响下的乡村空间意象。而在新时期的小说中，这种传统文化影响的空间特征会得到延续，因此，乡村空间书写有许多重复性特点。同样，新时期的商业空间书写的对象和特征，在新世纪时期的小说也会有重复出现。其次，在文学作品方面，本书选取的是能反映现实的典型长篇小说，有些长篇小说的书写跨越了几个历史时期，本书仅针对这些小说中所论述的当时历史阶段的乡村空间进行研究，并选取针对当时历史阶段的最具代表性的空间书写进行对比研究，以期全面地研究每个历史时期，具有典型特征的乡村空间书写呈现的总体特征。

第五节　当代现实题材长篇小说乡村空间书写的历史嬗变

在"十七年"时期与"文化大革命"时期、新时期、新世纪的当代现实题材长篇小说中，乡村空间书写的流变，始终与我国社会发展的历史进程是一致的。社会的变迁不断地重塑当代中国乡村的空间结构，并赋予当代乡村新的文化内涵。因此，小说中每个时期空间书写的对象、特点，以及呈现的文化内涵都不同。本节总结了三个历史时期长篇小说空间书写的对象与特点的变化，社会变迁与作家个人的创作思想对空间书写的影响，以及空间书写映射的社会与文化变迁。

一 "十七年"时期与"文化大革命"时期乡村空间书写的嬗变

20世纪五六十年代,当代现实题材长篇小说空间书写以体现对传统文化的继承为主,同时也出现了一些异质空间的书写。书写对象包括:乡村聚落空间、民居空间、民俗与民间信仰空间、政治生活空间、乡村生产空间,以及时代变迁下的异质空间书写。

首先,从乡村聚落空间书写上看,其特点是枕山、靠水、环田,村落民居布局依山傍水,村落以自然形态为主。从历史发展来看,中国乡村社会是一个典型的传统社会,中华人民共和国成立初期,中国乡村仍然延续了传统文化,乡村以农耕为基本的手段,以家庭组织的体力劳动为主,以维持家庭成员的基本生存为目的。在传统的社会模式下,村落民居依山傍水,自然排列,以便适应自然环境,方便生产劳作。聚落空间结构受到传统宗族文化和自然观念的影响较大,因而造成了这一时期聚落空间的特有格局。第二,从民居空间书写上看,小说中对地主、贫农之间民居的差异性书写,体现了乡村阶级文化的嬗变。从历史发展来看,随着乡村土地改革的实施,农民获得了土地、民居等生产生活资料,农民之间的地位发生了变化,乡村形成了不同于以往的居住方式,乡村的民居空间发生了嬗变。第三,从民俗空间书写上看,传统文化依然在乡村延续,并出现了转向。从小说中民俗装饰空间、婚丧嫁娶空间、节庆空间的书写,看到传统文化元素在乡村普遍得到了继承。同时,由于新质文化对乡村的影响,空间书写开始转向,映射了传统文化在乡村的延续与继承、并存与碰撞、置换的流变过程。同时，在新质文化的影响下，以龙王庙、土神庙、堂屋神龛与墙面为代表的民间信仰空间书写逐渐发生嬗变，经历了继承—破坏—置换的流变过程。第四，从政治生活空间书写上看，小说中会议室是这一时期政治生活空间书写的主要对象，空间的书写意味着乡村文化的嬗变。小说中祠堂被用作会议空间，大庙成为开会场所等书写，表明传统乡村社会建立起的宗法结构减弱，祠堂和寺庙在乡村扮演的主体地位逐渐消解，乡村权力空间经由祠堂向会议空间转移，传统宗法文化与新质文化在乡村此消彼长。第五，从乡村生产空间的书写来看，农田、水渠与合作社是这一时期乡村生产空间的主要意象。土地改革和合作化运动影响了乡村的生产劳动模式，传统以家庭为单位的田间劳动，逐渐被集体劳动置换，乡村农业生产也逐渐向现代化过渡。虽然，这一时期当代现实题材长篇小说中空间书写的嬗变，主要体现的是传统文化在乡村的延续与继承，但由于新质文化的影响，小说中出现了异质空间的书写，如城市与乡（镇）空间的书写。传统的观念认为，现实题材长篇小说的乡村书写，呈现的是传统、半封闭、商业不发达的乡村状态。然而，这一时期现实题材长篇小说中的异质空间书写出现了与之不同的形态，表明此时乡村并不是完全封闭的，也有少量商业空间，小说为我们呈现了一个不同于传统文化充斥的乡村形态。

另外，虽然作家的个体思想对作品的创作也有一定的影响，但他们中许多人成长、生活在乡村，作家们对乡村充满了希望与热爱，他们的创作想法来源于他们对现实生活的体察，他们自觉认为应该为乡村的变迁书写。因此，在现实题材长篇小说的创作过程中，他们尽可能地还原现实的生活与场景。

事实上，像赵树理、周立波等作家，大多出生于乡村，生活在乡村，他们创作的素材就是身边的人和事，呈现的现实场景与故事情节也较真实地反映当时的乡村。"尽管,自由知识分子们对新社会还不太适应,但新中国却具有一种无法抵御的魔力,一种极富感染力的'场',让人振奋,让人感动。"① 他们"真诚地希望自己能跟上时代的脚步"②。因此,作家个体的思想与当时社会与文化变迁对小说中空间书写的影响是一致的,小说中书写的空间也较为真实地反映了当时乡村生活场景与农民思想的变化。

二 新时期乡村空间书写的嬗变

在新时期当代现实题材长篇小说中,虽然乡村空间书写与"十七年"时期和"文化大革命"时期有许多一致性,但也呈现许多异质空间的书写,如增加了许多商业空间的书写,空间的书写受到改革开放的影响较大。第一,1978 年 12 月,十一届三中全会召开,确定了全党的工作重心转移到现代化经济建设上来,开始了以乡村为先导的经济体制改革。随着人民公社的解体,乡村开始实施家庭联产承包责任制,1980 年全国农村逐步开始实行包干到户的家庭联产承包责任制。"到 1984 年底,实行包干到户的生产队占总数的 99.1%。"③ 同时,乡村开始撤社建乡的改革,改革对乡村的经济社会发展起到了推动作用,乡村的权力结构也发生了变化。在这个过程中,乡村传统聚落空间与民居生活空间发生了裂变。第二,由于商品交换的自由,使中国传统"重农抑商"的观念发生改变,当人们有了新的获得生活资源的手段后,

---

① 许纪霖:《中国知识分子十论》,复旦大学出版社 2010 年版,第 191 页。
② 孟繁华:《精神蜕变的自我苦斗——何其芳的心灵冲突与话语方式》,《社会科学战线》1996 年第 3 期。
③ 梁山、赵金龙编著:《区域经济学》,中国物价出版社 2002 年版,第 108 页。

人们自然就将原来的价值观念抛弃，从而拥抱对商业的推崇，农民的价值观念在这场变革中发生了蜕变。第三，20世纪80年代的乡村社会转型不仅是经济方面，而且体现在文化领域，乡村革命政治文化开始消解，商业文化逐渐影响乡村的文化体系，但是传统的宗法思想仍然存在，以血缘和地缘为主的聚居仍然是乡村居住的主要方式，但民居空间发生了改变。1982年3月，《关于我国社会主义时期宗教问题的基本观点和基本政策》这一纲领性文件对宗教工作提出了指导思想，宗教信仰政策得到了重新确立，民俗与民间信仰文化开始在乡村复苏，民俗与民间信仰空间随之变迁。第四，由于人民公社的平均主义一定程度上制约了乡村的经济与社会发展，而实行了家庭联产承包责任制后，农民获得了土地的更大支配权，对农业的生产资料和经营分配等权力更大，使得一些乡镇企业越来越多，各类乡村集体组织或农民个体投资到乡镇企业中，1995年，乡镇企业的工业总产值占到全国工业总产值的一半。政府开始较少干预经济和社会的发展，从而促进了农业的发展，农民的积极性提高，乡村生产力也得到释放，自由流动的资源越来越多。家庭联产承包责任制的改革对于乡村的社会与文化变革巨大，加快了中国乡村的社会结构的改变，也使农民的观念、行为、生活方式、工作模式都发生了变迁，因此，乡村工作空间发生了变化，同时出现了商业空间的书写。

新时期作家的个体思想对空间的书写也有影响。改革开放后，"人性"的解放影响着作家的思想，人性价值观体现在文学创作中，这一时期小说中的人与政治阶级无关，而是真正的生动的、自由的人，人的主体性得到了张扬，空间的书写也相对减少了政治与阶级意义。尽管如此，但新时期的作家，大多经历了中华人民共和国成立后不同的社会历史阶段，有着丰富的乡村生活经历，对乡村也十分了解，甚至亲身体验过。比如路遥、贾平凹等作家创作的现实题材小说，都是与自己乡村生活的地区密切相关，这些地方的文化影响了作家的思想，当他们在创作小说时，自然就受其影响。如贾平凹描写的商州系列小说，就是根植于他童年生活过的地方，而童年的生活经历对人的思想观念有重要的影响。虽然20世纪80年代以后的文学话语场发生了改变，但这种有着历史记忆的乡村体验，让作家在书写现实题材小说中的乡村时，也不会脱离现实，他们会完全遵循自我意识去想象。虽然，在社会的变革过程中，作家的思想总是随着生活环境和历史条件的变迁，以及新思想的冲击而发生不同程度的变化。新时期作家在创作现实题材长篇小说中，或多或少地受到了时代变化对他们思想上的影响，从而影响作品的最终呈现。但是，我们也知道，小说本身就是在世俗化地呈现故事，虽然作家的思想受到时代的影响，但脱离日常生活的小说创作得不到读者的共情与共鸣。因而，新时期现实题材小说呈现的故事与场景，往往比其他类型的小说更具有现实意义，小说中呈现的空间书写也较好地反映了现实乡村社会与文化的变迁。

三 新世纪乡村空间书写的嬗变

在新世纪当代现实题材长篇小说中，乡村空间书写包括：乡村聚落空间、民居空间、工作空间、民俗与民间信仰空间、休闲娱乐空间。社会的变革对新世纪的乡村空间影响是巨大的，几乎完全重构了传统乡村聚落空间结构。第一，乡村与城镇（市）不再是互为对立的二元空间，两者互相融合。同时，城市文化快速融入乡村，乡村文化吸收了城市文化与西方文化的元素，乡村正变得越来越现代化，乡村文化也越来越多元化。第二，在社会转型过程中，以经济为中心的思想观念越来越渗透社会的方方面面，大量的农村劳动人口走向城镇（市），形成"农民工潮"。而返乡的农民纷纷改善居住条件，改变了传统的居住结构，民居空间发生了较大的改变。第三，新世纪的乡村更加开放，人员自由流动，商品自由买卖，人们可从事的工作变得多样化，土地并不是唯一的生产生活资料的来源，土地的原始价值被削弱，土地被抛弃，变得空旷荒芜，传统的土地空间不再被重视，乡村的工作空间与工作模式发生了变革。第四，进入现代社会后，民俗生活空间在乡村得到复苏，但其内涵发生了变化。为了适应经济的发展和人们现实生活的需要，传统的民俗与民间信仰内容与形式都发生了改变，信仰的虔诚度减弱。乡村信仰与民俗不仅多元，而且还与当地经济发展相结合，推动当地乡村旅游，为人们提供休闲与娱乐空间。第五，随着新农村建设的大力实施，乡村无论是硬件还是软件建设都得到较大提高。国家大力倡导文化下乡，比如电影下乡、文艺演出下乡、健身器材下乡、文化广场下乡等。国家对乡村的精神文化建设逐渐重视，2007年，国务院颁布了关于农村文化建设的法规《中共中央办公厅、国务院办公厅关于加强公共文化服务体系建设的若干意见》。2008年10月召开的中国共产党第十七届中央委员会第三次全体会议通过了《中共中央关于推进农村改革发展若干重大问题的决定》，随着国家对乡村建设的相关文件的出台，乡村休闲与娱乐空间发生了改变。

新世纪作家的个人思想也影响着文学作品的呈现。以贾平凹、周大新、孙惠芬、贺享雍、叶炜、关仁山等为代表的作家，始终认为乡村是他们创作的重要对象，他们对乡村充满了关心。正是这种对乡村的感情，让他们创作出许多反映乡村变迁的作品。例如，作家周大新始终怀着对乡村的依恋之情，当面对乡村生态与土地问题时,他想把当下乡村的真实境况表现出来,《湖光山色》正是他社会责任感和对建设美好乡村愿望的艺术结晶。作家贾平凹自称是农民的儿子,长篇小说《带灯》反映了乡村在改革开放进程中出现的问题。土生土长的农民作家贺享雍,十分清楚农业与农村对于中国社会的重要性,乡村的书写始终是他创作的主题,他创作了《苍凉后土》《良心》等现实题材长篇小说。这些新世纪的作家大多经历了生活的磨炼,社会感受力丰富。"他们的文学很厚重,能使灵魂扎根、落实,隐藏在字面后的是对社会责任、道德价值的承担,是对生命的描述、历史的记忆,是对人生、社会、人类的整体关怀。新世纪以来,在社会中产生良好反响的文学作品大多出自这批作家之手,他们的创作为新世纪文学树起了一个比较高的标杆。"[1] 他们的思想受到了不同时期的文化洗礼,大多数人亲身经历了中华人民共和国成立以来的社会变革。因此,他们在创作中有着敏锐的观察力,这些人生经历让他们在创作现实题材小说过程中,更能较好地反映现实社会的变化。他们紧跟国家的发展战略,积极呈现处于历史变革中的乡村。虽然创作思想受到多种文化的影响,但仍坚持做现实存在的表现者与探寻者。随着社会的不断变化,他们对乡村的认识,经历了多个阶段的变迁,见证了乡村从传统向现代的转变。他们关心乡村的人与物,面对乡村的改革,他们有着复杂的心情,既感到高兴,又为传统乡村的失去感到担忧。这些作家大多曾经生活在乡村的土地上,土地曾经是他们童年的记忆,影响了他们的创作思想。当面对土地消失,乡村城市化时,他们想尽力通过作品表现乡村的这种现状。正是因为新世纪作家的这种对乡村关心的思想情感,使21世纪乡村题材的长篇小说蓬勃发展。

---

[1] 杨春风:《新世纪作家群体创作风貌论略》,《中州学刊》2010年第1期。

第二章　传统文化的消逝与革命政治文化的兴起（1949—1976年）

　　文学作品的书写，随着国家政治或经济建设重心的变化而改变。中华人民共和国成立初期，国家建设的重心在乡村，因此，文学叙事也会较多地关注乡村。在"十七年"时期与"文化大革命"时期的当代现实题材长篇小说中，作家从不同的视角，书写了新中国的乡村景象，呈现了中华人民共和国成立后的当代中国乡村的面貌。通过对"十七年"时期与"文化大革命"时期的典型当代现实题材长篇小说的文本细读，研究文本中乡村空间书写的对象与特点的嬗变，从而分析这一阶段中国乡村社会与文化的变迁。可以说，在传统文化与革命政治文化的影响下，这个时期的当代现实题材长篇小说书写的乡村空间景象，见证了乡村社会与文化的发展、变革、演进的过程，是当代作家在政治意识形态和乡村权力文化影响下的集体"乡村空间想象"的反映。本章以"十七年"时期与"文化大革命"时期的典型当代现实题材长篇小说为研究对象，分析了小说中呈现的"民居""祠堂""寺庙""会议室"等空间意象。解读在中华人民共和国成立初期，小说所书写的乡村空间是如何演进和流变的，这种演进和流变不仅是中国乡村现代化进程的重要节点，也是中华人民共和国成立初期，农民思想观念和文化观念的嬗变和更新，是这一时期乡村社会与文化变迁的一个缩影。

第一节　乡村聚落空间的继承

　　我国自古以来就有乡村聚落,"农村聚落是指除了城市外位于农村地区的所有居民点,包括村庄和集镇。聚落一词,起源颇早,《史记·五帝本纪》有'一年而所居成聚,二年成邑,三年成都'。注释中称：聚,谓村落也。《汉书·沟洫志》有'或久无害,稍筑室宅,遂成聚落'。村庄是数量广大的农村聚落"[①]。"《辞源》的释文是这样的：'村落,人们聚居的地方'。《汉书·沟洫志》：'或久无害,稍筑室宅,遂成聚落'。这段释文,首先说明'聚落'即'村落',继而解释了聚落的发生,即由于'或久无害',人们相继汇聚集合,'稍筑室宅',定居立业,久而久之,'遂成聚落'"[②]。费孝通也说："中国乡土社区的单位是村落,从三家村起可以到几千户的大村。"[③] 因此,"聚落"是乡村整体形态的总称。在"十七年"时期与"文化大革命"时期当代现实题材长篇小说中,乡村聚落空间书写的对象是由山川、建筑、道路、河流、森林等组成的乡村整体形态空间意象,它是具有整体性特征的乡村物质生活空间。

一　聚落空间的自然形态书写

　　在"十七年"时期与"文化大革命"时期当代现实题材长篇

[①] 左停主编：《新农村：村容整洁》,中国农业大学出版社2007年版,第18页。
[②] 罗汉田：《庇荫——中国少数民族住居文化》,北京出版社2000年版,第312页。
[③] 费孝通：《乡土中国》,上海人民出版社2006年版,第7页。

第二章 传统文化的消逝与革命政治文化的兴起(1949—1976年)

小说的空间书写中,聚落空间呈现的特点是:枕山、靠水、环田,民居布局遵循自然法则,民居沿山川河流自然排列,构成聚落"依山傍水"的自然形态。费孝通认为,传统村落"几乎家家户户都至少有一条船。……房屋必须建筑在河道附近,这就决定了村子的规划。河道沿岸,大小村庄应运而生;大一些的村子都建在几条河的岔口"①。可见,传统村落的特点是整个村庄在河道边,大小民居建筑随着河流或山脉的走势而建,整个村落形成无序中有序的形态。在长篇小说《暴风骤雨》里,元茂屯村的描写就体现了这一特点,在"一片烟云似的远山的附近,有一长列土黄色的房子,夹杂着绿得发黑的树木"②。可见,元茂屯坐落在群山附近,民居建在山脚下,元茂屯的描写体现费孝通描述的中国传统乡村聚落的特点。同样,在长篇小说《三里湾》里描写的三里湾村也具有相同的特点。三里湾村在"靠黄沙沟口的北边山根"③里,"村里的房子,好像事先做好了一座一座摆在稀密不匀的杂树林下,摆成大大小小的院子一样"。在小说中,三里湾村依水而建,西边有一条黄沙沟,黄沙沟往北叫上滩,往南叫下滩,黄沙沟的水是两岸村庄用来浇灌土地的重要来源。同样的聚落空间书写特征,我们在《红旗谱》《艳阳天》《山乡巨变》等长篇小说中也可以看到。在《红旗谱》中,小说书写的锁井镇一带四十八村,是沿着大河湾形成的。在《艳阳天》里,东山坞"村后是山,村前是望不到边的大平原。……东山坞背山面水,像一颗待发的弹丸……"④,东山坞的村落背山面水,村庄建在河道边上。在《山乡巨变》里,清溪乡"四围净是连绵不断的、黑

---

① 费孝通:《江村经济——中国农民的生活》,商务印书馆2001年版,第34页。
② 周立波:《暴风骤雨》,人民文学出版社2005年版,第9页。
③ 赵树理:《三里湾》,人民文学出版社2012年版,第66页。
④ 浩然:《艳阳天》第一部,人民文学出版社2009年版,第22页。

洞洞的树山和竹山，……一条沿岸长满刺蓬和杂树的小涧，弯弯曲曲地从塅里流过。……一个水库的边头，有个小小的稻草盖的茅屋子"①。在《创业史》里，下堡村"大约八百户人家的草棚和瓦房，节节排排地摆在四季绿水的汤河北岸上"②，下堡村也是在河边，房屋沿水域而建。在这些当代现实题材长篇小说中，元茂屯村、三里湾、锁井镇、东山坞、清溪乡、下堡村等聚落空间的书写呈现的特点是：靠山背水，自然形成，村中民居无序中有序地自然排列在水域边或山脚下。"十分明显，'十七年'农村题材的小说创作，与农村生活的变迁是同步前进的，和现实保持着密不可分的胶着状态。"③ 不仅如此，在长篇小说《金光大道》中，我们看到，作家浩然对芳草地及周边村落的书写，"荒漠的低洼地区又出现了稀稀落落的村庄。他们自己和北部高原上的人都管这儿叫'苦洼子'……'苦洼子'的自然风景是美的。一丛丛树林，一条条水沟，一片片芦苇，一汪汪藕坑，一块块开垦的土地，还有一簇簇低矮的农家小屋……他们的小车穿过一片草地，一片苇坑，一片槐树林，来到草甸子北部的一个较大的村庄芳草地"④。"稀稀落落"的村庄，是遵循自然需要而形成的聚落结构，水沟、芦苇、田地和农家小屋围绕在周围。作家浩然曾说，"《金光大道》所描写的生活情景和人物，都是我亲自从50年代现实生活中吸取的，都是当时农村中发生过的真实情况"⑤。可见，作家浩然为我们呈现的芳草村聚落的空间形态，正是当时的乡村景观面貌。在长篇小说《这边风景》中，作家王蒙为我们呈

---

① 周立波：《山乡巨变》，人民文学出版社2005年版，第14页。
② 柳青：《创业史》（第一部），人民文学出版社2005年版，第1页。
③ 巫岭芬：《漫议建国后十七年农村题材的小说》，《徐州师范大学学报》1992年第1期。
④ 浩然：《金光大道》（第一部），北京人民出版社1972年版，第10—11页。
⑤ 孙达佑、梁春水编：《浩然研究专辑》，百花文艺出版社1994年版，第181页。

第二章 传统文化的消逝与革命政治文化的兴起(1949—1976年)

现了1962年的新疆伊犁乡村聚落,"这是一九六二年五月初,在一辆长途客运汽车上。汽车正沿着傍山依水的山间河谷公路盘旋而下……"①,"傍山依水"是伊犁聚落空间的特点,也是我们传统文化在乡村的呈现。因此,我们可以通过长篇小说书写的这些聚落空间,来观照中国当代乡村聚落空间的整体形态。由此可见,在中华人民共和国成立初期,中国乡村仍然是传统文化影响下的乡村景象,聚落空间遵循自然法则,整个村落依山傍水,房屋在无序中有序地排列,小说中聚落空间的书写特征,印证了传统农耕文化在当代中国乡村的延续。

我们可以从现实题材长篇小说书写的乡村聚落景观,体会当代乡村社会与文化的变迁。中国传统社会是一个农耕社会,"传统的乡村空间差不多都是在农耕社会中形成和发展起来的,农业经济和社会形态是它的大背景,自然生态环境则是它的基础"②。中华人民共和国成立初期,中国乡村的文化仍然是以延续数千年的农耕文化为主。中国传统农耕文化中提倡:以农为本,安土重迁,自给自足。白居易在《朱陈村》中也提到中国传统乡村社会:"家家守村业,头白不出门",农民倾向于安于现状,知足常乐,乡村文化上有保守性。因此,这一时期当代现实题材长篇小说的聚落空间的书写,正是体现了传统乡村农耕文化的特点。在传统农耕文化的影响下,无论是民居还是农田,都与水域比较近,这是便于农耕。而村落"依山",是因为依山可以抵御外敌入侵,抵御大自然中恶劣的气候,山中树木又可提供农民生活所需,农民还认为山是一种精神信仰文化,万物有灵论中山中有山神,村庄靠山使人们更有安全感。因此,"依山傍水"的聚落形

---

① 王蒙:《这边风景》,花城出版社2013年版,第2页。
② 张小林:《乡村空间系统及其演变研究(以苏南为例)》,南京师范大学出版社1999年版,第94页。

态，无序中有序的民居排列，是这个时期当代现实题材长篇小说书写聚落空间的特点之一。聚落"依山傍水"的建造观念是传统农耕文化的一部分，小说中乡村聚落空间的书写，体现了在中华人民共和国成立初期，乡村的传统文化得到延续，农民观念仍然是以"农耕文化"为主。

二　以庙宇或祠堂为中心的聚落空间书写

在"十七年"时期现实题材长篇小说的聚落空间书写中，我们看到，小说中书写的乡村宗族祠堂一般处于村子的中心地段，祠堂或寺庙等建筑物宽大。例如，在长篇小说《红旗谱》中，小说的开篇书写的是河神庙，同时，河神庙的位置是在村里重要的堤坝上，小说书写了村民凡事喜欢到庙前去讨论，河神庙的地理位置是村民日常生活的中心。祠堂的书写则呈现的是建筑物较大且处于村落中心。例如，在长篇小说《山乡巨变》里，"邓秀梅来到了乡政府所在的白垛子大屋。这里原是座祠堂"[1]，这里的祠堂是村里的"大屋"。在《创业史》中，传统的村落中心是围绕着"大庙"和"土神庙"形成。同样，长篇小说《艳阳天》里书写的大庙，也是全村较好的建筑。

庙宇和祠堂是传统村落宗族文化的载体，小说呈现的这两个空间不仅位置重要，处于村落空间，且建筑物大，从而映射了宗族文化在乡村得到继承，反映了乡村社会的交往仍然是延续了传统的模式，传统的血缘、地缘关系是主要的交往纽带。因为，中国传统乡村是一个熟人社会，传统村落的空间布局往往以宗族和

---

[1] 周立波：《山乡巨变》，人民文学出版社2005年版，第18页。

第二章 传统文化的消逝与革命政治文化的兴起(1949—1976年)

血缘的关系为纽带。费孝通说村落的构成:"地域上的靠近可以说是血缘上亲疏的一种反映,……我们在方向上分出尊卑:左尊于右,南尊于北,这是血缘的坐标。"① 小说书写的聚落空间这一特点,说明中华人民共和国成立初期,中国村落中的庙宇和祠堂仍然是整个村落空间网络的中心,看起来松散的村落,被宗族关系与血缘关系联系在一起的,无论是在心理上,还是在地理位置上,都是以宗祠或寺庙为中心,这也是村落文化的中心。长篇小说《太阳照在桑干河上》中对暖水屯乡邻关系的书写,也真实地反映了中国传统乡村的这一特点,"大家都是一个村子长大的,不是亲戚,就是邻舍"②,"村上就这二百多户人,不是大伯子就是小叔子"③,整个村落人与人之间的关系是宗族和血缘联系在一起的,这是传统村落关系的真实写照。此外,古希腊政治学家亚里士多德曾经说过,"家庭常常由亲属中的老人主持,各家所繁衍的村坊同样地也由年辈最高的长老统率"④。在中国,传统的乡村社会多以族长为核心,这种权威力量是乡村的一种习俗和传统。直到中华人民共和国成立初期,中国传统乡村仍是由家族和宗族为主导的文化。我们可以在小说的聚落空间书写中看到,尽管由于新质文化的影响,祠堂和寺庙的传统功能消失,乡村逐渐从传统以血缘关系为权威的模式,向现代社会以法理为基础的模式转变,但传统宗族文化仍然影响着乡村。因为"以宗族为代表的血缘团体仍占重要地位。这不仅是因为宗法思想更为符合官方的尊祖忠孝教义,而且,宗族可以约束其成员使其言行更为符合封建的道德和行为规范。因为如此,宗族成为村庄公务活动的合

---

① 费孝通著,刘豪兴编:《乡土中国》(修订版),上海人民出版社2019年版,第66页。
② 丁玲:《太阳照在桑干河上》,人民文学出版社2005年版,第84页。
③ 丁玲:《太阳照在桑干河上》,人民文学出版社2005年版,第72页。
④ [古希腊]亚里士多德:《政治学》,吴寿彭译,商务印书馆1981年版,第6页。

法组织者"①，正是基于这一传统文化的继承，小说书写的乡村聚落空间，其呈现的特点仍然是延续中华人民共和国成立前期的状态。直到20世纪70年代末，现实题材长篇小说中传统聚落出现了新的空间元素的书写，代表着新时代的新质文化开始出现在小说中。

三 聚落空间书写出现新元素

在新的时代背景下，乡村聚落空间书写中出现了新的空间元素，如水渠、合作社、供销社等。它们与山川河流共同组成了中华人民共和国成立初期的乡村聚落空间。例如，长篇小说《创业史》中写道，"稻地的南边有一条主渠，所有下堡村对岸的稻地用水，都从这条渠里来，所以叫作官渠，……有四五十户人家沿渠岸形成一条小街"②，"官渠"这一空间意象开始出现在聚落空间书写中。同样，在长篇小说《三里湾》里，"水渠"也是新的空间意象。此外，《山乡巨变》里丘陵乡中也有"水库"的书写："一个水库的边头，有所小小的稻草盖的茅屋子，那是利用水力作为动力的碾子屋。"③ 不仅如此，"合作社"和"供销社"也是聚落空间书写中出现的新空间意象。例如，《创业史》中书写了灯塔农业社，它成为传统聚落空间新的组成部分，全村以灯塔社为中心建立起了互助合作网，还出现了供销合作社的生产门市部。尽管在"十七年"时期当代现实题材长篇小说中，聚落空间

---

① ［美］杜赞奇：《文化、权力与国家——1900—1942年的华北农村》，王福明译，江苏人民出版社2018年版，第92页。
② 柳青：《创业史》（第一部），中国青年出版社2000年版，第33页。
③ 周立波：《山乡巨变》，人民文学出版社2005年版，第14页。

第二章　传统文化的消逝与革命政治文化的兴起(1949—1976年)

的书写呈现的是传统文化影响下的乡村空间形态，但是，由于乡村刚刚进入新社会，乡村的生产力刚刚得到释放，与此同时，新政权的建立，出现了与之相对应的新质文化，聚落空间的书写中零星地出现诸如合作社、供销社、大坝、水渠等空间意象，从而映射了新的革命政治文化开始影响乡村。

第二节　民居空间书写的政治寓意

对于乡土中国而言，村落是其最基本的构成单元，"家庭"是村落秩序中"最基本的抚育社群"，而房屋又是家庭的集聚空间。对于作家来说，房屋书写意味着一种心理和社会空间的建构，"房屋建筑分割着村庄的空间，也呈现着村庄政治、经济、宗教、文化的密码"[①]。"十七年"时期与"文化大革命"时期当代现实题材长篇小说乡村民居空间的书写，体现的不仅是传统文化在乡村的延续与继承，也意味着革命政治文化开始在乡村兴起，具有一定的政治寓意。民居空间书写的对象是农民住房，它属于乡村生活空间，是物质层面。而小说中的民居空间的书写是乡村文化的外现，通过对典型长篇小说中的民居（房屋）空间书写的分析，我们可以进一步解读中华人民共和国成立初期乡村文化的内涵。这一时期典型长篇小说中民居空间书写的对象包括：《三里湾》里的"四孔窑"和"旗杆院"；《红旗谱》中的"土坯小房"和"大院"；《山乡巨变》里的"茅草屋"和"瓦屋"；《创业史》中的"草棚屋""瓦房院"和"三合院""四合院"，等等。可以看到，这些小说中的民居空间书写具有明显的差异

[①] 韩春燕：《文字里的村庄——当代中国小说的村庄叙事》，上海人民出版社2011年版，第156页。

性，从而凸显其阶级性特征。民居空间的书写不仅展现小说人物的阶级身份，还体现贫农与地主的阶级对立，以及无产阶级与资产阶级之间的斗争与结果。可见，"十七年"时期与"文化大革命"时期现实题材长篇小说的民居空间书写，具有政治意味，是乡村政治、经济、文化的缩影。

一　民居空间的差异性书写

"十七年"时期当代现实题材长篇小说中的民居空间书写，体现了一种乡村阶级文化的特点。因为"房屋是一个文化空间，它呈现出中国式的关于人的观念。……房屋提供了一种文化的独特的空间经验"①。小说通过民居空间的差异性书写，界定了人物的阶级身份。在长篇小说《暴风骤雨》中，通过描写赵玉林的民居是"草屋"，从而界定赵玉林是贫农。当萧队长到了刘德山家里，"看到院套挺宽敞，铺着地板的马圈里，拴着三匹马，正在嚼草料。牲口都是养得肥壮的。朝南的三间草屋，样子还有七成新。东屋的窗子镶一块玻璃。萧队长想：'这个人至少是富裕中农'"②。萧队长通过民居的外观，从而判定刘德山是中农的阶级身份。同样，通过对韩老六的民居"高大房门"的书写，我们可以判定韩老六是地主阶级。在长篇小说《三里湾》里，"旗杆院的房子是三里湾的头等房子"，"名字虽说叫'旗杆'，实际上并不挂旗，不过在封建制度下壮一壮地主阶级的威风罢了"③，这里是通过对

---

①　[美] 白馥兰：《技术与性别：晚期帝制中国的权力经纬》，江湄、邓京力译，江苏人民出版社2010年版，第48页。
②　周立波：《暴风骤雨》，人民文学出版社2005年版，第36页。
③　赵树理：《三里湾》，人民文学出版社2012年版，第1页。

第二章　传统文化的消逝与革命政治文化的兴起(1949—1976年)

"旗杆院"的民居书写，界定曾经住在里面的人是地主阶级。而对玉梅一家的民居书写是："西边这四孔窑，从南往北数，第一孔叫'南窑'，住的是玉生和他媳妇袁小俊；第二孔叫'中窑'，金生两口子和他们的三个孩子住在里边；第三孔叫'北窑'，他们的父亲母亲住在里边；第四孔叫'套窑'……进了北窑再进一个小门才能到里边，玉梅就住在这个套窑里"①，这里交代了玉梅一家是贫农。这段"旗杆院"与"四孔窑"之间的差异性民居书写，界定了旧时地主与贫农之间的阶级身份。长篇小说《创业史》中的民居空间书写也体现了这一特点，郭振山告诉杨国华："杨书记，你看见西头那座砖墙瓦房的四合院了吧？看见了？那就是富农姚士杰"②，"东头那座土墙瓦房的四合院那是大中农郭世富"③，郭世富盖房屋是"三合头瓦房院前面盖楼房了。前楼后厅，东西厢房"④。通过对房屋的书写，表明了居住砖墙瓦房的是富农姚士杰，住土墙瓦房的是中农郭世富。可见，小说通过对民居空间书写来展现农民的阶级身份，从而映射"十七年"时期特殊的乡村阶级文化。

二　民居空间书写呈现阶级形态

建筑空间不仅是阶级文化呈现的载体，也是权力文化呈现的载体。小说中书写的高宅大院就是象征最高权力的空间书写。长篇小说《暴风骤雨》第一个呈现给读者的民居空间，就是地主韩老六的家宅——黑大门楼，"这黑大门楼是个四脚落地屋脊起龙的门楼，大门用铁皮包着，上面还密密层层地钉着铁钉子。房子

---

① 赵树理:《三里湾》，人民文学出版社2012年版，第6页。
② 柳青:《创业史》（第二部），人民文学出版社2005年版，第106页。
③ 柳青:《创业史》（第二部），人民文学出版社2005年版，第107页。
④ 柳青:《创业史》（第一部），人民文学出版社2005年版，第30页。

周围是庄稼地和园子地。灰砖高墙的下边,是柳树障子和水壕。房子四角是四座高耸的炮楼,黑洞洞的枪眼,像妖怪的眼睛似的瞅着全屯的草屋和车道,和四围的车马与行人。……院里的正面,是一排青瓦屋顶的上屋"①。"黑大门楼"不仅仅是对民居外观的书写,还体现了农村地主阶级的整体形象:高大、威严、黑暗,让人恐惧,它是乡村地主阶级权力的象征。与之对比的是韩家的租户郭全海家的民居:房屋十分简陋,他睡觉的房间在左边下屋,下屋有一个小土坑,没有铺炕席,只有一些杂草,上面铺个麻布袋子。在这里,韩家大院的民居书写与普通农民的民居书写形成强烈对比,映射了地主高高在上与农民卑贱低下的阶级地位。地主的民居是"黑大门楼",中农与贫农的民居是"瓦房"和"草屋",这种民居空间对比书写,是乡村权力文化的外现。在长篇小说《创业史》里,郭世富、姚士杰和贫农的民居空间书写也体现了阶级对立性。例如,"孙委员转过身来,……扬起脑袋看着姚士杰四合院的砖瓦院墙"②,富农姚士杰住的是砖瓦院墙的"四合院";而贫农梁三住的是"草棚屋","梁三的草棚屋,坐落在下堡村对岸靠河沿那几家草棚户的东头。稻地里没有村庄,这边三家那边五家,住着一些在邻近各村丧失生存条件以后搬来租种稻地的人"③。在长篇小说《艳阳天》里,同样有这样的描写,曾经的富农"马之悦落生在这间青砖到顶的瓦房里,可惜他没有赶上好时候……这个富农户变成了穷人"④。可见,富农曾住的是"青砖到顶的瓦屋",而"他(韩百仲)这三间小土屋成了民兵队部、交通站"⑤,中农韩百仲的家是"小土屋"。在长篇

---

① 周立波:《暴风骤雨》,人民文学出版社2005年版,第9页。
② 柳青:《创业史》(第一部),中国青年出版社2000年版,第72页。
③ 柳青:《创业史》(第一部),中国青年出版社2000年版,第2页。
④ 浩然:《艳阳天》(第一卷),人民文学出版社1972年版,第68—69页。
⑤ 浩然:《艳阳天》(第一卷),人民文学出版社1972年版,第58页。

第二章　传统文化的消逝与革命政治文化的兴起(1949—1976 年)

小说《金光大道》中,呈现了贫农与地主的民居对比书写。高大泉的表姐家:"只见那一片低矮门户中间,有一座刚用黄土打起不久的院墙,围着里边的三间新土屋和几间小棚子。"① 与之相反,地主的民居是这样的,地主歪嘴子孟福璧的高台阶的大院里:"地主内宅的高大院墙,白色岗楼,都是阴森森的一个轮廓"②。贫农房屋的"低矮土屋",与地主房屋的"高台阶大院",形成鲜明的对比,这些民居书写体现阶级之间居住环境的差异性,是乡村阶级文化的外现,体现地主与贫农之间的权力与阶级的差异性。

三　民居书写体现阶级斗争

传统村落的文化形成主要是以中国礼制为基础,礼制的核心是要求人们遵守封建等级制度,以及伦理规范的约束。在"十七年"时期与"文化大革命"时期现实题材长篇小说的空间书写中,村落中地主大院与贫农的房屋是一种等级制度下的文化体现。在这场波及乡村的社会变革中,民居空间便成为新旧力量对峙、新旧思想交锋的主要阵地,小说的故事情节在这两个主要的代表空间中展开。在长篇小说《暴风骤雨》中,当全村开始开展阶级斗争时,小说空间书写呈现的是贫农住草房,地主住高大宅院。如描写萧队长坐老乡的车来到村里看到的民居书写:"这挂车子的到来,给韩家大院带来了老大的不安,同时也打破了全屯居民生活的平静。草屋里和瓦房里的所有的人们都给惊动了……"③ 在

---

① 浩然:《金光大道》(第一部),北京人民出版社 1972 年版,第 11 页。
② 浩然:《金光大道》(第一部),北京人民出版社 1972 年版,第 18 页。
③ 周立波:《暴风骤雨》,人民文学出版社 2005 年版,第 10 页。

这里，"大院""瓦屋""草屋"分别代表了"地主/富农""中农""贫农"三个不同的阶级。随着阶级斗争在乡村深入开展，对韩老六的高楼大院这样叙述："他的站脚的地方的地皮裂开了，他和他的房子四角的炮楼快要崩垮了。"① 地主的高楼大院快要"崩垮了"，这里对地主的房子的隐喻，意味着代表地主的阶级将会被推翻。斗争结束后，"韩家大院的上屋给农会做办公室。郭全海没有房子住，搬到了农会的里屋"②，在旧社会，像韩家大院这样的地主家的院子是全村最好的房屋，不是普通农民能够居住的，但如今，曾经高大不可侵犯的韩家大院充作了公用，被农民代表的农会当作办公场所，这里民居空间书写的变化，意味着乡村阶级斗争发生了变化。"韩家大院"成为了"公用"的空间，农民阶级夺取了乡村主要权力。民居空间书写的流变过程，标志着在乡村阶级斗争过程中，无产阶级逐渐取得胜利的过程。同样，在长篇小说《三里湾》的民居空间书写中，"旗杆院"曾是旧社会的民居，"旗杆院"是"用四个石墩子，每两个中间夹着一根高杆，竖在大门外的左右两边，名字虽说叫'旗杆'，实际上并不挂旗，不过在封建制度下壮一壮地主阶级的威风罢了。可是在那时候，这东西也不是哪家地主想竖就可以竖的，只有功名等级在'举人'以上的才可以竖"③。可见，旗杆院代表的是家族曾经获得的荣耀，也是传统文化的象征。1949年后，"旗杆院"成为政府办公场所，往日代表封建社会功名地位的"旗杆院"被没收，"没收之后，大部分做了村里公用的房子——村公所、武委会、小学、农民夜校、书报阅览室、俱乐部、供销社都设在这

---

① 周立波：《暴风骤雨》，人民文学出版社2005年版，第117页。
② 周立波：《暴风骤雨》，人民文学出版社2005年版，第165页。
③ 赵树理：《三里湾》，人民文学出版社2012年版，第1页。

第二章　传统文化的消逝与革命政治文化的兴起（1949—1976年）

两个院子里"①。"旗杆院"的空间功能发生了改变，这种改变标志着乡村阶级斗争的结果——无产阶级最终获得胜利。在长篇小说《山乡巨变》中的民居空间书写里，也体现了这一特点。共产党员邓秀梅第一次到农民盛家去的时候，李月辉对她说："这原先是地主的座屋"②，原是地主的座屋现在是贫农在居住。"邓秀梅远远望去，看见一座竹木稀疏的翡青的小山下，有个坐北朝南，六缝五间的瓦舍，左右两翼，有整齐的横屋，还有几间作为杂屋的偏梢子"③。1949年以前，亭面糊"他住在茅屋子里想发财，想了几十年，都落了空"④，土改后，亭面糊一下子搬进了地主的大瓦屋。同样，菊咬筋的新家是"有幢四缝三间的屋宇，正屋盖的是青瓦，横屋盖的是稻草，屋前有口小池塘，屋后是片竹木林"⑤。曾经地主的房屋现在成为普通农民亭面糊的住房，菊咬筋也是在土改后住进瓦屋。在长篇小说《艳阳天》里，民居空间书写也体现了这一特点，"沟北边尽西北角上的一个大宅院。这个大宅院原来是地主马小辫的住宅，土改的时候，分给四户贫雇农……"⑥ 地主马小辫的大宅院土改后分给贫雇农居住。同样，在长篇小说《金光大道》中，曾经是地主孟福璧的院子，在土地改革后，这个院子成了贫农高大泉的民居，小说是这样书写这个转变的："高大泉住在芳草地正中一条大街的东头。原来这儿是地主歪嘴子废掉的小场院……"⑦ 同时，像陈大婶这样的贫农，也分到了新的宅院，实现了"翻身农民喜洋洋，离开穷窝住新房……"⑧

---

① 赵树理：《三里湾》，人民文学出版社2012年版，第1页。
② 周立波：《山乡巨变》，人民文学出版社2005年版，第38页。
③ 周立波：《山乡巨变》，人民文学出版社2005年版，第38页。
④ 周立波：《山乡巨变》，人民文学出版社2005年版，第33页。
⑤ 周立波：《山乡巨变》，人民文学出版社2005年版，第62页。
⑥ 浩然：《艳阳天》（第一部），人民文学出版社2009年版，第423页。
⑦ 浩然：《金光大道》（第一部），北京人民出版社1972年版，第61页。
⑧ 浩然：《金光大道》（第一部），北京人民出版社1972年版，第57页。

可见，在民居空间书写中，从地主住高宅大院，转变到贫农住地主的屋。民居空间书写呈现的流变特征，意味着在乡村阶级斗争过程中，无产阶级最终取得了胜利。同时也意味着乡村文化发生了改变，民居空间的书写体现了农民观念的变迁。旧时的中国乡村，农民对于民居之间的差异性没有反抗意识，认为地主应该住高宅大院，而作为"长工"的农民应该住低矮房屋，在长篇小说《创业史》中写道，长工们住在"稻草棚棚，分散在官渠岸和上河沿的每一个角落"[①]。农民的这种意识是基于一种传统文化中的礼制空间的服从，阶级观念与门第观念是其文化根源，随着土改深入乡村，工作组来到乡村，他们带来了新文化和新观念，农民的文化观念逐渐发生了变化，有了对传统阶级文化的反抗意识。新文化影响农民原始的阶级观念，让农民思考改变自己的命运，从而获得了乡村主体地位。新的文化置换了传统的乡村伦理文化，传统的阶级观念与门第观念开始边缘化。可见，这个时期的长篇小说民居空间书写的变化，正是乡村社会与文化变迁的一个缩影。从社会变化上来看，民居空间书写呈现的流变特征，反映了在乡村阶级斗争中，无产阶级最后取得了胜利。从文化变迁上看，民居空间书写的流变，是乡村阶级文化的反映，映射了乡村传统文化逐渐转向新质文化的过程。

综上所述，在20世纪五六十年代当代现实题材长篇小说中，从民居外部空间书写上看，地主住高宅大院，农民住茅草屋，通过民居书写呈现阶级身份，体现地主/富农与贫农之间的差异性，以及各阶级之间的斗争。土地革命后，地主的高宅大院或被分给贫雇农，或充作公用，都是乡村阶级斗争后的结果。因此，从民

---

① 柳青：《创业史》（第一部），中国青年出版社2000年版，第130—131页。

居的外部空间书写中，可以看到乡村的阶级划分、对立、斗争这一流变过程。表明中华人民共和国成立初期，我国传统的宗族文化逐渐被乡村阶级文化渗透，从而发生了质变，新的阶级文化逐渐成为乡村的主流文化。而从民居内部空间书写上看，传统文化在乡村家庭仍然占据一定的地位，家庭内部有一定的尊卑关系。例如，在地主韩老六家，身份与阶级划分明显，韩家院里的"东屋南炕"是主人韩老六的空间，这里是封建家庭空间的中心，而"外屋"是接待客人的空间，身份低下的贫雇农是不能随便进"外屋"，外人不能随便进入"里屋"。"里屋"仍然是女性待的地方，韩老六的女儿妻妾都在里屋待着，当"大伙唠到落黑，妇女小孩都上西屋睡去了"①。随着乡村政治改革的推进，"新的国家政权的建立就意味着家族制度的崩塌，宗族主义的削弱"②，国家需要与新的社会制度相符的新文化。因此，尽管传统文化在乡村家庭仍然存在，但新中国的革命政治文化极大地影响了乡村，代表新中国的革命政治文化、阶级文化等新质文化，逐渐成为乡村文化呈现的主场。传统文化逐渐被新质的文化所取代，这一流变特点我们在民俗与民间信仰空间书写中也可以看到。

第三节 民俗与民间信仰空间书写的新变

在"十七年"时期与"文化大革命"时期当代现实题材长篇小说的空间书写中，除民居空间的书写受到革命政治文化的影响外，民俗与民间信仰空间书写也同样受到影响，呈现新变的特

---

① 周立波：《暴风骤雨》，人民文学出版社2005年版，第19页。
② 张静泊：《传统与现代：乡村法治中的观念变迁》，硕士学位论文，河北经贸大学，2018年，第3页。

征。"民俗就是民间的风俗习惯,是一个国家或民族在长期的历史生活过程中形成,并不断重复传承下来的生活文化。"① 民俗空间是体现当地农民世俗生活的场所,书写的对象包括婚俗场所、葬俗场所等。"民间信仰是指在长期的历史发展过程中,在广大民众中自发产生的一套神灵崇拜观念,并伴随这一观念形成的比较完整的行为习惯和仪礼制度。"② 这一时期长篇小说中的民间信仰空间书写对象是祠堂、庙宇、神龛等。民俗与民间信仰空间是乡村精神生活的承载空间。在这一时期当代现实题材长篇小说中,民俗与民间信仰空间的书写,呈现的传统元素仍然存在,但由于受到新质文化的影响,小说中呈现的空间功能和文化内涵发生了变化。

一 民俗空间书写的政治化

在"十七年"时期与"文化大革命"时期当代现实题材长篇小说中,民俗空间书写的对象包括:民俗装饰空间、婚丧嫁娶空间、节庆空间。通过民俗空间的书写,我们可以看到,民俗在乡村经历了民俗继承、新旧民俗并存、新民俗置换旧民俗这一流变过程。传统文化元素逐渐在乡村减弱,民俗空间书写发生了置换,这一置换是传统文化与新的革命政治文化在乡村共存与碰撞的结果。

民俗装饰空间的置换。首先,通过民俗装饰空间的书写,我们可以看到代表传统文化的符号在乡村仍然存在。在传统中国乡村,堂屋是家庭空间的中心,堂屋的墙面往往装饰着家庭宗教信仰的符号或民族文化符号,如堂屋中心位置悬挂"佛像""三代

---

① 陈华文:《民俗文化学》(新修),浙江工商大学出版社2014年版,第2页。
② 徐凤:《甘肃非物质文化遗产概论》,甘肃人民出版社2014年版,第144页。

第二章 传统文化的消逝与革命政治文化的兴起(1949—1976年)

宗亲",屋内墙面挂"年画"等。在长篇小说《暴风骤雨》中,韩老六家的装饰空间仍然延续了传统民俗文化,他家的吊灯"照着'三代宗亲'的紫檀神龛"①,神龛供奉着"三代宗亲","三代宗亲"是传统民俗符号之一。在长篇小说《创业史》中,富裕中农郭世富房屋中梁的装饰空间,同样体现了对传统文化的继承。"中梁上挂着太极图,东西梁上挂满了郭世富的亲戚们送来的红绸子。中梁两边的梁柱上,贴着红腾腾的对联,写道:'上梁恰逢紫微星,立柱正值黄道日',横批是:'太公在此'。这太极图、红绸子和红对联,贴挂在新木料房架上,是多么惹眼,多么堂皇啊。"②长篇小说《红旗谱》中写道,"严萍吃完饺子,严志和喝完酒。一家人坐在炕上,看墙上贴的年画"③,普通老百姓家里墙面贴"年画",也是传统文化的元素。可见,中华人民共和国成立初期,民俗装饰空间中的传统文化元素在乡村普遍得到了继承。

其次,通过民俗装饰空间的书写,体现了新旧文化在乡村的并存与碰撞。例如,在长篇小说《暴风骤雨》中,郭全海结婚的新房装饰空间的书写,就体现了新旧文化在乡村的并存。(郭全海)他家炕梢墙上贴两张红纸,上书"和谐到老,革命到底"八个大字,这是新质文化的体现。而他的"门楣上贴着一个红纸剪的大'囍'字,两旁一副对联,用端端正正的字迹,一边写着:'琴瑟友之',一边写着'钟鼓乐之',这是栽花先生的手笔"④,"革命"和"古诗"的空间书写,体现了新旧文化在乡村民俗空间的共存。在长篇小说《山乡巨变》中,祠堂装饰空间上这样写道,"大门顶端的墙上,无名的装饰艺术家用五彩的瓷片镶了四

---

① 周立波:《暴风骤雨》,人民文学出版社2005年版,第19页。
② 柳青:《创业史》(第一部),人民文学出版社2005年版,第30—31页。
③ 梁斌:《红旗谱》,中国青年出版社1957年版,第305页。
④ 周立波:《暴风骤雨》,人民文学出版社2005年版,第397页。

个楷书的大字：'盛氏宗祠'。字的两旁，上下排列一些泥塑的古装的武将和文人，文戴纱帽，武披甲胄。……邓秀梅走进大门……从前安置神龛的正面的木壁上，如今挂着毛主席的大肖像"①。可以看到，泥塑的"古装的武将和文人"和神龛上的"毛主席的大肖像"，代表了新旧文化在祠堂中共存。同样，在长篇小说《创业史》中，郭世富家中梁两边的梁柱上的对联写道："上梁恰逢紫薇星，立柱正值黄道日"②；同时，农业社新修的饲养室门上对联写道："互助合作力量大，集体生产好处多——光芒万丈。"③ 在这里，两副对联代表了新旧民俗文化意蕴。小说《艳阳天》也具有同样的民俗装饰空间书写特征，在土改运动结束后，韩志泉娶媳妇，在洞房里，"他们一边望着墙上的毛主席像，一边抹眼泪发誓：'共产党，救命恩人，我们这辈子坚决跟你走，我们后辈儿孙也要永远跟你走！'"④ 这里墙面上的毛主席像和传统的洞房形成新旧文化的交织。可见，民俗装饰空间的书写体现了旧的传统文化与新质文化在乡村彼此共存、碰撞，此消彼长的流变过程。

最后，通过乡村民俗装饰空间的书写，体现革命政治文化置换了传统文化。随着国家权力在乡村的深入，新旧文化在乡村共存与碰撞，其结果就是新文化置换旧文化。例如，在长篇小说《暴风骤雨》中，白玉山在房间墙面贴上《民主联军大反攻》和《分果实》的年画，他把墙面"白氏门中三代宗亲之位"换成毛主席像，并把灶王爷上的"一家之主"的横批，和"红火通三界，青烟透九霄"的对联撕下扔掉。传统年画内容通常与中国神话或农民日常生活密切相关，目的是祈求风调雨顺、家宅平安。

---

① 周立波：《山乡巨变》，人民文学出版社2005年版，第19页。
② 柳青：《创业史》（第一部），人民文学出版社2005年版，第31页。
③ 柳青：《创业史》（第二部），人民文学出版社2005年版，第122页。
④ 浩然：《艳阳天》（第一部），人民文学出版社2009年版，第424页。

第二章 传统文化的消逝与革命政治文化的兴起(1949—1976年)

然而,中华人民共和国成立后,年画内容发生了变化,与革命政治主题紧密结合,宣传新社会、新思想。同样,在长篇小说《艳阳天》里,羊栏的小土屋是哑巴的房子,他家"最引人注目的是北墙上悬着毛主席像"①,平时贴"年画"的墙面,现在都换上了"毛主席像"。在长篇小说《创业史》里,秀兰家里墙面装饰是主席像,她回到家"把书兜挂在条桌上边毛主席像旁边的泥墙上"②。在小学教室里,墙面装饰都是具有政治文化的符号,"白泥墙上的黑板、五彩标语、彩色挂图、领袖像,以及排列在砖脚地上的课桌和板凳。"③县委会议室里"东西墙的上端是两排国际和国内共产主义领袖的巨幅像"④。在长篇小说《金光大道》里,办公地点的装饰对联也具有时代特征,小说写道:"周丽平他们正收拾村公所办公室,你也伸伸手,去准备一副对联,好贴在毛主席像两边。这是咱们人民自己办公事的地方"⑤,"高大泉接过一看,上联是'翻身不忘共产党',下联是'幸福感谢毛主席'"⑥。当刘万结婚时,他婚房墙壁装饰上的对联写的是:"祝贺新婚之喜,建立革命家庭"⑦。"共产党""毛主席""革命家庭"等符号出现在各个装饰空间中,小说书写的这些墙面装饰都具有时代特征。可以看到,"旧民俗素信仰对象祖宗和神灵被新民俗素信仰对象革命领袖所取代,这一改造使传统信仰民俗在叙事改造中政治化"⑧。随着新质文化在乡村的深入,乡村民俗装饰空间

---

① 浩然:《艳阳天》(第一部),人民文学出版社2009年版,第235页。
② 柳青:《创业史》(第一部),中国青年出版社2000年版,第280页。
③ 柳青:《创业史》(第一部),中国青年出版社2000年版,第126页。
④ 柳青:《创业史》,中国青年出版社2009年版,第717页。
⑤ 浩然:《金光大道》(第一部),北京人民出版社1972年版,第65页。
⑥ 浩然:《金光大道》(第一部),北京人民出版社1972年版,第72页。
⑦ 浩然:《金光大道》(第三部),华龄出版社1995年版,第795页。
⑧ 罗宗宇、张超:《解放区和"十七"年小说民俗叙事的政治化建构》,《湖南科技大学学报》(社会科学版)2016年第5期。

逐渐发生变化，新质文化符号逐渐取代传统文化符号，成为乡村民俗装饰空间的主要代表，佛像与年画被领袖像或新标语所取代，成为家庭民俗装饰空间的主要组成部分。

婚丧嫁娶仪式空间书写的转向。在"十七年"时期的文学作品中，"民俗在小说中处于附丽的、装饰性的位置，或者是一种工具性的位置。通过民俗描写达到政治性的目的，民俗本身所具有的神韵内涵和作用并没有得到充分的展开——这种展开是不被允许，有时，民俗还被主流意识形态整合得完全失去原味"[①]。这一时期，长篇小说呈现的民俗婚丧嫁娶仪式空间，成为政治宣扬的场所，民俗被主流的革命政治文化整合得失去了原有的属性。传统的"结婚拜堂""叩拜祖先天地"等仪式空间，被置换成具有政治意味的仪式空间。中华人民共和国成立初期，"农村婚俗仍要履行有一定典礼式的仪式，农村仍有'拜天地'等礼仪，直至'大跃进'人民公社化尤其'文革'时期，大力破除'四旧'，提倡新事、新办、新婚尚，男女结婚省略了许多礼仪俗事，互赠一套'红宝书'（毛选）就是聘礼，也是陪嫁，这种革命化的婚礼风行了十年之久"[②]。"十七年"时期现实题材小说书写了这一变化，因革命政治文化的影响，乡村传统婚俗仪式空间开始政治转向，从传统的"拜天地"等礼仪，变成向毛主席像或主席语录行礼。在长篇小说《暴风骤雨》中，婚俗空间的置换这样写道："洞房是赵大嫂子给他们布置起来的。……西墙，原是贴三代宗亲的地方，现在贴着毛主席和朱总司令的肖像。炕梢墙上贴两张红纸，上书'和谐到老，革命到底'八个大字，右边一

[①] 王庆：《现代中国作家身份变化与乡村小说转型》，华中科技大学出版社2007年版，第183页。
[②] 焦冶：《农村婚俗与法的冲突及整合》，《黑龙江省政法管理干部学院学报》2010年第1期。

第二章 传统文化的消逝与革命政治文化的兴起(1949—1976年)

行小字：'郭全海刘桂兰新婚志喜'，左边落的款是：'萧祥敬赠'。"①在这里，"三代宗亲"被置换成"毛主席和朱总司令像"，传统的婚庆民俗空间被政治文化符号替代。此外，"婚礼的主要仪式却是崭新的，删除了'哭嫁'等旧习，增设了向'国旗和毛主席像'行礼、念'县长的证书'、证婚人讲话、新娘子发言等独具时代特色的内容，表现了普通农民、尤其是农村妇女在新的经济体制和社会形态下精神面貌和命运遭际的巨大变化"②。传统的婚庆礼仪发生了变革，具有政治转向，废除代表旧俗的"哭嫁"，增加代表新俗的"向主席像行礼"等。同样，在长篇小说《山乡巨变》的婚庆仪式空间书写中，也具有同样的政治转向，结婚是请新郎新娘向国旗和毛主席肖像行礼，站在贴着毛主席肖像的神龛跟前鞠躬，在举行婚庆仪式时，李月辉站在堂屋上说："'现在是不能有那些穷讲究了，什么三茶六礼，拜天地，叩祖宗，我们都废了'。李月辉说，'请他们讲讲恋爱的经过，这是新办法'谢庆元提议。……'我们只办三件事：一是请新郎新娘向国旗和毛主席肖像双双行个鞠躬礼，你们说好吗？'……姑娘们和青年们蜂拥上前，扶着他们并排站在贴着毛主席肖像的神龛跟前，深深鞠了一个躬"③。在这个传统婚庆仪式空间中，传统结婚仪式中拜天地，叩拜祖宗被废，而变成向毛主席肖像鞠躬，传统的婚俗场所被置换成具有政治意味的宣传场所。

不仅如此，传统的丧葬仪式空间书写也呈现了转向。例如，将传统送葬仪式改成追悼会。"丧葬风俗来自中国古代的宗法家族观念、孝文化意识和灵魂不灭的观念，反映着中国人的种种文

---

① 周立波：《暴风骤雨》，人民文学出版社2005年版，第401页。
② 李莉：《风俗话语与十七年农村题材小说叙事》，《华中农业大学学报》（社会科学版）2006年第3期。
③ 周立波：《山乡巨变》，人民文学出版社2005年版，第536—537页。

化心态。"① 这种习俗在中华人民共和国成立初期，十分普遍，但随着革命政治文化对乡村的影响，这种传统风俗开始具有政治意味。在长篇小说《暴风骤雨》中，当为赵玉林举行丧葬仪式时，传统的哀悼性丧葬仪式空间具有政治气氛，人们喊起了具有政治意味的口号："学习赵玉林，为老百姓尽忠"②"我们要消灭蒋介石匪帮，为赵玉林报仇"③ 等。同样，传统歌唱民俗空间也具有政治色彩，如民间歌谣，妇女小孩新编的歌谣传唱："千年恨，万年仇，共产党来了才出头。韩老六，老百姓要割你的肉。"④ 长篇小说《创业史》第十七章也写道："清明前三天，汤河流域的庄稼人，就开始上坟了，庄稼人们洗了手提着竹篮，带着供品、香和纸。孝性强的人们，还带着铁锹，准备往先人坟堆上培土，或者堵塞田鼠打下的洞穴，以免山洪灌进墓里。"⑤ 这里可以看到，虽然人们依然继承传统墓葬的习俗，然而在新文化的冲击下，传统丧葬仪式习俗开始渐渐消退，政治意味出现在丧葬仪式空间中。在王瞎子的葬礼上，传统的葬礼氛围像"革命劳动"，拴拴"扛着'引魂幡'，拄着哭丧棍，走在灵柩前头。……谁都没有普通办丧事的那种沉痛表情，……倒像这是一种普通的劳动"⑥。"革命"与"劳动"是"十七年"时期主要的具有政治意味的符号和活动，传统葬礼悲伤的仪式感消解，葬礼办得"像普通劳动"一样，传统的墓葬信仰空间开始政治化转向。由此可见，"在解放区和'十七'年小说创作中，有的民俗叙事政治化建构是借助这种改造来完成的，它是将民俗链上的某一旧民俗素

---

① 秦永洲：《中国社会风俗史》，山东人民出版社2000年版，第319页。
② 周立波：《暴风骤雨》，人民文学出版社2005年版，第198页。
③ 周立波：《暴风骤雨》，人民文学出版社2005年版，第198页。
④ 周立波：《暴风骤雨》，人民文学出版社2005年版，第152页。
⑤ 柳青：《创业史》（第一部），中国青年出版社2000年版，第237页。
⑥ 柳青：《创业史》（第二部），人民文学出版社2005年版，第45页。

第二章 传统文化的消逝与革命政治文化的兴起(1949—1976年)

置换改造成体现时代政治内容的新民俗素"①。

民间节庆空间的新变。随着土地革命和合作化运动在乡村开展，使得乡村传统风俗开始离散和崩溃。在中国乡村开始轰轰烈烈地开展各类运动时，家族势力也迅速衰落，政治意识形态开始影响乡村风俗习惯，传统的民间节庆空间已不再单纯地展现风俗习惯，而带有政治意味，传达新的思想，新的政策等。在长篇小说《暴风骤雨》中，传统的乡村民俗节庆空间政治化了，在打败胡子后，人们"在小学校的操场里，大伙围成个大圈，……大伙都说：'闹个秧歌玩。'该唱啥呀？"有人提出，"不要唱旧秧歌，来个新的"②，于是人们开始唱八路军的歌，唱《将军令》《白毛女》。作为传统文化的秧歌，是乡村传统民俗庆祝的一部分。在这里，具有革命政治色彩的歌开始取代传统的歌谣，传统民俗空间具有政治性特征。不仅如此，传统欢庆民俗也具有政治特征，长篇小说《创业史》开篇写道："为了庆祝五年计划的第一个新年……有的装扮成非常愉快的工、农、兵、学、商群众，……手舞足蹈，歌颂共产党和毛主席。有的装扮成艾森豪威尔……"③，这里庆祝新年的活动，人们不再舞龙舞狮、扭秧歌、吹拉弹唱，而是装扮成工、农、兵、学、商群众和艾森豪威尔，传统新年欢庆民俗的场所，政治意味浓厚，成为了宣扬政治文化的场所。事实上，"虽然社会意识形态和社会结构也干预着民俗，但与其他社会意识形态相比，民俗更具有'民间性'"④。但是，正如人们感觉到的那样，在"十七年"时期长篇小说中，"民俗描写充分的

---

① 罗宗宇、张超：《解放区和"十七"年小说民俗叙事的政治化建构》，《湖南科技大学学报》（社会科学版）2016年第5期。
② 周立波：《暴风骤雨》，人民文学出版社2005年版，第191—192页。
③ 柳青：《创业史》，人民文学出版社2005年版，第3页。
④ 王庆：《现代中国作家身份变化与乡村小说转型》，华中科技大学出版社2007年版，第182页。

作品——像《三里湾》、《山乡巨变》等——总有些民间的异质性"①。这些异质性使得民俗文化并不纯粹地具有民间性,而是具有一定的政治性特征。

综上所述,中华人民共和国成立初期的中国乡村,尽管有些民俗空间中传统文化的元素依然存在。但是,随着新质文化逐渐在乡村成为主流文化,传统文化与新质文化经历了并存与碰撞后,其结果是新质文化逐渐取代了传统文化在乡村的地位。通过对小说中民俗空间书写的对象和特点的分析,使我们看到传统文化在乡村的延续与继承、并存与碰撞、置换的流变过程。

二 民间信仰空间书写的变迁

在"十七年"时期与"文化大革命"时期当代现实题材长篇小说中,以龙王庙、土神庙、堂屋神龛与墙面为代表的民间信仰空间,在革命政治文化的影响下,逐渐经历了继承—破坏—置换的流变过程。在这个时期现实题材长篇小说中,民间信仰空间书写的对象是"土神庙""龙王庙""祠堂""神龛"等,信仰空间的书写,呈现的是空间的断裂与质变。体现了传统民间信仰文化在乡村的消退,革命政治文化的兴起。中国乡村的民间信仰空间,随着文化的变迁,不同的时代反映出不同的特征,不断地变化融合,呈现一个演变的过程。传统的乡村民间信仰是经由中国数千年的文化积淀而形成,渗透在农村生活的方方面面,许多信仰观念是农民自己心愿的祈求,是为了满足世俗生活的要求,出现并传承至今,有很强的生命力。但自中华人民共和国成立后,

---

① 王庆:《现代中国作家身份变化与乡村小说转型》,华中科技大学出版社2007年版,第183页。

第二章 传统文化的消逝与革命政治文化的兴起(1949—1976年)

乡村民间信仰空间随着中国社会的变迁和文化的更替而发生了嬗变。可见,当代现实题材长篇小说的乡村信仰空间的书写,极大反映了当代中国乡村在20世纪50年代的信仰变迁。

民间信仰空间的继承。在聚落空间书写呈现的特征中,我们看到,民间信仰空间是村落空间的中心。许多庙宇都是村民活动的公共场所,是村落中重要的文化建构和精神象征。正如长篇小说《暴风骤雨》中写到的,"杜善人老娘们病了,叫人拔火罐,到北庙许愿"[1]。可见,在农民日常生活中,凡事喜欢到庙里求神拜佛,庙宇是村民的精神承载空间。长篇小说《红旗谱》中书写的庙宇空间,贯穿了农民生活的方方面面,"河神庙"和"庙口的钟"是村民的精神信仰,河神庙的庙台是村中的公共场所,村民平时喜欢在庙台讨论村中大小事务,这里是村民重要的精神信仰空间和活动空间。长篇小说《创业史》描写了农村合作化运动初期乡村信仰的特征,传统民间信仰在中华人民共和国成立初期的农村仍然有广泛的群众基础。富成老大说:"土神爷是庄稼人的神,因此村村都有土神庙"[2],庄稼人"对白胡子土神爷爷更虔诚了""汤河流域的自耕户庄稼人敬财神"[3]。卖豆腐的梁大拿不定主意,是否去帮下堡村杨大财东去汉中府给他拉马,他就去庙里问神仙,他"先去撞钟,然后走进正殿。他插了香,烧了表,磕了头,然后跪在那里眼巴巴望着泥塑的神像"[4],梁大祈求神灵给自己拿主意。富农姚士杰的母亲,旧社会的农村妇女,仍然像大多数农民一样,有困难就求神拜佛,她在"正房中屋里供着菩萨,见天三叩首,早晚一炉香"[5]。可见,中华人民共和国成立

---

[1] 周立波:《暴风骤雨》,人民文学出版社2005年版,第18页。
[2] 柳青:《创业史》(第二部),人民文学出版社2005年版,第21页。
[3] 柳青:《创业史》(第二部),人民文学出版社2005年版,第22页。
[4] 柳青:《创业史》(第二部),中国青年出版社1977年版,第246页。
[5] 柳青:《创业史》(第一部),中国青年出版社2000年版,第145页。

初期，传统文化在新中国乡村仍然十分根深蒂固。新的信仰还未构建，乡村继承了传统的信仰文化，旧时祭祀活动仍然大量存在，庙宇的香火十分鼎盛，村民无论大小事务，都会到庙里祈祷。这时，民间信仰空间是村落精神信仰的中心，民间信仰文化占据了村落主流文化。但随着新质文化在乡村的影响深入，民间信仰空间开始被破坏与置换，呈现出信仰传承与空间断裂的特征。

民间信仰空间的破坏与置换。中国民间信仰多神宗教，其中"土地神"是长篇小说中出现较多的神灵。事实上，"在我国影响最大、最普遍的村寨保护神就是土地神"[1]。"土地神最初只主宰农作物的收获。后来，……甚至成为万能的神祇，成为各个地域的保护神"[2]。土地神崇拜最初源于对土地的崇拜，土地能产生优质的粮食，是农民最真实的愿望。后来再次将土地的神职神圣化，土地神成为主管水灾、旱灾、疾病的神。"对一个村落而言，最早形成的庙宇就是土地庙，土地庙的建立是村落形成的标志性特征。"[3] 在"十七年"时期的当代现实题材长篇小说的信仰空间书写中，土地庙的书写较多，土神庙在旧中国几乎遍布村庄，每家每户都要供奉。在小说中，土神庙与龙王庙相比，建筑空间并不突出，空间比较小，有的仅在村中用几块石头垒砌，比起其他诸神的庙宇要小得多。尽管如此，但土神庙与龙王庙一样，在乡村信仰空间占据十分重要的位置。但是，随着乡村新质文化的深入影响，作为供奉神灵的传统庙宇空间受到革命政治文化的冲击，开始破败。例如，长篇小说《红旗谱》书写的河神庙开始破

---

[1] 齐涛主编，郑士有著：《中国民俗通志·信仰志》，山东教育出版社2005年版，第178页。
[2] 何星亮：《中国自然神与自然崇拜》，上海三联书店1992年版，第105—106页。
[3] 黄忠怀：《从聚落到村落：明清华北新兴村落的生长过程》，《河北学刊》2005年第1期。

第二章 传统文化的消逝与革命政治文化的兴起(1949—1976年)

败、凋零。长篇小说《创业史》中神圣的土神庙演变成了"闲话站","就是这十来户庄稼人,凑钱、出力,在官渠岸盖起那座小土神庙。现在已经变成闲话站,那时候可是每天早晚,都有人去向白胡子泥塑像烧香叩头,祈求免灾"[1]。在村民辛苦建起的土神庙前,人们"说闲话""晒太阳""家长里短"。在长篇小说《金光大道》中,庙宇成为了公共的鞋场,"东头那个破旧的关帝庙,要改成临时的鞋场,专门制作军用鞋底的半成品。他们正在从农村招收临时工,早来的人成了泥瓦匠,修房抹墙,整理车间和仓库"[2],此时的关帝庙似乎不再那么神圣,它要改成鞋场。不仅如此,信仰对象也发生了变化,人们对庙宇中供奉的神灵不再虔诚,"你见一庙,进去磕一回头。你自己说说:你磕那么多头有啥用来?还不是越磕头越穷吗?你没给毛主席磕一个头,又分农具又分地!碰见迷信老人要解释哩!"[3] 在这里,传统的土神庙仅仅是个破败的公共空间,不再那么神圣不可侵犯,毛主席是农民信仰的对象,土神庙逐渐从乡村民间信仰空间中消失。长篇小说《创业史》中郭振山说:"一般的庄稼人屋里,供桌上过年过节时,供先人的灵位哩,平时供土地证哩。"[4] 在土神庙的信仰空间被破坏,信仰仪式被禁止后,农民将土改后新政府划分的土地证,像供奉神灵一样供奉在供桌上。梁生宝的爹,"土地证往墙上一钉,就跪下给毛主席像磕头"[5]。在长篇小说《金光大道》中,信仰也发生了变化,当人们分到土地证后,"大伙儿在高台阶欢天喜地的领土地照、烧旧契……她一看分房分地是真的,就

---

[1] 柳青:《创业史》(第二部),人民文学出版社2005年版,第16页。
[2] 浩然:《金光大道》(第二部),北京人民出版社1974年版,第44页。
[3] 柳青:《创业史》(第二部),人民文学出版社2005年版,第95页。
[4] 柳青:《创业史》(第一部),人民文学出版社2005年版,第124—125页。
[5] 柳青:《创业史》(第一部),人民文学出版社2005年版,第209页。

把佛龛神像都收起来了，再不迷信啦"①。农民不再迷信，他们把佛龛神像都收起来了，欢天喜地地迎接"土地照"。从高大泉与朱铁汉妈妈的对话中可以看到，土地革命期间，农民信仰观念与信仰行为的变化。高大泉对朱铁汉妈妈说："'噢，又是烧香拜佛的事儿吧？您应当破除迷信。世界上没有鬼，没有神。咱们过去受穷，是地主剥削的，如今翻了身，是靠斗争的。''说得对，说得对！这弯子不好转哪！从打我没懂事儿，我妈就叫我信鬼神，我就信啦，一直信到发土地证那天。穷得锅都揭不开，还得给它买香烧。领了土地证，我又偷偷地烧了一回，铁汉又跟我吵了一顿。我躺在炕上一想，对呀，敬一辈子鬼神，给我一根草节儿没有？共产党一来，才分了房子分了地，翻了身，不挨欺负了，还出息了我们铁汉这根苗子。一生气，我把那些泥像都收拾到破麻袋里，起了个五更，偷偷地埋在苇子坑边上了'。"②信鬼神是中国乡村上千年的信仰观念，当高大泉叫铁汉妈不要再相信这些传统的鬼神观，她认为是对的，此时农民传统的观念发生了改变，观念的改变影响了他的行为，朱铁汉将家里的泥像都拿到外面去埋了，转而对领回来的土地证十分看重。可见，此时农民对土地神的信仰符号与信仰空间发生了位移，信仰符号从"土地神"转移到"土地证"和"领袖像"上，信仰空间从外部庙宇空间，转移到内部家庭空间。

　　堂屋神龛的空间书写变迁。堂屋神龛是属于家庭信仰空间的中心，表达了对神灵和祖先的敬仰。"家中人死后有三个去处——墓地，家中的神龛，以及宗族的祠堂。死者的尸体葬在了墓地，而他们的灵魂却留在家庭的神龛上和宗族的祠堂里。"③ 神龛上的

---

① 浩然：《金光大道》（第一部），北京人民出版社 1972 年版，第 62 页。
② 浩然：《金光大道》（第一部），北京人民出版社 1972 年版，第 67 页。
③ [美] 许烺光：《祖荫下：中国乡村的亲属，人格与社会流动》，王芃、徐隆德译，南天书局 2001 年版，第 35 页。

第二章 传统文化的消逝与革命政治文化的兴起(1949—1976年)

传统是供奉佛像或祖先牌位。中华民族的传统民居中的布置，在厅堂正面设置神龛，这里通常是民居空间的中心。神龛是民间信仰文化的重要风向标，这是中华文化的传统现象。神龛有的供奉天地三界的神仙，有的供奉佛教的佛像，有的供奉"天地君亲师位"。随后，佛像与领袖像一起供奉。而村里都会设置祠堂，祠堂是家族信仰的中心，是集体举行祭拜仪式的中心。直至破四旧、立四新，农民家里的神龛被破坏，将原神龛的位置放毛主席语录或主席像，而堂屋正面也会贴上毛主席的画像。传统乡村，民居的神龛祭祀活动已成为逢年过节人民生活的一部分，是家庭信仰的中心，表现普通民众的宗教信仰理念，这里可以自由地祭拜，表达心中的某种信仰。而民居空间的中心放置神龛，也是中国传统文化的精髓。神龛往往安置在正屋堂屋中央，两边安置家神的龛位，供奉香火和祭祀。神龛往往供奉着一个家庭所信奉的神或人。在"十七年"当代现实题材长篇小说中，乡村家庭信仰空间呈现出神龛信仰符号的变迁，例如，在长篇小说《暴风骤雨》中，白玉山从城里回来后，他把神龛中间的"'白氏门中三代宗亲之位'，也撕下来，在那原地方，贴上毛主席的像"[1]。长篇小说《创业史》中，梁生宝的宿舍墙面悬挂的是主席像，"生宝的单身汉庄稼人简陋的住室。四壁粗泥墙，大幅的毛主席像，几串红辣椒。再什么也没有了"[2]。而在长篇小说《山乡巨变》中，在陈先晋领回土地证的那天夜里，一通宵翻来覆去，没有睡着觉。第二天一早，他挑了一担柴，上街卖了，买回一张毛主席肖像，恭恭敬敬贴在神龛子右边的墙上。事实上，在中华人民共和国成立前，农民对于家中设置的神龛都会早晚磕头朝拜，初一十五，或重要节日也会烧香朝拜。正如《创业史》中写道："供

---

[1] 周立波：《暴风骤雨》，人民文学出版社2005年版，第307页。
[2] 柳青：《创业史》（第二部），中国青年出版社1977年版，第141页。

桌上过年过节时,供先人的灵位哩"①,连富农姚士杰妈的房屋"正房中屋里供着菩萨,见天三叩首,早晚一炉香"②。可见,在传统的旧社会乡村,神龛供奉的往往是祖先牌位或者佛像。土地革命后,"领袖像"成为这一时期神龛和墙面神圣空间供奉的信仰符号,"毛主席的肖像"是被挂起供奉和跪拜的信仰符号。信仰空间里的信仰符号的置换,意味着延续了几千年的乡村信仰文化开始向新质文化演变。

事实上,小说文本中的空间书写并不是存在于真空中,而是在特定的历史环境中的空间想象的结果,反映的是现实乡村的变化。因为"新历史主义认为,文本不是存在于真空中,而是存在于给定的语言、给定的实践和给定的想象中"③。而且,小说的"文本自身是人类存在中不可避免的政治本质的产物"④。由此可见,在这一时期现实题材长篇小说的空间书写中,民间信仰空间经历了继承—破坏—置换后,在新的文化语境中,逐渐开始转向,信仰场所逐渐成为办公场所或文化场所。这种信仰空间的转向书写,映射了在中华人民共和国成立后,中国当代乡村的传统文化逐渐向新质文化转变。

第四节　政治生活空间书写的嬗变

"十七年"时期与"文化大革命"时期,在当代现实题材长

---

① 柳青:《创业史》(第一部),中国青年出版社2000年版,第137页。
② 柳青:《创业史》(第一部),中国青年出版社2000年版,第145页。
③ 陈世丹:《关注现实与历史之真实的美国后现代主义小说》,厦门大学出版社2012年版,第246页。
④ 陈世丹:《关注现实与历史之真实的美国后现代主义小说》,厦门大学出版社2012年版,第246页。

第二章 传统文化的消逝与革命政治文化的兴起(1949—1976年)

篇小说中,呈现许多与时代发展相符的会议空间的书写,例如会议室、集会空间的书写。"会议书写成为十七年文学的一种鲜明特征,会议成为十七年文学中的突出内容,在十七年文学中成为结构小说的最关键一环。"[①]

一 "会议室"空间书写的流变

"会议室"空间的书写在这一时期的长篇小说中十分突出,意味着革命政治文化开始成为乡村主流文化。"开会"成为这一时期农民重要的政治生活之一。传统乡村的祠堂与庙宇、教室、家庭都成为开会的场所。在会议空间里,农民"过年时节,也在开会。抠政治,斗经济,黑白不停"[②]。此时,"土地改革彻底消灭了家族制度的经济基础,贫苦农民分得土地,使'收族'失去意义"[③]。传统的以家族为中心,以宗族血缘的伦理纽带在乡村开始松动,转变为以阶级成分为规则,乡村从家族认同走向阶级认同。"会议室"成为乡村重要的政治活动空间,这一时期政治生活是农民日常生活中必不可少的事项。因此,长篇小说中书写的开会场景十分多,"会议室"空间就成为了"十七年"时期与"文化大革命"时期长篇小说空间书写的重要对象。

小说呈现的会议室空间书写,意味着乡村文化的嬗变。因为在中华人民共和国成立后的中国乡村,传统的宗族势力已逐渐淡出,由农民组成的组织——农会掌握了乡村的实力。"农会和农

[①] 张文诺:《论十七年文学中的会议书写》,《江南大学学报》(人文社会科学版)2017年第6期。
[②] 周立波:《暴风骤雨》,人民文学出版社2005年版,第313页。
[③] 徐扬杰:《中国家族制度》,人民出版社1992年版,第465—466页。

民政权的组织原则是超家族体制的，它把家族成员组织在以社会而非血缘为依据的组织中。"① "冲击了村落家族文化，阶级意识的形成意味着家族意识的削弱。"② 通过革命政治文化的洗礼，乡村家庭（宗族）观念逐渐淡化，宗族的祠堂、田地等被视为公有的财产，祠堂或被用为生产队的队部或者仓库。例如，长篇小说《山乡巨变》中，祠堂被用作会议空间；《创业史》中大庙成为开会场所；《艳阳天》中东山坞的开会场所是设在大庙的北大殿里；《金光大道》里大庙成了乡政府的开会空间。同时，祖坟或田地被用作修水库或公家用地，小说中写道，"萧长春就要领着穷人修渠了，就要在他家那祖坟地上挖沟了"③ 等。随着国家政权进一步深入乡村基层，从而取代了传统乡村社会建立起的宗法结构，祠堂和寺庙在乡村扮演的主体地位逐渐消失。祠堂和寺庙从过去属于部分族人的私有性空间，现在变成属于所有村民的公共集体财产，成为乡村新的行政机构中的组成部分。曾经作为乡村主要精神信仰空间的庙宇与祠堂，在中华人民共和国成立后，成为了办公、批斗、储存等公共空间。祠堂与庙宇作为会议空间或行政办公室，同时也是具有一定的心理暗示与权力隐喻，祠堂与庙宇通常位于聚落的中心，无论在地理位置还是在农民心中的地位都十分重要。曾经神圣的祠堂变成了革命政治斗争的公共空间——会议室，也是将农民心中的精神信仰，从祖先神佛转移到新中国政治权力中心上，意味着乡村权力空间经由祠堂向会议空间转移，宗法文化与革命政治文化在乡村此消彼长。

　　同样，学校和家庭空间也是会议空间。乡村教育经历了土地

---

　　① 冯尔康：《18世纪以来中国家族的现代转向》，上海人民出版社2005年版，第319页。
　　② 王沪宁：《当代中国村落家族文化——对中国社会现代化的一项探索》，人民出版社1991年版，第52页。
　　③ 浩然：《艳阳天》第三部，人民文学出版社2005年版，第99页。

第二章　传统文化的消逝与革命政治文化的兴起(1949—1976年)

改革，农业合作化运动等政治的冲击，教育从传统的以富裕阶层和宗族势力为主导的，逐渐转向由新中国的行政体制取代。在此期间，教育空间由家庭、祠堂转到学校，学校也成为了会议空间。例如，在长篇小说《暴风骤雨》里，工作队来了元茂屯后，"放下行李卷，架好电话线，工作队就开了一个小会。小学校的课堂里，没有凳子，十五个人有的坐在尽是尘土的长方书桌上……"①，元茂屯的大会通常在"小学校的操场上"召开，"全屯的参军大会，在小学校的操场里举行"②，学校和学校操场成为会议室空间。在长篇小说《太阳照在桑干河上》中也写道，"这里有一个小学校，它占了全村最好的一栋房子"③，此时学校开始作为开会的地点。同样，长篇小说《创业史》中书写的批斗会也是在学校进行的。可见，在"十七年"时期当代现实题材长篇小说空间书写中，作为教育场所的学校也逐渐变成了会议室。除了祠堂和寺庙以外，家庭是乡村另一个权力中心，家庭空间逐渐转变，成为了开会的场地。村民不定期地利用家庭空间开会，布置革命运动。如《暴风骤雨》中农工联合会是在赵玉林家开会成立的。《三里湾》里旗杆院原本是民居，属于家庭空间，此时的家庭空间——旗杆院变成了会议室和办公场所。《艳阳天》里也有许多民居家庭空间作为会议室和办公场地的描写，如"农业社在沟北边尽东头，三间没有上瓦的土顶屋子，一间是临时仓房，另外两间通连，既是会计室，又是会议室"④。

可见，"空间既被视为具体的物质形式……同时又是精神的建构，是关于空间及其生活意义表征的观念形态"⑤。在这里，曾

---

① 周立波：《暴风骤雨》，人民文学出版社2005年版，第20页。
② 周立波：《暴风骤雨》，人民文学出版社2005年版，第418页。
③ 丁玲：《太阳照在桑干河上》，人民文学出版社2005年版，第9页。
④ 浩然：《艳阳天》第一部，人民文学出版社2009年版，第32页。
⑤ 包亚明：《现代性与都市文化理论》，上海社会科学院出版社2008年版，第114页。

经作为村落精神中心的祠堂寺庙,变成了会议室,这个空间是一种精神的建构。因为对于初入乡村的革命力量来说,要想把自己的势力深入乡村,把自己的影响渗透农民中间,必须依赖并改造"权力的文化网络"①。必须取得对祠堂、寺庙、学校、家庭等乡村权力中心的控制权。在这些权力中心里开会可以产生一种规训的效果,可以改造农民的思想,规训农民与地主的行为,还可以布置政治任务。事实上,正是在这种具有威严特征的空间里开会,才能使"党与政府的政策得到了贯彻与落实,干部的权威得到了加强,先进分子得到了鼓励,一般社员受到了深刻的教育,落后分子受到了批评甚至惩罚"②,乡村革命政治运动才能继续开展。

二 集会空间书写的政治性转变

政治活动是"十七年"时期长篇小说中重要的叙事环节,小说书写的大型政治活动主要是以集会的形式来完成。然而,开展政治活动需要大型空旷的场所,当现代公共广场没有形成时,乡村的政治斗争往往利用村中的空地举行活动。我们可以看到,在小说所书写的集会空间里,村民利用一切可利用的空地进行集会,如土场、操场、集市等地都成为小说中叙述集会的场所。中华人民共和国成立初期,由于革命政治的影响,乡村传统集会的内涵发生了变化,集会具有政治性特征,集会场所成为传达村民

---

① [美]杜赞奇:《文化、权力与国家:1900—1942年的华北农村》,王福明译,江苏人民出版社2018年版,第13—14页。作者在本书的第一章"权力的文化网络"中指出,文化网络由乡村社会中多种组织体系以及塑造权力运作的各种规范构成,它包括在宗族、市场等方面形成的等级组织或巢状组织类型。乡村社会中的权力趋向于坐落于较为密集的交叉点上——即文化网络中的中心结。
② 张文诺:《论十七年文学中的会议书写》,《江南大学学报》(人文社会科学版)2017年第6期。

第二章 传统文化的消逝与革命政治文化的兴起(1949—1976年)

政治愿望、表现革命热情的空间。例如，在长篇小说《暴风骤雨》书写的集会空间中，工作组将元茂屯小学校的操场作为集会场地，萧队长在操场上召开全村的"翻身"大会，组织农民群众开展针对地主韩老六的批斗大会，分发胜利果实，举行全屯的参军大会。同样，在长篇小说《创业史》中写道，"约莫有五十户人家，来到土神庙前边这土场割了肉。"① 这里的集会空间成为人民群众表达政治诉求和开展政治斗争的空间。不仅如此，土场作为村中的无主空地，平时是农民从事农事活动的场地，现在也用作集会空间，村民在土场上集中召开社员大会，布置工作，宣传政治思想。在私人空间逐渐消逝的"十七年"文学书写中，像土场这种平时从事家庭劳动的，具有一定私人性质的半公共空间，现在成为了集体开展政治活动的公共空间。而在长篇小说《红旗谱》中，集会空间是集市，集市在乡村生活中十分普遍，主要用来购买日常生活中的必需品，农民为了互相售卖物品，每周或每月都会有一次"集"，各家各户都会上集（赶集），小说中写道，"江涛按照贾湘农的意图，指挥游行的队伍。做买卖的停止了生意，万人空巷，看着这雄壮的队伍在大街上走过。一群群农民迈着有力的步伐，学生们唱着国际歌，站满了一条街"②。大会在集市上开展，贾老师组织锁井村的党员群众在集市上游行示威。传统乡村的集市通常是从事小型商业活动的场地，但在这一时期，商业空间也转变成轰轰烈烈的政治活动空间。此外，传统乡村的戏台通常是娱乐教化的场所，但在"十七年"时期的长篇小说中，娱乐教化功能的戏台是政治场所。例如，在长篇小说《太阳照在桑干河上》里，村里戏台前的空间作为公共集会空间，平时是用来斗争地主钱文贵的场所。《艳阳天》里平时过节搭戏的戏台，也是用来给

---

① 柳青：《创业史》（第二部），人民文学出版社2005年版，第167页。
② 梁斌：《红旗谱》，中国青年出版社1958年版，第294页。

群众集会，举行政治活动的空间。

事实上，传统的乡村集会通常作为传播文化的场所，是与岁时节日、宗教祭祀有关，主要是展示传统文化。但是，"在漫长的历史演变过程中，中国传统社会为数不少的岁时节日的意义内涵、庆祝方式等都发生了程度不等的变化"①。当乡村的革命政治文化是主流文化时，受到文化变革的影响，"中国传统岁时集会在中国社会的近现代转型过程中逐渐消散，个中原因有经济的也有政治与文化的因素，现代大规模的群众集会则与政治运动密切关联"②。尤其是在这样一场全民开展革命政治活动的背景下，集会活动一定与政治运动相关，具有政治意义。它可以在乡村进行文化革命，开展政治口号运动及思想洗礼，集会进一步加剧乡村新质文化取代旧式文化。可见，"十七年"时期现实题材长篇小说的集会空间书写，意味着具有传统意义的乡村集会随着社会的转型逐渐消逝，开始向政治化转变。

第五节　乡村生产空间的现代化过渡

"十七年"时期与"文化大革命"时期长篇小说乡村生产空间书写的主要对象包括：农田、水渠与合作社。这一时期乡村生产空间书写所呈现的变化，与土地改革和合作化运动密切相关。20世纪40年代中后期，解放区开展轰轰烈烈的土地革命运动，20世纪50年代以后，全国逐渐开始了农业合作化运动和人民公社化运动，这些运动重构了中国上千年的土地制度，乡村开始实施新的土地分配政策，土地改革制度极大地影响了中国当代乡村

---

① 万杰：《广场的诞生——现代文学中的集会书写》，《社科纵横》2013年第6期。
② 万杰：《广场的诞生——现代文学中的集会书写》，《社科纵横》2013年第6期。

第二章 传统文化的消逝与革命政治文化的兴起(1949—1976年)

政治和文化的进程,也使乡村由传统的生产模式向现代化生产模式过渡。从文学创作上来看,"在现代中国,对乡村的叙事几乎是'追踪式'的,农村生活的任何细微变化,都会引起作家强烈的兴趣和表达的热情"①。此时的文学作品积极地反映了乡村的变化,及时书写了当代中国乡村的土地改革和合作化运动所带来的农业生产变革和乡村文化变迁,生产出大批反映土改和合作化运动后乡村变化的小说,映射了在社会制度变革下,乡村政治秩序和生产文化的嬗变。可以说,"十七年"时期与"文化大革命"时期当代现实题材长篇小说的乡村生产空间叙事,是围绕着农田、水渠和合作社书写的传统农业生产叙事,蕴含着复杂的这个时代专有的文化内涵。

一 农田书写——农业生产"世俗化"转向"政治化"

在"十七年"时期与"文化大革命"时期的现实题材长篇小说中,农业生产空间的书写占据很大部分,而农田是农业生产的主要承载空间,农田对于中国传统乡村来说十分重要,它是农民生存资料的来源,农民祖祖辈辈在农田空间上劳作。在小说中,我们可以看到,农田空间的书写从"世俗化"向"政治化"转变。我国是一个传统的农业国家,农耕文化较长时期是我国乡村的主要文化,对于广大农民来说,农田劳作是日常普通生活的一部分,是农民为了获得生存资料的一种身体上的劳动,是最为世俗的生产生活。"然而,在历史变动的裹挟下,中国乡村的田间地头出现了一些变化,这个空间逐渐被一种新的意识形态占据,

---

① 孟繁华:《"茅盾文学奖"与乡土中国——第七届"茅盾文学奖"的两部乡土小说》,《西南民族大学学报》(人文社会科学版)2010年第3期。

变得越发具有公共性了。"① 在此前的田头空间中，农民在这里唠嗑、家长里短、嬉戏玩笑，是一种"诙谐和调笑"的氛围。而此时，田头空间表现为严肃"田头批斗会""田头动员会"等。通常乡土小说书写的农田空间，反映农民的日常劳动，是具有世俗化的特点，呈现的是乡村社会的世俗生活文化，表现特定地域风俗，具有浓厚乡村文化意味的小说。我们通过传统的农田世俗生活的书写，去观察乡村风俗习惯，欣赏乡村文化特色。然而，在"十七年"时期的长篇小说中，这种世俗化的农田劳作被一种抽象而狂热的、具有政治性的新文化取代，使农田空间书写所呈现的这种农业劳作具有一定的政治意味。就像《三里湾》里书写的农田空间里的劳作："靠黄沙沟口那一片柳树林南边那一组捆谷的，连那在靠近他们的另一块地里割谷的妇女们是第一组，因为他们大部分是民兵——民兵的组织性、纪律性强一点，他们愿意在一处保留这个特点，社里批准他们的要求——外号叫'武装组'。社里起先本来想让他们分散到各组里，在组织性、纪律性方面起模范作用……"② 传统的农田劳动生产以较自由的个人或家庭形式进行，而此时的农业劳动更多讲求组织性与纪律性，以及模范作用，并以集体的形式进行，具有一定时代特征和政治性。

　　农田空间的书写，映射了土地改革给乡村带来的社会与文化变迁。"费孝通在《乡土中国》中指出，中国社会的'乡土性'强调的是对土地的重视，'土字的基本意义是泥土，乡下人离不了泥土，……种地是最普遍的谋生方法'"③。对于中国农民来说，

---

① 姜伟平：《论毕飞宇小说的乡土写作》，硕士学位论文，中央民族大学，2014年，第12页。
② 赵树理：《三里湾》，人民文学出版社2012年版，第54页。
③ 朱启臻、鲁可荣：《中国"三农"问题研究（之二）——乡村旅游与农村社区发展》，中国农业大学出版社2008年版，第88页。

第二章 传统文化的消逝与革命政治文化的兴起(1949—1976年)

农田提供基本的生活资料,农田是乡村最大的生产空间,重新分配田地对于农民意义重大,《暴风骤雨》中写道,"'这回要好好地分。这回分了不重分。地分好了,政府就要发地照。咱们庄稼院,地是根本。……土地可不比衣裳,地分不好,是要影响生产的"①。田地的好坏影响着农民的生产,关乎着农民的生存,老田太太感叹道:"那时咱们要有地,就不会受韩家的气,裙子也不会伤了"②。然而,以前土地在"不劳动的地主手里"。③ 土地革命后,田地"转到了劳动人民的手里,这就是翻身。翻身以后,就要发动大生产"④。可见,田地是农民主要的生产空间和生存依靠,旧中国的农民没有属于自己的土地,失去土地支配权的普通农民,生存受到极大威胁,而地主和士绅对土地享有支配权,这就是旧时中国的土地文化现象。传统中国的地主与士绅掌握了农民的生产资料和生产空间——土地。"士绅是个富有的群体,它的权势多依靠它的财富。士绅成员的财富或许差别很大,在边缘上参差不齐,但却有一个坚固的核心——土地"⑤。在《暴风骤雨》中,当佃户田万顺要继续租地主韩老六的地时,被韩老六拒绝,"韩老六要他退佃,他租不到好地种,还不清拉下的饥荒,他跟他的瞎老婆子,又得要饭啦"⑥。可见,农民的生产与生存都掌握在地主手中,是否拥有田地是乡村权力结构的重要资本,而正是封建社会的宗法制度形成了这种上千年的土地文化,根据家庭社会学家古德所说:"有相当多的乡村是中国宗族制度的象征,因为同一个乡村几乎每个人都使用同一个姓。从行政的观点来

---

① 周立波:《暴风骤雨》,人民文学出版社2005年版,第387页。
② 周立波:《暴风骤雨》,人民文学出版社2005年版,第171页。
③ 周立波:《暴风骤雨》,人民文学出版社2005年版,第316页。
④ 周立波:《暴风骤雨》,人民文学出版社2005年版,第316页。
⑤ 杜香芹:《论国家、宗族与乡绅的关系——以抗战时期闽中学田案为考察对象》,《福建省社会主义学院学报》2004年第1期。
⑥ 周立波:《暴风骤雨》,人民文学出版社2005年版,第15页。

看，宗族制度的意义表现在以下方面：在帝国的统治下，行政机构的管理还没渗透到乡村一级，而宗族特有的势力却维持着乡村安定和秩序。"①乡村邻里之间都是叔伯兄弟，是由宗族与血缘联系在一起的。中华人民共和国成立前后的土地改革运动，使传统的土地制度发生了根本性的改变，当国家的力量介入乡村文化中，宗法文化的影响就被削弱了。

农田空间的书写，映射了农民取得了农村土地支配权。土地革命运动，使得上千年的乡村传统宗法文化削弱，农民分配到田地后，阶级地位得到提升。20世纪40年代中后期，解放区进行了土地制度改革，这场土地改革运动彻底颠覆了传统乡村土地制度，以及农村权力结构和文化，建立起了新的乡村土地分配制度和以农民为主体的权力结构——农会。自此，由地主与士绅占有土地的制度，随着土地流转而发生变革，因为"绅士占有土地意味着各种权力的获得，失去土地就暗示着其社会地位的丧失"②。共产党领导的农会组织获得了分配土地的权力，农民的阶级地位从最底层得到了提升。而农民对地主乡绅的反抗不是一蹴而就的。首先，农民主体意识需要觉醒，土地革命的实施是对传统中国乡村阶级划分制度的挑战。事实上，农民对于种地有着强烈的执念与愿望，在《暴风骤雨》中，尽管张富英开了煎饼铺子，但他分到土地后，还是愿意去种地，他说"煎饼铺子早歇了。头年分了地，就下地了。我寻思七十二行，庄稼为强，还是地里活实在"③。可见农民对于土地有着原始欲望，但由于传统宗法文化的影响，农民没有反抗意识，对于夺取土地所有权的意识薄弱。

---

　　① [美]威廉·J.古德：《家庭》，魏章玲译，社会科学文献出版社1986年版，第166页。
　　② 杜香芹：《论国家、宗族与乡绅的关系——以抗战时期闽中学田案为考察对象》，《福建省社会主义学院学报》2004年第1期。
　　③ 周立波：《暴风骤雨》，人民文学出版社2005年版，第206页。

第二章　传统文化的消逝与革命政治文化的兴起（1949—1976年）

《太阳照在桑干河上》中写道，"顾老汉每次走过这一带就说不出的羡慕，怎么自己没有这末一片好地呢？"① 可见，他们大多因遵循乡土情谊和宿命意识的情感惯性，阶级观念相当淡薄，对土地等私有财产有着天然欲望，农民阶级意识的觉醒不是那么容易。正如《太阳照在桑干河上》中张裕民所说，"老百姓希望得到土地，却不敢出头。他们的顾忌很多"②。他认为"不仅要使农民获得土地，而且要从获得土地中能团结起来真正翻身，明了自己是主人"③。在农田空间书写中可以看到，随着土地革命运动的深入开展，农民主体意识逐渐觉醒。在《暴风骤雨》里写道，"一个吃捞金的老初不敢要地，郭全海撂下其他工作，跟他唠一宿，最后，老初才说：'说实话，地是想要的，地是命根子，还能不要？就是怕……'"④ 老初怕工作组不长久，工作组走后，地主会重新夺回土地。这种想要土地却又不敢反抗的阶级意识，在中华人民共和国成立初期的乡村是普遍现象，而工作组的到来，激发了农民从地主乡绅手中夺取土地的愿望。夺取土地胜利后，乡村的阶级结构发生了变化。长篇小说《暴风骤雨》写道，共产党领导了农民开始了"翻身"运动，穷人清算恶霸地主韩凤岐，开翻身大会，目的就是要"'向地主讨还血债''分土地，分房子，倒租粮'"⑤。意味着传统乡村由地主和士绅掌握的土地占有权，开始被党领导的农民组织夺取，农民逐步获得了主体地位。从此，"农村古老的社会权力结构，经过这场变动被全部颠倒了过来，没有人再可以凭借土地财富和对典籍文化的熟悉获得威权，原来的乡村精英几乎全盘瓦解，落到了社

---

① 丁玲：《太阳照在桑干河上》，人民文学出版社2005年版，第2页。
② 丁玲：《太阳照在桑干河上》，人民文学出版社2005年版，第126页。
③ 丁玲：《太阳照在桑干河上》，人民文学出版社2005年版，第87页。
④ 周立波：《暴风骤雨》，人民文学出版社2005年版，第119页。
⑤ 周立波：《暴风骤雨》，人民文学出版社2005年版，第103页。

会最底层"①。随着土地改革的深入，农民不仅积极地参与斗争地主，参与分配土地，作为土地主人的主体意识逐渐觉醒。宗法文化影响下的宿命意识让他们没有想到，自己也有权力分配地主的土地。长久以来由宗族与乡绅控制的乡村土地支配权，让位于以农民为主体的农会组织。说明经过"土改"运动，乡土中国的宗法文化力量逐渐退出历史舞台，贫苦农民获得了"历史身份"。可以说，"十七年"时期现实题材长篇小说的农田空间书写，是随着乡村土地革命运动而出现在文学作品中，反映了乡村土地改革下的政治秩序变革与文化变迁。

二 水渠书写——农业生产的现代化

农田水利建设使乡村农业生产向现代化迈进，此时的小说及时地反映了这一社会变迁。"从 1957 年冬开始，全国各地农村就掀起了一个农田水利建设的高潮。当时水利建设的方针是以小型为主，以蓄水为主，以社办为主。依靠群众运动为主，国家援助为辅，农村集体经济组织成为水利建设的主力军。"②"水渠""水库"大量出现在小说的空间书写中。例如，长篇小说《三里湾》里"开渠"书写十分多，"开渠"对于三里湾村的农业工作十分重要，从征地开渠到如何开渠贯穿小说的始终。村长范登高说："开渠的事虽说和全村有关，不过渠要经过的私人地基还没有说通，其他方面自然还谈不到。"③ 起先，开渠需要征用农民的

---

① 张鸣：《乡村社会权力和文化结构的变迁（1903—1953）》，陕西人民出版社 2008 年版，第 230—231 页。
② 王胜：《20 世纪 50 年代后期中国农村建设的历史回顾》，《求实》2010 年第 5 期。
③ 赵树理：《三里湾》，人民文学出版社 2012 年版，第 22 页。

第二章　传统文化的消逝与革命政治文化的兴起(1949—1976年)

土地,"渠是要社内外合伙开的,都不能说和行政关系不大。至于开渠用私人的地基问题,也正是我们今天晚上要谈的问题……"①,合作社成员不断与农民沟通,使开渠获得大多数农民同意,并讨论如何将全村的土地纳入渠道。"三里湾计划要开的水渠,就得从青龙脑对过这边把水引到回龙湾西边的山根下来……只有从那里引水到三里湾的下滩才浇得着地。"②小说始终围绕着"开渠"书写农业生产活动。可见,"水渠"是"十七年"时期长篇小说中农业空间书写中的重要的对象之一。

此外,在长篇小说《山乡巨变》里,"水库"的书写也十分多,陈大春对盛淑君说:"'农业社成立以后,我打算提议,把所有的田塍都通开……'我们准备修一个水库,你看',陈大春指一指对面的山峡。'那不正好修个水库吗？水库修起了,村里的干田都会变成活水田,产的粮食,除了交公粮,会吃不完……"③工作组对于在全村修水库十分重视,水库的修建影响着农民田地的产量,与农民生存息息相关。在长篇小说《创业史》中,尽管没有书写如何修建水渠,但水渠在村落的位置十分重要,由于灌溉的便利性,水渠边上的农田十分珍贵,"稻地的南边有一条主渠,所有下堡村对岸的稻地用水,都从这条渠里来,所以叫作官渠。官渠南岸是旱地,地势比稻地高,有四五十户人家沿渠岸形成一条小街,人们按地势叫作官渠岸"④。在水渠边上的农田往往较好灌溉,以前被地主占有,北原上马家堡的地主的农田就是"渠岸边挨着水口的连片四十八亩稻地"⑤,富农郭世富租用了水渠边上的地,然后租给贫农,发财致富。土地重新分配后,农民

---

① 赵树理:《三里湾》,人民文学出版社2012年版,第22页。
② 赵树理:《三里湾》,人民文学出版社2012年版,第67页。
③ 周立波:《山乡巨变》,人民文学出版社2005年版,第175页。
④ 柳青:《创业史》(第一部),中国青年出版社2000年版,第33页。
⑤ 柳青:《创业史》(第一部),中国青年出版社2000年版,第59页。

对于分配的田地的灌溉十分重视,对于农村来说,开渠工程与农民的生计相关。长篇小说《山乡巨变》里同样书写了水库,村落中的水库周围是农田,"涧上有几座石头砌的坝,分段地把溪水拦住,汇成几个小小的水库。一个水库的边头,有间小小的稻草盖的茅屋子,那是利用水力作为动力的碾子屋"[1]。农田围绕着水库而建,为了劳作时灌溉的方便性,水库对于乡村农业生产非常重要。同样,在长篇小说《艳阳天》里写道,开挖渠是东山坞合作社的重要农业工程,"这个时候正是一九五七年春蚕结茧、小麦黄梢的季节,本县东北部二十几个乡联合挖渠引水的工程搞得很火热"[2],水渠是东山坞农民灌溉的主要渠道,"这条渠从城北牛儿山北边的潮白河引出来,沿着山根东下,直伸到这个县最边沿的东山坞、章庄一带。……这个工程是在广大农民普遍要求下开始的,足足表现了高级农业社成立以后的新气魄……"[3] 在小说中,挖渠是农业生产的重要部分,生产队成立了挖渠队,为了实现全村的水利灌溉工程开展的集体劳动,同时也是积极响应国家对农村水利建设的号召。正如长篇小说《金光大道》写道,高大泉"在这大草甸子上挖掘出第一条泄水渠;芳草地的庄稼汉,第一次用人们的集体力量,战胜了天灾,保住了丰收。那一条渠成了周围村庄的榜样,引出来几十条泄水渠。大草甸子从连年沥涝的魔爪下解放出来"[4]。小说及时地反映了在20世纪五六十年代,人们的集体力量战胜了天灾,乡村大力修建水利工程,小说中关于水库和水渠的书写,积极反映了这一时期乡村水利建设的现实状态。

---

[1] 周立波:《山乡巨变》,人民文学出版社2005年版,第14页。
[2] 浩然:《艳阳天》(第一部),人民文学出版社2009年版,第5页。
[3] 浩然:《艳阳天》(第一部),人民文学出版社2009年版,第5页。
[4] 浩然:《金光大道》(第四部),京华出版社1994年版,第2页。

三 合作社书写——农业生产模式的变迁

土地改革后,1953年乡村开始了"农业合作化运动",这时期产生了如《三里湾》《山乡巨变》《创业史》《艳阳天》等一批描写合作化运动的长篇小说。正如长篇小说《山乡巨变》中朱书记所说:"合作化运动是农村的一次深刻的革命,个体所有制和集体所有制,旧的生产关系和新的生产关系的这番剧烈尖锐的矛盾,必然波及每一个家庭,深入每一个人的心底。"①。这一时期长篇小说中的合作社空间的书写,图解了在农业合作化运动下乡村社会与文化的变革。合作社成为了农民之间的政治共同体,也是农民生活生产的集体空间。"合作社"空间的出现,使得以前以家庭为单位进行生产生活的传统劳作模式开始削弱。《山乡巨变》中邓秀梅说:"合作化运动是一场严重、复杂和微妙的斗争,它所引起的矛盾会深入人心,波及所有的家庭……"② 邓秀梅在与农民谈心的过程中,发现许多农民不愿入社,是受到长久的以家庭成员为主的小团体的劳作模式的影响。"合作社"空间的出现,促使传统以家庭为主的劳作模式,变为以全村集体为主的劳作模式,合作社成为农民共同从事生产的载体,它使个体生产转向集体生产。"在共产主义统治中国之前,家庭的经济基础是一小块土地,具有土地所有权,常常可以出租。土地上生产的农产品不仅供自己食用,而且还通过集市出卖,用所得的钱购买生活必需品。"③ 合

---

① 周立波:《山乡巨变》,人民文学出版社2005年版,第114页。
② 周立波:《山乡巨变》,人民文学出版社2005年版,第34页。
③ [美]罗德里克·麦克法夸尔、费正清主编:《剑桥中华人民共和国史(1966—1982)》,李向前等译,海南出版社1992年版,第648—649页。

作化运动使这种上千年的乡村劳作模式开始发生变化，传统以家庭为中心的文化正在被削弱。正如长篇小说《艳阳天》里写道，"几千年来，庄稼人都是各人干各人的，眼下合作化了，全村成了一家"①。同样的变化，在长篇小说《山乡巨变》中也可以看到，陈先晋认为自古以来，作田的都是各干各，互助组都是乱弹琴，合作社的出现说明乡村劳作开始以集体的形式出现。在长篇小说《艳阳天》中写道："哎，这年头还有谁家的，跑遍中国一个样儿，土地全是大家伙的！"② 土地改革时以家庭分配的土地，现在成为集体"大家"的了。长篇小说《创业史》也描写了乡村集体生产的模式的转变，梁大老汉"看见汤河南岸的上下河沿，这里一组那里一组，是灯塔社的男女社员在地里劳动。有的组在旱地里锄冬小麦地，有的在稻地的夏种小麦地里打土块和拾稻根"③，"整个蛤蟆滩却是严肃的。上下河沿大约有三十户左右的庄稼人，要和几千年古老的生活道路告别了。他们要走上一条对他们完全陌生的生活道路了"④；高增福"想起社里给稻地复种的冬小麦施追肥、修建饲养室和平整土地的集体劳动中，这些男女老少劳动热情高涨的情景……增福想起这些情景，禁不住惭愧，瘦削的脸腾地通红了"⑤。这些描写表明了农民对新式劳作模式开始接受，农民不再仅仅担心自己家庭的生产，他们将自己对土地的热爱转移到集体的农业生产上。可见，合作社空间的书写，见证了合作化运动后，中国乡村传统劳作模式经由个体（家庭）向集体（合作社）的转变。

合作社空间的书写，让我们看到合作化运动后，农民家庭会

---

① 浩然：《艳阳天》（下），作家出版社1964年版，第488页。
② 浩然：《艳阳天》（第一部），人民文学出版社2009年版，第266页。
③ 柳青：《创业史》，中国青年出版社2009年版，第697页。
④ 柳青：《创业史》，中国青年出版社2009年版，第438页。
⑤ 柳青：《创业史》，中国青年出版社2009年版，第713页。

第二章 传统文化的消逝与革命政治文化的兴起(1949—1976年)

为了是否入社产生分歧,家庭之间的紧密性在减弱。"在乡村,家庭是最基本的经济单位,家庭也是乡村最重要的空间之一,家庭成员在这个空间里紧密协作。"[1]但是,"'十七年'中国乡村文学中普遍存在的一个事实,即作为家庭的空间在代际上的分化与疏离"[2]。如长篇小说《山乡巨变》中写道,陈妈"'听雪春说,入社是好事,我是没有么子不肯的,只怕老倌子他不答应。''他为什么不答应?''舍不得他开的那几块土……'"[3],是否加入合作社成为陈妈家庭成员之间的分歧。《三里湾》里有一些"大"户因为入社问题闹分家。《创业史》中梁大老汉和儿子生禄为了是否入社产生分歧等。随着合作化运动的深入,集体生产生活成为乡村生活生产的主要部分,这是因为"阶级作为某种崭新的整合圭臬令家庭的血缘维系标准发生颠覆,人们可以不再依赖自己的家庭,开始转而去信仰组织的力量"[4]。显然,这里"组织的力量"是指"农会"或"合作社"。长篇小说《艳阳天》写道,"'我们的牲口,我们的家具、土地全都交到社里了,我们这会儿是两手攥着空拳头'"[5],农民将基本生活生产资料交付给合作社,合作社成为农民信任的组织,"由于互助组、合作社等社会主义公共组织的崛起,家庭所负有的'保护家庭成员抵御不确定性'的那种传统功能开始迅速遭到削弱"[6]。可见,"合作社"空间的书写,从社会变迁表征上来看,表明传统的以家庭为单位的劳动

---

[1] [法]菲利浦·阿利埃斯、乔治·杜比:《私人生活史Ⅳ:演员与舞台》,周鑫等译,北方文艺出版社2008年版,第96页。
[2] 路文彬:《论"十七年"中国乡村文学中的空间政治问题》,《文学评论》2011年第6期。
[3] 周立波:《山乡巨变》,人民文学出版社2005年版,第136页。
[4] 路文彬:《论"十七年"中国乡村文学中的空间政治问题》,《文学评论》2011年第6期。
[5] 浩然:《艳阳天》第一部,人民文学出版社2009年版,第432页。
[6] 路文彬:《论"十七年"中国乡村文学中的空间政治问题》,《文学评论》2011年第6期。

模式，转变为以合作社为单位的集体劳作生产的模式。从文化变迁表征上看，是传统的家庭文化向集体式文化的转变，农民传统以家庭利益为先的思想观念，逐渐转为以集体合作社利益为先，合作社的书写在这里展现了乡村的某种社会现象和文化现象的变迁。

第六节　时代变迁下的异质空间书写

通过对"十七年"时期与"文化大革命"时期现实题材长篇小说的文本细读，我们看到，小说中空间书写呈现的特征是：传统、政治氛围浓厚、商业不发达。但是，在一些长篇小说中，我们看到了一些异质空间的书写，例如，城市与乡（镇）空间开始出现在小说中。传统的观念认为，城市与乡（镇）空间的书写往往在商业快速发展的社会背景下出现较多，比如在20世纪80年代以后的当代现实题材长篇小说中，城（镇）空间的书写，往往与乡村结合在一起，成为小说中空间呈现的主要部分。但长篇小说《金光大道》为我们呈现了"北京市"与"天门镇"两个异质城市（镇）空间。小说主要以河北农村的芳草地村为主要书写对象，集中反映了中华人民共和国成立后乡村开展的土地改革和合作化运动对乡村的影响。小说将河北的芳草地村与北京市的城市空间结合在一起书写，"构建的'北京'既具有了乡村一般的和谐宁静，又有现代工业城市的'喧闹不止'"[1]。在北京，"新修起来的百货公司，粉刷一新的铺家门面，一个挨一个，橱窗里摆着五光十色的货物，从玻璃门出出进进，都是买东西的人。人

---

[1] 郭元刚：《论〈金光大道〉的城市想象与呈现》，《西华大学学报》（哲学社会科学版）2008年第5期。

第二章 传统文化的消逝与革命政治文化的兴起(1949—1976年)

群里有男有女,有老有少,有工人打扮,也有农民装束,还掺着一些穿着长袍、包着头巾的少数民族,以及肤色白的,或是黑的外国人"[1]。这样的空间呈现并不仅仅为了故事情节发展的需要,也是社会改革过程中,呈现的现实场景。作者浩然认为,他一直以笔为录,记录了中国农村、中国农民。并且,只有他(浩然)"用小说形式记录下中国农业社会主义改造的全过程,这就是四部《金光大道》"[2]。在作者心中,小说中书写的城(镇)空间是当时社会真实的再现。"在小说所写的那个年代,我们国家还处在恢复国民经济的阶段,对城市资本主义工商业未及全面改造,农村的互助合作也只是刚刚试点。"[3] 可见,这一时期我国的乡村并不是完全封闭的,乡村在尝试工业化改革,出现了一些商业空间。此时,芳草地村也具有开放的特征。作为另一个异质空间,通往天门镇的"公路"的书写,也说明了传统乡村与城镇的商业交流,"彩霞河正筑堤,香云寺正挖渠,几条公路准备宽展取直,也开始测量……安排了大批劳动力,给乡村集镇增添一种向来没有过的热烈气氛。翠绿色的大草甸子上,奔走着忙碌的人群,响着砸夯的号子声,从早到晚都有运料的大车在公路上滚动……"[4]

20世纪70年代长篇小说书写的异质空间,具有一定的过渡性,表明乡村逐渐向现代化发展。《金光大道》中写道,在天门镇的街道上,"空地上修起许多新房屋,垒起许多新院墙,栽了许多小树,大小车辆挤满街筒子;供销社,新饭店,招牌、幌子一大串……这种繁荣景象,更让人瞧一下就长劲头"[5]。土地改革

---

[1] 浩然:《金光大道》(第一部),北京人民出版社1972年版,第151页。
[2] 浩然:《浩然口述自传》,天津人民出版社2008年版,第303页。
[3] 金梅:《社会主义新生事物在斗争中前进——评长篇小说〈金光大道〉第二部》,《天津师院学报》1975年第2期。
[4] 浩然:《金光大道》(第二部),北京人民出版社1974年版,第22页。
[5] 浩然:《金光大道》(第二部),北京人民出版社1974年版,第134页。

后，乡村的农民开始买地、雇工，并扩大自己的经营，封闭的乡村与外界的商业行为越来越多。"那两间打通的门面里，今天晚上挤满了绳匠、鞋匠、泥水匠等等小手工业者。一盏风灯悬在房椽上，因为没有门窗阻挡，金黄的光亮直铺到街上，招引来许多看热闹的、匠人们的后代。"[①] 天门镇还盖了几个新工厂，修了几所新学校，添了几家新客店。长篇小说《千重浪》里，作者也为我们呈现了异质空间的书写，"一座标准的'北大荒'农村小镇，论地盘赶上南方一座县城那么大了。街道宽得能并排跑两、三台汽车；街道两旁，隔着排水沟，还有人行道。这阵，排水沟被冰雪和泥土填平，人行道和大街连到了一起，就更宽敞了……停放着拖拉机、汽车、胶皮车、自行车。挂着棉门帘的供销社门前，陈列着成套的水缸、瓦盆……每个摊子跟前，都围满了看货问价的庄稼人"[②]。小说中，"北大荒"的农村小镇，街道"宽敞"，可以并排跑几辆汽车，还修了"人行道"，小说中呈现了乡村现代化的雏形。浩然、毕方等作家为我们呈现了20世纪五六十年代乡村现代化、商业化的异质空间，由此可见，这一时期长篇小说中"城市（镇）""商业街道"空间的书写，表明改革开放前的乡村与城市（镇）之间，并非完全的二元对立，乡村也不是绝对封闭的。此时的乡村也在时代变迁下悄然变化。这些异质空间的书写虽然较少，但为我们呈现了一个不同于传统文化充斥的乡村形态。此后，我们在新时期现实题材长篇小说中，看到了乡村与城镇越来越紧密，重构了传统的聚落空间，商业性的空间也越来越多。

[①] 浩然：《金光大道》（第二部），北京人民出版社1974年版，第29页。
[②] 毕方、钟涛：《千重浪》，人民文学出版社1975年版，第1—2页。

第三章　新时期长篇小说乡村空间的书写（1977—1999 年）

"文化大革命"结束后，中国当代长篇小说蓬勃发展，形式多样，种类繁多。许多典型的现实题材长篇小说，书写了中国改革开放后乡村社会与文化的变迁，反映了当代中国乡村社会的生活与农民思想的蜕变，如《许茂和他的女儿们》《古船》《平凡的世界》《浮躁》《苍生》《许三观卖血记》《后土》《多彩的乡村》《高老庄》《羊的门》，等等。随着国家建设的重心从政治斗争逐渐转向以经济发展为主，中国乡村社会经历了巨大的变革。乡村从传统的自给自足、半自给自足的社会逐渐向市场经济社会转型。乡村不再是封闭单一的乡村，逐渐转变为开放型、异质多样型乡村。社会的转型促使乡村空间发生变化。乡村不仅有传统空间，随着改革在乡村的推进，带有新文化符号的空间出现在乡村。此时，处于时代变革中的乡村空间必然是传统与现代的叠加，具有传统、现代的多样化特征。新时期当代现实题材长篇小说书写的乡村空间，积极地反映了这一变化。小说中呈现的乡村空间特点是既继承了传统特色，同时也有现代文明与商业文化特征，具有多样性。本章通过文本细读"文化大革命"结束后至20世纪末的典型当代现实题材长篇小说，分析小说中乡村聚落空间、民居空间、民俗与民间信仰空间、商业空间四个部分书写的变化，观照空间书写所呈现的乡村社会与文化的变迁。

第一节　乡村聚落空间书写的特征

一　聚落空间书写中的传统与现代并存特征

传统文化继续影响乡村聚落空间的形成。"文化大革命"结束后，当代现实题材长篇小说积极地反映了现实社会的变化，记录了中国乡村社会翻天覆地的改革历程。这一时期，小说书写的乡村聚落空间特点是传统与现代并存。首先，与"十七年"时期和"文化大革命"时期现实题材长篇小说乡村空间书写呈现的特点一样。在新时期现实题材长篇小说中，乡村空间书写同样也呈现"村庄依山傍水，聚落自然形成，房屋无序中有序地自然排列"这一特点，是中国传统文化影响下的聚落。例如，在长篇小说《许茂和他的女儿们》中聚落空间的书写："这环绕着葫芦坝的柳溪河啊，不知哪儿来的这么多缥缈透明的白纱……"[①] 小说中的聚落葫芦坝"傍水"，它坐落在柳溪河边，小说呈现的乡村聚落空间的这一特点，与"十七年"时期和"文化大革命"时期当代现实题材长篇小说中，呈现的传统乡村空间书写特点是一致的。长篇小说《平凡的世界》对村落石圪节村的书写，同样呈现传统聚落空间的特点，"翻过分水岭就是他们公社。沟道仍然像山那面一样狭窄。这道沟十来个村子，每个村相隔都不到十华

[①] 周克芹：《许茂和他的女儿们》，四川文艺出版社1994年版，第1页。

第三章 新时期长篇小说乡村空间的书写(1977—1999年)

里,被一条小河串联起来。小河叫东拉河,就是在这分水岭下发源的。下了山,过了一个叫下山村的村子,再走十华里路,就是公社所在地石圪节村了"①。十来个村被东拉河围绕,沿途有山,山下的村子就是石圪节村,这段聚落空间书写呈现的特点就是"依山傍水"。小说还书写了其他的聚落空间,也具有同样的特点,如田家圪崂,"走出一小段路后,就是田家圪崂——一个山窝里,土窑石窑,挨家挨户;高低错落,层层叠叠"②,"从田家圪崂的公路上下去,趟过东拉河,穿过三角洲枣林中的一条小路,就是和东拉河在庙前交汇的哭咽河。……正因为有东拉河和哭咽河,这村子才取名双水村。在哭咽河上,有一座几步就能跨过的小桥。……过了哭咽河这座小桥,就是金家湾"③。在这段描写聚落空间的文字中,可以看到,一条河将聚落分割成两个地方,双水村的南边是田家圪崂,双水村的北边是金家湾。田家圪崂,金家湾都具有传统的聚落空间的特点,村庄依山傍水,村中有庙宇和桥梁,房屋自然排列,高低错落,层层叠叠。在长篇小说《浮躁》中,聚落空间的书写也是如此,"州河流至两岔镇,两岸多山,山曲水亦曲,曲到极处,便窝出了一块不大不小的盆地。……岗上有寺塔,不可无一,不可有二,直上而成高,三户五户人家错落左右,每一户人家左是一片竹林,……鸡犬在其间鸣叫,炊烟在那里细长,这就是仙游川,州河上下最大的一处村落"④。仙游川是州河上一个大村落,依山傍水,民居错落排列在一片竹林中,民居与竹林疏密相连,山与水围绕在村庄,与寺塔一起组合在

---

① 路遥:《平凡的世界》(上),陕西旅游出版社、经济日报出版社1999年版,第23页。
② 路遥:《平凡的世界》(上),陕西旅游出版社、经济日报出版社1999年版,第41页。
③ 路遥:《平凡的世界》(上),陕西旅游出版社、经济日报出版社1999年版,第43页。
④ 贾平凹:《浮躁》,作家出版社2009年版,第3页。

一起。

可见,"十七年"时期与"文化大革命"时期长篇小说呈现的传统聚落空间所有的特点,在新时期当代现实题材长篇小说中仍然存在。这也表明,中华人民共和国成立后,虽然革命政治文化影响了乡村聚落结构,但几千年传统文化影响下的乡村仍然保持着其原始的特色。直至20世纪90年代,传统聚落的空间形态也依然存在。如长篇小说《多彩的乡村》书写了20世纪90年代的三将村聚落,"三将村除了东庄,还有两个自然村,一个是河西,就是青龙河在未到南河套拐弯之前、从北往南流的西岸上。河西有几十户人家,钱家是那边的大姓,钱满天就紧临河边住。还有一个小自然村是从河西村北头再往里,就叫沟里"[①]。尽管三将村正处于乡村改革的高潮中,但村落自然形成的形态仍然存在,由于传统的灌溉和生活的便利性,村庄多是沿着河流形成的。小说还写道,尽管五年后的三将村自然形态越来越少,村内有许多街道、工厂、企业、果园,以及大大小小的私人楼房,但传统聚落的空间形态依然是其特点之一。其次,小说书写的聚落空间呈现的特点,不仅遵循自然法则,还讲究风水,比如长篇小说《浮躁》中仙游川聚落空间的书写,体现了传统文化中的风水的观念,"村前沟口的两个石崖属巫岭伸展过来的余脉,又呈怀抱状,这是武人群起之势。面临州河,河水不是直冲而来,缓缓的,曲出这般一个环湾,水便是'银水',不犯煞而盈益"[②]。可见,有的聚落空间的形成也受到中国古代风水观念的影响。

综上所述,尽管改革开放开始影响乡村的政治经济与文化形成,但传统文化逐渐在乡村复苏,并长期影响着乡村聚落空间的构成。聚落空间书写呈现传统与现代并存的特点,也是我国当代

---

① 何申:《多彩的乡村》,人民文学出版社1999年版,第12页。
② 贾平凹:《浮躁》,作家出版社2009年版,第6页。

第三章 新时期长篇小说乡村空间的书写(1977—1999年)

乡村变迁过程中,处于过渡性时期呈现的特点。乡村社会在急剧变革时,经济发展也经历着由传统向现代的转变。虽然旧的乡村文化观念开始出现了松动,但几千年的传统文化对乡村的影响仍然存在。因为文化的形成需要自然且长期的融合,中国传统文化就是在长期的历史沉淀中形成的。虽然"十七年"时期与"文化大革命"时期的革命政治文化在乡村存在时间较短,但是其在乡村空间中还是留下了许多痕迹。在新的文化观念尚未完全确立时,旧的文化与新的文化会在空间中共存,也使乡村聚落空间呈现传统与现代并存的特点。然而,随着乡村社会的变革继续前进,乡村政治与经济开始逐渐成熟,新的文化在乡村空间书写中越来越占据主要地位,从而改变了1949年以后当代中国乡村传统的聚落空间结构。我们可以看到,20世纪80年代以后,在现实题材长篇小说的聚落空间书写中,新质空间元素开始出现,且越来越多,并在新世纪现实题材长篇小说空间书写中占据主要位置。

新质文化的融入,改变了传统乡村聚落空间的结构。十一届三中全会以后,国家政策的改变,商品经济的发展,乡与镇之间的交流和人员往来,打破了传统文化对乡村的垄断,现代文明及商业文化开始影响着乡村。"文化大革命"结束后,尽管乡村公社的影响力仍然存在,但"集体"的意识逐渐在农民心中减淡,正如长篇小说《苍生》里写道:"七十年代的人民公社社员,'集体'这个神圣的字眼儿,已经在心里淡薄了。"[1] 以经济建设为中心的理念,以及个体工商业的快速发展,让农民的生产生活方式变得多样,许多农民不再以集体务农的形式为生,农民或以家庭联产承包的形式务农,或进城打工从事个体经商。他们从事商业活动越来越多,商业文化开始影响乡村。"1978年末党的十一届

---

[1] 浩然:《苍生》,北京十月文艺出版社1988年版,第49页。

三中全会以后，经过拨乱反正，放宽农村经济政策，大力发展商品生产，开放集市贸易，发展集体、个体工商业，农村集镇又开始复兴。"[1] 由此，乡村社会在这一影响下发生了变化，这些变化被当代作家敏锐地捕捉，他们将这些乡村变化积极地反映在当代现实题材长篇小说的空间书写中。小说聚落空间的书写开始出现了"城"与"镇"等新空间元素。乡村生活中心开始向集镇转移，集镇成为"农村经济中心、政治中心、文化中心"[2]。农民的农田相对集中，私人化经营成为主流，各级乡政府鼓励人民从分散的村落向城镇集中，乡村不再仅仅是独立封闭的存在，经济的发展促使乡村与外界交流越来越多，商业行为进一步加强了乡村与集镇之间的融合。我们可以看到，新时期当代现实题材长篇小说中的乡村聚落空间书写，极大地反映了乡村社会的这一变化。如1979年出版的长篇小说《许茂和他的女儿们》中写道，"随后，几个挑着菜篮赶早场的社员出现在小桥上，篮子里满满地装着时鲜的蔬菜：莴笋、萝卜、卷心白、芹菜，还有香葱、蒜苗儿，他们是到桥那边的连云场，甚至更远的太平镇的早市上去"[3]。根据小说的书写，葫芦坝的村民平时会将蔬菜送到连云场甚至太平镇上去售卖，葫芦坝、连云场与太平镇三个空间之间紧密联系。此时小说中集镇空间的书写并不占主要部分，但随着村与村，村与镇之间的交流往来频繁，商业与人流交往使乡村与城镇融合度增加，乡村逐渐形成了以城镇为中心的生活方式。长篇小说中集镇空间书写也变得越来越多，这也是社会变迁的现实反映。如在长篇小说《古船》中，洼狸镇的空间书写占主要部分，洼狸镇是周围

---

[1] 商业部商业经济研究所编：《集镇商业》，中国商业出版社1986年版，第16页。
[2] 陈国庆、安树彬主编：《近代陕西乡村生活变迁与慈善事业》，西北大学出版社2014年版，第62页。
[3] 周克芹：《许茂和他的女儿们》，四川文艺出版社1994年版，第1页。

第三章 新时期长篇小说乡村空间的书写(1977—1999年)

四村八乡的生活中心,四村八乡与洼狸镇空间并没有绝对的分隔,小说写道,"他们又沿河水北上四百里,来到中下游一座叫'洼狸'的重镇……"①,"河岸上原有多少老磨屋,洼狸镇上就有过多少粉丝作坊。这里曾是粉丝最著名的产地,到了本世纪初,河边已经出现了规模宏大的粉丝工厂……"②小说写道,周围村落与洼狸镇坐落在河边,周围四村八乡围绕着洼狸镇生产生活,村民工作与商业行为集中在洼狸镇,集镇与村落融合在一起,聚落呈现了传统与现代结合的特点。在长篇小说《平凡的世界》中,聚落空间的书写中也可以见到"集镇"空间元素,"公社在公路对面,一座小桥横跨在东拉河上,把公路和镇子连接起来。……但这镇子在周围十几个村庄的老百姓眼里,就是一个大地方"③。镇子由十几个村庄围绕起来的,它是村落的商贸和生活的中心。小说呈现了双水村与米家镇之间频繁来往的现象,"米家镇虽属外县,……双水村周围的人要买点什么重要的东西,如果石圪节没有,也不到他们原西县城去,都到外县的米家镇去置办。米家镇不仅离这儿近,货源也比他们县城齐全"④。可见,石圪节是双水村人民平时去得较多的村落,而米家镇和原西县城与周围的村落交流与来往也很频繁。在长篇小说《浮躁》中的聚落空间书写中,小说以静虚村和两岔镇的乡镇生活为主,描写的是河边上的乡镇社会,揭示国家和民族的历史命运、文化变迁,反映当代乡村在20世纪80年代的发展。小说开篇写道:"州河流至两岔镇,两岸多山,山曲水亦曲,曲到极处,便窝出了一块不大不小的盆

---

① 张炜:《古船》,长江文艺出版社2017年版,第1页。
② 张炜:《古船》,长江文艺出版社2017年版,第2页。
③ 路遥:《平凡的世界》(上),陕西旅游出版社、经济日报出版社1999年版,第23—24页。
④ 路遥:《平凡的世界》(上),陕西旅游出版社、经济日报出版社1999年版,第34页。

地。镇街在河的北岸,长虫的尻子,没深没浅的,长,且七折八折全乱了规矩。……背河的这面街房,却故意不连贯,三家五家子隔有一巷,黑幽幽的,将一阶石阶直垂河边,日里月里水的波光闪现其上,恍惚间如是铁的环链。……岗上有寺塔,不可无一,不可有二,直上而成高,三户五户人家错落左右,每一户人家左是一片竹林,……鸡犬在其间鸣叫,炊烟在那里细长,这就是仙游川,州河上下最大的一处村落"[1]。这段书写聚落空间的文字,不仅体现了聚落空间传统的特点,而且表明了村镇两个空间不可分割的特征,呈现的是两岔镇与周边村落之间紧密联系,山与水围绕着村庄,并与寺庙一起组成传统村落,乡与镇两个空间在生活和生产上紧密相连在一起。

  与"十七年"时期和"文化大革命"时期长篇小说书写的聚落空间相比,新时期长篇小说呈现的不再只是单纯的传统的乡村聚落景象,聚落空间书写始终与城镇发展结合在一起。因为20世纪80年代以后,在解放思想、搞活经济的指导方针下,随着乡村经济体制的改革和乡村商品生产的迅速发展,乡村集镇经济呈现出兴旺发达的景象,后来许多乡村集镇由单纯的消费型变成了生产与消费结合、农工商建结合的新型集镇。因此,可以看到,长篇小说中呈现的集镇周围都会有许多村落围绕,这是由于村与镇之间的商品交换多,农民生活逐步提高,形成一村一集市,多村围绕着一个集镇的空间形态,这是乡村社会发展形成的结果。长篇小说的聚落空间书写也是乡村社会变迁的缩影。小说呈现的是传统与现代结合的空间形态,"城"与"镇"在聚落空间书写中呈现得越来越多,说明城镇在乡村空间书写中的位置越来越重要,映射了改革开放后,传统乡村聚落空间因改革所带来的变

---

[1] 贾平凹:《浮躁》,作家出版社2009年版,第3页。

化，新质文化的冲击使乡村传统文化发生了嬗变。

二 聚落空间书写中呈现新元素

在"十七年"时期与"文化大革命"时期当代现实题材长篇小说的聚落空间书写中，呈现的新质空间是水渠、合作社、供销社等。而在新时期小说的聚落空间书写中，水渠、合作社、供销社等历史性的空间书写逐渐消逝。出现的是"城"与"镇"，还有"新房"与"新路"等另一类新质空间元素，它们与山川河流共同组成改革开放初期的乡村聚落景象。首先，由于商品经济在乡村开始发展，从前封闭的乡村开始与外界有了更紧密的联系，逐渐有了许多新的道路连接乡村与城镇。农民劳动模式有所改变，农民不再仅仅是种地谋生，许多农民去附近的城镇打工或者经商，在这样的现实背景下，小说聚落空间中出现了"城""镇""新房""新路"等新空间元素的书写。如长篇小说《许茂和他的女儿们》中，颜少春和齐明江二人出了连云场，"走上那条新铺不久的拖拉机路以后，眼前的世界就大大地开阔起来了……"[1]"新铺不久的拖拉机路"将连云场聚落与外面的世界相连接。长篇小说《浮躁》里书写的聚落中的镇街是沿着公路形成，"两岔镇街道正好是由省城到白石寨的公路，每日有客车和货车从铺门前经过，总要在这里停下来：去饭店里吃吃饭……"[2] 长篇小说《苍生》里写道，"远处的公路那边，有一辆上镇或是进城的拖拉机，单调而又沉闷地响着"[3]。"公路"成为聚落空间书写中的元素，说明因商贸便利性形成的"公路"开始影响传统聚落的空间形态，公路是连

---

[1] 周克芹：《许茂和他的女儿们》，四川文艺出版社1994年版，第70页。
[2] 贾平凹：《浮躁》，作家出版社2009年版，第302页。
[3] 浩然：《苍生》，北京十月文艺出版社1988年版，第83页。

接传统乡村与城镇之间的新的空间纽带。至20世纪末，乡村许多普通的公路变为了柏油路，公路条件得到较大改善。在长篇小说《羊的门》中，呼家堡的聚落空间书写就呈现这一现象，"走在呼家堡的柏油马路上，你还会看到学校、医院、浴池和村舍周围的工厂"①。呼家堡村落坐落在国道边上，"在离村不远的108国道上，先后有一辆辆的小汽车向呼家堡驶来"②。聚落空间这里的书写不仅有柏油公路，还有学校、医院、浴池、工厂等新元素。同样，在长篇小说《多彩的乡村》的聚落空间里，呈现了20世纪90年代乡村道路的蜕变。"三将村变成了三将镇政府的所在地，一条地方铁路从南河套新架的大桥上穿过，两条柏油公路在东庄二里地外交汇，一头奔县城，一头奔了渤海湾，去市里（地市已经合并）和省城，也从这里取道。于是，青龙河边默默无闻了几百年的小小三将村，一下子成了交通最便捷的黄金地段。"③这段书写可以看到，20世纪90年代的三将村通过柏油路连接县城、市里、省城，柏油路是三将村聚落的重要公共交通空间，它已将三将村的发展命脉与城市紧密结合在一起，小小村落成为黄金地段。

其次，"新房"空间元素也出现在小说里。自古以来中国的农民对建房十分看重，视为人生中的头等大事。在"十七年"时期长篇小说《创业史》的民居书写中，梁老汉一心只想着自己发家致富盖房子，终其一生也没有完成自己的心愿，可见建房对于中国普通农民来说多么重要。在20世纪90年代书写乡村变迁的长篇小说《多彩的乡村》里，书写了农民对于建房的重视："庄稼人一辈子的大事就两件，娶媳妇盖房"④。新时期长篇小说聚落

---

① 李佩甫：《羊的门》，作家出版社2016年版，第11页。
② 李佩甫：《羊的门》，作家出版社2016年版，第46页。
③ 何申：《多彩的乡村》，人民文学出版社1999年版，第195页。
④ 何申：《多彩的乡村》，人民文学出版社1999年版，第10页。

第三章 新时期长篇小说乡村空间的书写(1977—1999年)

空间书写中出现了许多"新房"这一空间,体现了改革开放后,经济的发展让农民拥有更多的财富,农民实现"建房"心愿的条件越来越成熟。因此乡村建新房越来越普遍,使得"新房"这一空间书写开始出现在新时期的长篇小说聚落空间中。在长篇小说《苍生》的聚落空间,书写了"新房":"在八十年代刚刚开头的那个热热闹闹的日子里,偏僻的山村……看青天,看大地,看山脚和平原接茬地方的村庄。他的目光在山下的那个村庄的街道上巡视,伸手数点,嘴里边小声地叨咕:'又有三层新房起来了,又有两家平地基、码地盘了……'"[1]"又有三层新房",还有两家在平地基准备开建,在小说聚落空间书写中,"新房"成为空间书写中组成的新细胞。这一元素还出现在长篇小说《平凡的世界》里,"现在,田福堂当年拦河打坝震坏的校舍窑洞,已经被一排气势宏伟的新窑洞所替代"[2]。这里"一排气势宏伟的新窑洞"是聚落空间组成的新元素。在长篇小说《苍凉后土》里,也书写了农民新建的砖混结构的新房。"中明老汉家去年新修的楼房,和我们近年来常见的农家新房一样,正面是砖混结构的四间一楼一底楼房,小青瓦人字形结构的房顶,两边还各有一间水泥板铺的平房,平时可作晒台,一遇住房紧张,又可以再往上加盖一层"[3],等等。可见,在新时期长篇小说聚落空间书写里,出现了许多"新房"等新的空间元素并不是偶然,这一书写特征体现的是乡村正处于由传统向现代过渡时期。随着社会的变革,农民的生活条件越来越好,拆旧房建新房是农民一直以来的愿望。受地理环境和传统文化的影响,中国的村

---

[1] 浩然:《苍生》,北京十月文艺出版社1988年版,第1—2页。
[2] 路遥:《平凡的世界》(下),陕西旅游出版社、经济日报出版社1999年版,第405页。
[3] 贺享雍:《苍凉后土》,四川文艺出版社2013年版,第4页。

落大多是自然形成，主要是为了生存生产方便，灌溉便利，同时受到风水等观念的影响，因此"十七年"时期与"文化大革命"时期长篇小说呈现的聚落空间形态自然因素是主因。然而，20世纪80年代以后，时代的变迁使聚落空间书写呈现自然形成的传统空间越来越少，而由人为规划性的现代空间越来越多。聚落空间由传统的自发型向现代规划型转变，村落开始出现系统整齐的规划。

三　聚落空间书写中的整齐划一特征

新时期当代现实长篇小说的聚落空间书写中，呈现少数的聚落"整齐划一"的书写特征。"十七年"时期与"文化大革命"时期长篇小说中的聚落空间书写，呈现的是遵循自然法则的聚落形态。而在新时期长篇小说中，特别是20世纪90年代以后，逐渐出现由政府干预后的聚落空间形态。在长篇小说《多彩的乡村》里，书写了三将村街道房屋规划的形成，三将村前街上的这片房子，早些年间是不存在的，这里原来是一片空地，20世纪70年代是用作大队会场，在80年代实行联产承包责任制以后，村民们开始想用空地盖房。村里统一规划这一片房屋的建设，限定了高度与宽度，规定了老街与新街之间的房屋建造模式。我们可以看到，小说中出现由政府规划的聚落空间的书写。这一特点同样出现在长篇小说《羊的门》中，"当你走进呼家堡的时候，你会发现，正如路人所言，这里的村舍的确是一排一排、一栋一栋的，看去整齐划一，全是两层两层的楼房。那楼房的格局是一模一样的；一样的房瓦，一样的门窗，一样的小院，院子里有一模一样的厨房和厕所。你一排一排地看下去，走到最后时，却仍然

第三章 新时期长篇小说乡村空间的书写(1977—1999年)

跟看第一排时的感觉一样"①。呼家堡坐落在国道附近,聚落整齐划一,民居格局也是一样的,这是一个被规划后的新式乡村。这一特征与"十七年"时期和"文化大革命"时期长篇小说中书写的聚落空间形成鲜明对比。因为中国传统的农业社会,农民的生活范围较小,乡村是半封闭的村落,农民信仰自然神灵与宗族的保佑,村庄往往自然形成,聚落的形成有其文化成因。就算是在中华人民共和国成立后,农民的生活也大多在本村的生产队里,局限于本乡本土,较少去外地谋生。正如唐代著名诗人白居易在《朱陈村》中所写:"家家守村业,头白不出门","生者不远别,嫁娶先近邻"。农民的社会交往空间十分狭小,与外界交往不多,使得聚落空间较为传统且单一。而改革开放后,乡村开始有市场经济行为,传统乡村与周边的村落及城镇交往越来越多,乡村商品生产与非农产业的发展,让农民走出家门,增加了与外界的联系。农民交往空间也增大了,村与镇之间的界限逐步被打破,由传统的封闭、半封闭的村落向开放型村镇转变,乡村聚落空间就呈现开放且多元的态势。此外,改革开放前的聚落空间,乡村是自然经济色彩,虽然中华人民共和国成立后,乡村逐渐向现代社会转变,但仍没有改变传统乡村的封闭性特征。因此,"十七年"时期与"文化大革命"时期长篇小说聚落空间仍然呈现着传统的形态。自改革开放后,商业文化逐渐影响乡村,传统的聚落空间发生了根本性的变化。乡村民居逐渐向国道,主要干道靠拢,同时向周围的城镇集中,扩大了城镇的规模,增加两个空间之间的融合。虽然,在新时期长篇小说中,"整齐划一"聚落空间书写虽然并不多,随着改革的深入,乡村城镇化建设的扩大,乡村聚落空间书写中"整齐划一"的特征越来越多,我们在21世

---

① 李佩甫:《羊的门》,作家出版社2016年版,第9页。

纪当代现实题材长篇小说的空间书写中，可以看到这一变化越来越明显。例如，长篇小说《上塘书》中呈现的后街现代性的房屋；《麦河》中的村落房屋都统一了外观——青砖大瓦房；《后土》中要建成的统一规划的新村；《日头》中日头村新建的楼房；《富矿》中的矿区街等。总之，在21世纪长篇小说中，从单一的民居，到整个村落的水域、桥梁、民居、植被等，都呈现人为规划、整齐划一的特征。

四 聚落空间书写体现乡土纯朴特征

"十七年"时期与"文化大革命"时期当代现实题材长篇小说的乡村聚落空间书写，体现了传统性与政治性的特征。而新时期当代现实题材长篇小说中的乡村聚落的书写，主要呈现乡土的纯朴性。例如，在长篇小说《许茂和他的女儿们》中，小说开篇通过对葫芦坝村落景象的书写，以及对村民的朴实纯真的日常生活的描述，为我们展现了"文化大革命"刚刚结束后，中国传统村落依山傍水的空间形态，体现了乡村的纯朴、宁静与美好。"先是坝子上这儿那儿黑黝黝的竹林里，响起一阵吱吱嘎嘎的开门的声音，一个一个小青年跑出门来……很快就在柳溪河上小桥那儿聚齐了。站在桥板上，风格外大些，……随后，几个挑着菜篮赶早场的社员出现在小桥上，篮子里满满地装着时鲜的蔬菜：莴笋、萝卜、卷心白、芹菜，还有香葱、蒜苗儿，他们是到桥那边的连云场，甚至更远的太平镇的早市上去。晨曦姗姗来迟，星星不肯离去。然而，乳白色的蒸气已从河面上冉冉升起来。这环绕着葫芦坝的柳溪河啊"①"蓝色的柳溪河就在她的身边，面前是

---

① 周克芹：《许茂和他的女儿们》，四川文艺出版社1994年版，第1页。

第三章　新时期长篇小说乡村空间的书写(1977—1999 年)

枝丫齐天的老黄桷树，光溜溜的石板小桥。身后有着阡陌纵横的葫芦坝田野"①。在葫芦坝靠西的河坎上，有一溜儿向阳高的深褐色松软的泥土里，生长着全坝子上最好的庄稼，排着方阵一样的麦田。可以看到，小说对葫芦坝聚落空间的书写，呈现的是"文化大革命"刚刚结束后，纯朴且真实的乡村景象。

长篇小说《许茂和他的女儿们》中葫芦坝聚落空间的书写，呈现的是20世纪70年代末期，"文化大革命"刚刚结束后纯朴单一的传统村落形态。而长篇小说《古船》中聚落空间的书写，展现的是20世纪80年代初期，处于改革开放中的村镇形态。小说主要围绕着洼狸镇和粉丝厂为中心，书写了老隋家、老赵家、老李家之间的恩怨，洼狸镇是周围四村八乡的生活中心。小说没有单纯地书写乡村的空间，因为四村八乡与洼狸镇之间的生活融合度较高。村民生活在村庄，工作在粉丝厂，商品交易在洼狸镇，村镇没有绝对的分隔。小说在书写人物故事情节的同时，展现了村镇纯美的自然风光。"铁色的砖墙城垛的确也显示了洼狸镇当年的辉煌。芦青河道如今又浅又窄，而过去却是波澜壮阔的。那阶梯形的老河道就记叙了一条大河步步消退的历史。镇子上至今有一个废弃的码头，它隐约证明着桅樯如林的昔日风光。……镇上有一处老庙，每年都有盛大的庙会……老河道边上还有一处处陈旧的建筑，散散地矗在那儿，活像一些破败的古堡。在阴郁的天空下，河水缓缓流去……"②，集镇、河道、码头、庙宇……，砖墙城垛是岁月的痕迹，又浅又窄的河道在城墙边，镇上的码头，记忆着洼狸往日的历史，小说以展现纯朴又有历史感的乡镇风景为主，书写了一个具有历史感的，纯朴的乡镇聚落空间。

---

① 周克芹:《许茂和他的女儿们》，四川文艺出版社1994年版，第141页。
② 张炜:《古船》(上)，山东文艺出版社2001年版，第2—3页。

在长篇小说《苍生》里，田家庄坐落在小河边，不大不小的小村庄，朴实安宁。"这儿是中国北方一个极普通的小地方。属于冀东，也可以划归'京门脸子'。论风光景致，十分平常：有山很矮，有河很窄；……不算太大、也不算太小的田家庄，就坐落在矮矮的山包下面，窄窄的小河旁边，在由南往北、再朝东拐个胳膊肘子弯儿的砂石道附近……田家庄是一个饱经朝代更迭、历经世事沧桑的古老乡村。不用说别的，光是村子西头那座坍了多年的破庙茬子，庙前那棵三五个人搂不过来的、连肚子都烂空了的老槐树，以及树下水井沿儿的石头都让提水的麻绳给磨出好几条二三寸深的沟槽，就是铁打的证据"[1]。作家为我们展现了一个传统的北方村落，田家庄与中国千千万万的村庄一样，是一个普通的小地方，有山、有河、有庙。田家庄是一个古老的村落，坍塌了多年的破庙茬子和磨出二三寸深的沟槽是证据，田姓人在这里开荒辟土，在这个村落生活了好几代人。小说还写道，在改革的影响下，田家庄的街道上"又有三层新房起来了！又有两家平地基、码地盘了"[2]。可见，田家庄是传统的、古老的，但也正变得越来越现代。小说对田家庄聚落空间的描写，不仅体现田家庄古老的村落形态，朴实的村庄景象，而且表明田家庄的聚落空间是一个动态的，随着时代的变化而不断地发生着变化。村庄越来越现代的同时，仍然保持着村庄的原始风貌。田家庄的聚落空间是历史发展的印证，是中国北方传统村落发展的一个缩影。

20世纪90年代的乡村景象的书写更能体现乡土的纯朴气息，长篇小说《多彩的乡村》描写的三将村正体现了这一特点。"三将村的街上很是安静，树梢不摇，绿叶不动，小南山那边的青龙河水哗哗地流，远处山谷里放羊人在骂骂咧咧地吆喝……一只公

---

[1] 浩然：《苍生》，北京十月文艺出版社1988年版，第2—3页。
[2] 浩然：《苍生》，北京十月文艺出版社1988年版，第2页。

第三章 新时期长篇小说乡村空间的书写(1977—1999年)

鸡站在墙头子上打鸣,刚叫两声,从窗户里飞出一只鞋,说你叫个啥叫,毁了老子的觉……"① 安静的村庄,依山傍水,山上的放羊人,山下的民居,墙头的公鸡、水声、人声、公鸡声。聚落的空间描写,充满了烟火气息。聚落空间的书写表现的是朴实无华,又似世外桃源般的传统中国乡村景象。小说还通过书写聚落空间中的土地,来展现普通农民朴实的特点,"赵德顺连看看这是谁也不想看,一拐一拐就出了村,心里说完了啦,这年头变得可真邪乎,正经庄稼人没几个啦。……他要看看大块地里的庄稼。大块地,是村东一块面积有四十多亩的缓山坡地,也是三将村最好的一块地……乡里村里办企业,个人做生意,一来二去,不少人就看轻了这庄稼地,也就撂荒的了"②。老一辈的农民赵德顺在村里走着,看不到几个庄稼人,人们大多都外出打工,创办乡镇企业,没有多少人看得上种庄稼,只有赵德顺愿意承包庄稼八年,老老实实地种地,对于赵德顺来说,种地才能算得上是正经的庄稼人应该干的活。小说通过书写村落田地的变化,展现20世纪90年代后期乡村劳动空间的变化。尽管市场经济在乡村开展得如火如荼,影响了新一代的年轻农民的工作空间,但没有影响到像赵德顺这样的老一辈的农民,他们无法脱离传统的庄稼,似乎在这场改革中显得格格不入。小说书写聚落空间中土地荒芜的特征,不仅展现了乡村田野空间的纯朴性,也体现了中国农民对土地纯真的热爱之情。与"十七年"时期和"文化大革命"时期的乡村聚落空间书写不同,新时期的小说中聚落景象的书写体现了传统与现代在乡村的融合过程。乡村空间书写充满了生活气息,作家纯朴写实地描绘了改革开放后中国乡村的生产与生活面貌。

---

① 何申:《多彩的乡村》,人民文学出版社1999年版,第1—2页。
② 何申:《多彩的乡村》,人民文学出版社1999年版,第2页。

综上所述，改革开放不仅影响着中国乡村传统聚落空间的结构，而且猛烈地冲击着中国乡村传统文化，乡村聚落书写的变化反映的是改革对乡村的影响。正如《多彩的乡村》里对改革开放后三将村的评价："五年里，各家都攒了不老少的事，甜酸苦辣，啥味儿的都有。三将村就是中国农村的一个缩影，如果说八十年代乡村的天空还是用暗、阴等几个句子就能形容了，那么，九十年代中期的乡村天空已是赤橙黄绿青蓝紫，色彩万千，令人兴奋不已，又疑惑不已……"[①] 这也是对20世纪80年代初至90年代末期中国乡村变化的概括。中国的乡村在改革的春风下，从"暗、阴"的天空变成了"赤橙黄绿青蓝紫，色彩万千，令人兴奋不已"的天空。而与"十七年"时期和"文化大革命"时期乡村聚落空间书写呈现的特征有所不同，新时期长篇小说的聚落空间体现了新旧两种文化在乡村共存，这种共存是在特定时期的一种过渡。此后，改革为乡村带来了新的文化，逐渐影响着乡村传统的聚落空间结构，因此出现了许多新的空间元素。与"十七年"时期和"文化大革命"时期长篇小说书写的乡村聚落空间相比，这一时期的乡村聚落空间的传统性、政治性、自然性特征减少，而现代性、乡土纯朴性、人为规划性特征增多。此时的现实题材长篇小说中聚落空间书写，是时代发展的阶段性印证，也是中国当代现实乡村社会变化中的见证者。

第二节 文化变革中民居空间书写的变异

在新时期当代现实题材长篇小说中，乡村民居空间书写所代

[①] 何申：《多彩的乡村》，人民文学出版社1999年版，第205页。

第三章　新时期长篇小说乡村空间的书写(1977—1999年)

表的政治意味逐渐减弱。20世纪80年代改革带来的商业文化影响着乡村,小说中民居空间书写呈现了差异性,但与"十七年"时期和"文化大革命"时期不同,在新时期当代现实题材长篇小说民居空间书写中,"破旧房屋"与"砖瓦屋""大院"的差异性书写,不再体现乡村的阶级斗争和各阶级之间的关系。而体现的是经济发展后,农民贫富差距的象征和价值观的变化,以及乡村权力结构变化的外现。如《许茂和他的女儿们》许茂老头家宽敞的房屋书写、《平凡的世界》中田福堂家的民居书写、《浮躁》中田家大院的书写,等等。这些民居空间的书写不仅是农民发家致富的象征,也是乡村权力结构变化的外现。通过对新时期典型的当代现实题材长篇小说的文本细读,观察小说中乡村民居空间的书写变化,发现民居空间的书写反映的是改革开放后乡村社会与文化的变迁,以及农民价值观念的蜕变。

一　民居空间书写的变异

民居空间书写体现乡村贫富差距。在长篇小说《许茂和他的女儿们》中,许茂是个勤劳的农民,通过对许茂的民居空间书写,可以看到许茂是村里过得较好的农民,"三合头草房院子坐落在葫芦坝西头,隔着几方白晃晃的冬水田,同靠近河边的一片桑园遥遥相望。院墙内,他女儿们出嫁前种的许多花草,仿佛还残留着她们鲜花般的少女时代的印记"[1]。"三合头草房院子"是许茂的民居的外观书写,对于经历了以政治斗争为主要生活的普通农民来说,能住上"三合头草房院子",在村中算得上是较为

---

[1] 周克芹:《许茂和他的女儿们》,四川文艺出版社1994年版,第75页。

宽裕的家庭。当工作组组长颜少春到许茂家借住时,她看到"正屋里的右手边的小门上挂着一块花布门帘,许琴打起门帘子,把颜组长让进去,穿过两间只有空床而无人居住的小屋以后,才是许琴自己的卧室……'这是一个家道宽裕的人家',颜少春这样想着"①。颜少春观察了许茂老汉家的"三合头草房院子"的内外结构,从而认定许茂老汉家是较为宽裕的人家。《许茂和他的女儿们》中对许茂家的民居书写,体现了20世纪70年代农民依靠土地资源,勤劳实干发家致富的生活样态。许茂是个朴实的庄稼人,不仅参加集体劳动,还经营自己的"自留地",他通过自己辛勤地劳动养活了九个女儿。正如小说中书写的,"多年来,他是以自己勤劳、俭省的美德深受一般庄稼人敬重的。单看那一座带石头院墙的三合头草房大院,就很有点与众不同的气派,宽敞、明亮。这正是他自合作化以后逐年辛勤劳动的见证。……院子里鸡鸭成群,猪羊满圈,谁见了都会说老汉的日子过得不错"②。小说通过生活在这座"三合头草房大院"的女儿们的故事,叙述了20世纪70年代正处于变革中的乡村新气象。可见,新时期长篇小说中的民居空间书写,主要是体现农民之间的贫富现状和乡村生活的变革。这里通过民居空间书写,呈现许茂家是葫芦坝生活条件较好的家庭。

在长篇小说《苍生》里,我们也看到了通过民居空间的书写,体现农民贫富的差距。老地主巴福来的民居是这样的:"一砖到顶的红色院墙,是去年秋后垒起来的。中西式结合的高门楼下边的两扇黑铁门,今儿个大敞大开……"③ 小说通过对老地主巴福来家民居空间的书写,表明尽管因阶级身份,巴福来在20世

---

① 周克芹:《许茂和他的女儿们》,四川文艺出版社1994年版,第81页。
② 周克芹:《许茂和他的女儿们》,四川文艺出版社1994年版,第5页。
③ 浩然:《苍生》,北京十月文艺出版社1988年版,第11页。

第三章 新时期长篇小说乡村空间的书写(1977—1999年)

纪80年代乡村实施联产承包责任制后,承包了果园,发家致富,建起了高楼大院。巴家要在这个高宅大院里给儿子办喜事,巴福来叫曾是贫农身份的田成业不要与自己划清界限,他说:"咱们已经是完完全全一个样儿的人啦!"① 可见,阶级身份在这时已经不再作为评判人的标准,大家都是一样的。巴福来想通过建造新民居的气势,重新奠定在村中的地位。巴福来儿子的婚礼,村里大队和小队的干部都来了,连巴福来最敬佩的党支部书记也来了,"巴家怀着复杂的心情,拿出最大的气魄、最大的力量,给儿子办喜事儿。主人打定了主意,要用这个行动,在田家庄造成最大的声势,一方面为了示威,另一方面为了多方联络感情,以求在田家庄站得更稳当些"②。通过民居的书写,可见巴福来在村里是富裕人家,巴福来还想通过在新建的中西式结合的院里,为儿子举办隆重的婚礼,挽回曾经被摧毁的荣誉和尊严,让巴家重新在村中立足。

而与之相对比的是曾经的贫农田成业家的民居空间书写:"这宅子的主体建筑,是那个半个多世纪前曾经威风过、如今已然老态龙钟的三间一明两暗的北房。……这样的宅院,见过世面的年轻人不可能看得上"③。曾经贫农身份的田家,住的是老态龙钟的房屋,年轻人都看不上,与田家儿子相亲的姑娘,反而成了巴福来家的新媳妇。田成业一家是固守规矩的老实农民,规规矩矩地靠全家人的苦干种庄稼,想盖起房子给大儿子娶媳妇,但贫穷使盖新房难以实现。小说书写了20世纪80年代家庭联产承包责任制在乡村实施的过程,田家庄将土地、果园、砖瓦窑、鱼塘都承包给了个人或家庭,使得田家庄的农民生活得到较大改善。

---

① 浩然:《苍生》,北京十月文艺出版社1988年版,第9页。
② 浩然:《苍生》,北京十月文艺出版社1988年版,第11页。
③ 浩然:《苍生》,北京十月文艺出版社1988年版,第45—46页。

正如田家老二保根所说，"我们搞的是联合承包，七个小伙子，都是高中毕业生，还有郭少清那样的复员军人。摽着膀子干一年，不用说别的贡献，起码七家都盖上了新房子、十三条光棍儿闹上了媳妇"①。小说中"西式结合的高门楼"与"老态龙钟的北房"是对巴田两家的民居空间的差异性书写，体现的是两家的贫富差距，同时也是衡量两家在村中地位的标志。民居的书写还反映了20世纪80年代乡村改革过程中存在的问题，尽管农民从承包制的过程中发家致富，但受益最大的还是以村支书为代表的部分乡村官僚阶级，支书邱志国利用职权获得的利益，为儿子盖了四座院落。老地主巴福来凭借与村支书的关系，获得果园的承包权，从而发家致富。而田成业一家倾全家之力也难盖上房子，"村口外边隔一条道就是三年前经郭云的手批给田家的房基地。三年里，想了好多办法，找了好多门路，只是垒起个底盘，一直没有力量把房子盖起来"②。他们没想到，国家提出让少数人先富起来，而"田家庄先富起来的是党支书记邱志国和摘帽子地主巴福来，以及几个有门路走、有胆量的冒风险的人家，而不是他们这号专门靠按部就班地出苦力的人家"③。作者浩然认为，《苍生》是"自己从1976年到1986年这个阶段艺术实践的一次小结"④。这部作品是反映乡村在20世纪80年代改革开放时期的变革历程。小说通过民居空间的书写，反映了在20世纪80年代，农民专注于如何创造财富，改善自己及家人的生活。地主与贫农之间没有了阶级成分的划分，大家在同等条件下靠劳动创造财富。曾是地主的巴家，承包果园致富后成了村里的红人，有了大宅院。而曾

---

① 浩然：《苍生》，北京十月文艺出版社1988年版，第125页。
② 浩然：《苍生》，北京十月文艺出版社1988年版，第90页。
③ 浩然：《苍生》，北京十月文艺出版社1988年版，第90页。
④ 浩然：《苍生》，北京十月文艺出版社1988年版，第606页。

第三章　新时期长篇小说乡村空间的书写(1977—1999年)

划分为"贫农"的田家宅院因没钱修缮，房屋变得"老态龙钟"。正如长篇小说《多彩的乡村》里所说："庄稼人一辈子的大事就两件，娶媳妇盖房。何况祖祖辈辈为吃饱肚子发愁，终于赶上了好年头，把农民给救了，把穷人给成全了，趁着喜庆不盖房，还干啥。"[①]可见"盖新房"对于农民来说多么重要，房屋的好坏也是象征乡村家庭是否有家底的符号。

房屋的书写体现贫富差距。在长篇小说《平凡的世界》中也可以看到，一条河将双水村聚落分割成两个地方。金家湾一带比田家圪崂的民居要强，许多人家的土窑洞都接了石口，还有的有雕镂的花纹。两个不同姓氏之间的民居书写，说明了他们之间的贫富差距。孙玉厚一家在田家圪崂是较穷的，全家就只有一口土窑，孙家年轻一代农民孙少安，在致富后便建了新屋。孙少安既是一个传统的农民，又不仅是一个传统的农民。他的传统在于他愿意跟随父亲留在家乡种庄稼，而不是像其他年轻一代农民一样外出打工谋生。但他跟父亲不同，他勇于改变传统的生存方式，不再仅仅依靠种植土地致富，他寻求改变方式，改善自己家庭的生活环境。他积极响应国家改革的号召，第一个搞承包责任制，利用贷款置办农具，为建筑工地运砖，并开办自己的烧砖窑厂。他是改革开放后留在村里发家致富的年轻农民代表，为留守乡村的其他农民树立了模范。当有钱后，孙少安"然后又在村中雇了几个关系要好的庄稼人，便开始大张旗鼓地为自己建造新居。多少年来，双水村第一次有人如此大动土木。人们羡慕不已，但并不感到过分惊讶。在大家看来，孙少安已经跃居本村'发财户'的前列，如今当然该轮上这小子张扬一番了"[②]。双水村的农民是

[①] 何申：《多彩的乡村》，人民文学出版社1999年版，第10页。
[②] 路遥：《平凡的世界》（中），陕西旅游出版社、经济日报出版社1999年版，第118页。

羡慕孙少安的,他可以实现农民建房的愿望。通过民居空间的书写,我们看到《平凡的世界》中的孙少安与《苍生》中的田家老大田留根一样,他们是传统的年轻一代农民,他们都想发家致富,建房娶妻,改善家庭生活,孙少安紧跟时代的变革改变自己,不停地摸索致富的方法,遇到了失败他会再次尝试。而田留根更愿意固守成规,跟父母一起依靠苦力在自己的一亩三分田劳作。结果就是孙少安更快地实现了愿望,在村里首先建了新房屋,而田留根没有建新房,连娶媳妇都没法实现。改革开放前,农民想自己建房,受制于经济条件,以及土地流动的限制,十分困难。20世纪80年代以后,农民经济条件越来越好,土地也可以家庭承包,农村若有"建房"的举动,意味着"他"就成为了村里的"发财户"。民居空间的书写,表明了在20世纪80年代以后,农民贫富差距发生了变化,农民根据是否有"新房"或"建新房",来判定是属于"富人"或"穷人"的身份,这与"十七年"时期长篇小说民居空间书写体现的"富农""贫农"的阶级身份形成鲜明的对比。"孙少安是双水村有史以来第一个用砖接窑口的。在农村,砖瓦历来是一种富贵的象征……孙少安却拿青砖给自己整修起灰蓬蓬一院地方"[1]。当经济条件改善后,孙少安就开始修窑,而且是用"砖瓦","砖瓦"以前是象征富贵人家用来修院落的材料,现在普通农民孙少安也可以用这种材料来修新房了,表明乡村经济发展让普通农民致富,能用砖瓦"修窑",是代表"富"的象征。民居空间的书写体现了乡村家庭之间的贫富变化,也反映了年轻一代农民在改革背景下的思想变化。

长篇小说《苍凉后土》里同样书写了"建新房"代表"富"。

---

[1] 路遥:《平凡的世界》(中),陕西旅游出版社、经济日报出版社1999年版,第139—140页。

第三章 新时期长篇小说乡村空间的书写（1977—1999 年）

"中明老汉家去年新修的楼房，和我们近年来常见的农家新房一样，正面是砖混结构的四间一楼一底楼房……"①，"佘家新修了楼房，虽然弟兄多一点，但一进六间，猪圈、牛圈、灶房、偏厦齐全，就是今后弟兄分家，楼上楼下也满够住了"②。佘中明老汉的新房不仅可以缓解家人住房紧张问题，还建了猪圈、鸡圈、鸭圈、牛圈，正房边上还有杂物屋子，院子外面是半亩大的菜地，菜地里种了各种瓜果蔬菜。小说用较大篇幅书写了中明老汉的新屋的各个空间，以及新屋里的新家具，这是 20 世纪 80 年代末、90 年代初四川乡村富裕家庭的写照。佘中明是一个传统农民，朴实勤劳，他在乡村改革的过程中，积极地承包责任田，并转包出去，他成为村里的种粮大户，发家致富，盖起了新的房屋，为二儿子娶妻，定制了新的家具，可以说他是改革的受益者。同时，他也遇到了《苍生》中田成业一样的问题，乡村的官僚主义让这位朴实农民连连受挫，税款、提留、摊派款等让刚刚富裕起来的家庭遇到了困难。小说中房屋结构和各个空间的书写，表明的是 20 世纪 90 年代初期农民在改革政策下享受到的红利。小说还书写了中明老汉家里的装饰空间，"文富念出了对联的内容：'福如东海长流水，寿比南山不老松！'中明老汉默默地、无比幸福地看着匾额。画上的意思他懂了，过去很多有钱人家的堂屋上，都挂有这种图画。对联的意思他却不懂"③。这种过去只有有钱人家的对联，现在出现在普通农民佘中明老汉家里，说明他的家庭生活得到改善，也能过上以前富人的生活。屋里家具布置的书写："和这家主人鹤立鸡群的楼房一样，这套家具在大家眼中，也不同凡响，靠左边墙壁是一只两米高的双开门大衣橱，衣橱中间的

---

① 贺享雍：《苍凉后土》，四川文艺出版社 2013 年版，第 4 页。
② 贺享雍：《苍凉后土》，四川文艺出版社 2013 年版，第 117 页。
③ 贺享雍：《苍凉后土》，四川文艺出版社 2013 年版，第 413 页。

一块固定门上,镶了一块大镜子,映照出福阳他们一张张荡漾着笑意的面孔……"①中明老汉为了二儿子娶妻置了新的家具,民居装饰空间的书写印证了中明老汉的家庭富裕。可见,与"十七年"时期和"文化大革命"时期现实题材长篇小说中民居空间书写所映射的含义不同。在新时期长篇小说的民居空间书写中,"有新房""建新房""新房装饰"已成为乡村衡量家庭贫富的标准,也是奠定一个家庭在村中地位的重要条件,同时也意味着农民所追求的价值观也在转变。

  民居书写体现乡村价值观的变迁。在改革开放前,农民之间以阶级来划分人与人之间的关系,即"亲不亲,一家人"被"亲不亲,阶级分"代替。因此,我们可以看到,在"十七年"时期与"文化大革命"时期当代现实题材长篇小说中,民居空间的书写体现农民对于阶级身份的重视。马克思、恩格斯曾经指出:"人们的观念、观点和概念,一句话,人们的意识,随着人们的生活条件、人们的社会关系、人们的社会存在的改变而改变。"②在以政治斗争为主的社会环境下,"阶级认定"是当时农民的价值观,农民根据所界定的阶级身份来获得认可与资源。但是,在新时期当代现实题材长篇小说的民居空间书写中,乡村从以阶级斗争为主,转向为以经济建设为中心。商品经济的发展,乡村非农产业发展迅速,在社会环境逐渐改变的情况下,农民的价值观也正在悄然改变。农民的思想观念由传统型向现代型转变。旧的价值观念受到改革的冲击,而与市场经济发展要求相适应的新的价值观正在农民心中建立。在这个变革的过程中,因农民劳动模式变得多样化,有的种田,有的办起个体企业,有的开店。以前

---

① 贺享雍:《苍凉后土》,四川文艺出版社2013年版,第5—6页。
② 中共中央马克思恩格斯列宁斯大林著作编译局编:《马克思恩格斯选集》第一卷,人民出版社1995年版,第291页。

第三章　新时期长篇小说乡村空间的书写(1977—1999年)

的"阶级认定"观,以及传统的"重义轻利""重农抑商"的价值观念受到了冲击和挑战,正如长篇小说《苍生》里写道,"如今不那么讲究家庭出身了;谁有本事,谁有机遇发财了,就让人肃然起敬,或者让人眼馋眼红"[1]。"阶级认定""家庭出身"在新的社会环境下不再重要,人们对"利"的追求越来越明显,将"有钱"与"有能力"相对等。因此,农民认定一个人有能力就是"有钱",农民从对阶级身份的重视转向对获取个人财富的重视。改革使农民生活条件逐步提高,农民有建"新房"的愿望,而一个家庭是否有"新房"成为衡量这个家庭在村中的地位,成为判定这个家庭是否富裕,以及家庭成员获得资源与关注度的标准,可见,民居空间的书写体现了农民价值观的蜕变。

在长篇小说《苍生》里,民居的书写同样也体现了农民价值观的变化。田家的房屋是"半个多世纪前曾经威风过、如今已然老态龙钟的三间一明两暗的北房"[2],田家大妈对儿子说:"过几年,我们俩要是老得趴在炕上,你们身薄力单的可咋让房子立起来呀?没房子可咋找媳妇儿?嫁给巴家的那姑娘,还不就是因为嫌咱家没有五间新房,才不肯跟你搞对象的吗?"[3]田家大儿子不是因为品行问题娶不到媳妇,而是因为没有新房。田家没有钱修缮房屋,破旧屋连年轻人都看不上,田家大妈非常担心自己老了,儿子仍然因没新房娶不上媳妇。在长篇小说《羊的门》里也可以看到,德顺家想建房娶媳妇,"原因是他家的房子,他家只有三间破草房。那媳妇说,房子不盖,她就不进门。这么一来,可就苦了德顺了。为了把媳妇娶进门,德顺决定翻盖他家那三间

---

[1] 浩然:《苍生》,北京十月文艺出版社1988年版,第93—94页。
[2] 浩然:《苍生》,北京十月文艺出版社1988年版,第45页。
[3] 浩然:《苍生》,北京十月文艺出版社1988年版,第54页。

房子，把土坯换成砖墙，麦草换成小瓦"①。与田家一样，"新房"成为德顺家娶妻的关键因素。马克思说："不是人们的意识决定人们的存在，相反，是人们的社会存在决定人们的意识。"② 改革开放带给乡村社会巨大的变革，社会的变化促使了乡村文化的变迁。此时人们的社会行动是努力挣钱致富，改变家庭生活条件，修建新房，德顺为了娶妻决定翻盖新房，是社会环境的改变让他有这一行为，社会存在决定了德顺的意识，也决定了农民的价值观。在长篇小说《多彩的乡村》也说明了这一点，在三将村的老街，赵德顺家的"庄头"大院正居其中，小说又写道，"前街上的这片房子，早些年间是不存在的"③，前街原来是空场，直至20世纪70年代末仍用作开大队会，在秋天作庄稼场院。然而，在家庭联产承包责任制后，不用开大会，种庄稼的也少了，不用场院了，于是农民想着在这里"盖房"，因此，前街的新房就像比赛似的起来了。可见，社会的变迁使人们的思想观念和行为发生改变，三将村的老街上多了许多新建的房屋。

虽然，民居空间的书写体现了新时期农民价值观念的同质性，即"发家致富"的观念，但处于变革时期的两代农民之间的"致富"行为还是有差异。事实上，"人们的任何社会行动都是程度不同地在价值观念的指导下进行的，因而，农民价值观念的变化也就构成了农村文化变迁的基本方面，并往往成为农村社会变迁的先声"④。价值观的转变影响农民的行动。因此我们看到，在"十七"时期与"文化大革命"时期长篇小说民居空间书写中，

---

① 李佩甫：《羊的门》，作家出版社2016年版，第201页。
② 中共中央马克思恩格斯列宁斯大林著作编译局编译：《马克思恩格斯选集》第二卷，人民出版社2009年版，第591页。
③ 何申：《多彩的乡村》，人民文学出版社1999年版，第10页。
④ 方向新：《农村变迁论——当代中国农村变革与发展研究》，湖南人民出版社1998年版，第280页。

第三章　新时期长篇小说乡村空间的书写(1977—1999年)

房屋好坏呈现的是阶级身份，阶级身份影响着结婚娶妻或资源分配，农民自然的社会行动是努力"改变阶级身份"。但在新时期长篇小说的民居空间书写中，这一价值观发生了变化。曾经的贫农田家，如果没有钱修缮房屋，高大宅院也会变得"老态龙钟"，让年轻人"不可能看得上"，影响田家儿子娶妻。而曾经的地主巴福来家，因富裕可以住上高宅大院，成为村中红人，并且巴家的儿子风光地结婚娶妻。在新时期长篇小说的民居空间书写中，我们看到，农民的自然社会行动变成了"努力挣钱，修新房屋"。从"改变阶级身份"到"努力挣钱，修新房屋"这一价值观的变迁，是乡村社会变迁下农民观念的蜕变。

但是，两代农民价值观驱动的行为还是有差异性。在改革的冲击下，老一辈的农民和年轻一代的农民的价值观都受到了影响，他们都从旧有的价值观中脱离，如何"挣钱"成为他们的目标。老一辈的农民把这份行动放在传统的种庄稼上，《许茂和他的女儿们》中的老农民许茂，勤勤恳恳地在他的自留地上劳动，他以勤劳美德受人敬重，他用自己勤劳的双手挣钱，为家人置办了"一座带石头院墙的三合头草房大院""院子里鸡鸭成群，猪羊满圈，谁见了都会说老汉的日子过得不错"[1]。许茂通过传统种地的方式，让他家成为村里的富裕人家。《平凡的世界》中的老农民孙玉厚，传统且保守，勤恳种庄稼，一生辛苦只为能够让弟弟与自己的孩子有一个自己的窑洞。《苍生》里的田成业老汉，因为盖不起房，儿子不能娶妻，他费心费力，只在改革初期批下的地基上垒起个底盘，他用原始的人工苦力的方法去致富、盖房，人工开采山石，带着儿子田留根扛材料去建房，房子勉强建成，但过程十分艰辛。《苍凉后土》中的老农民佘中明，通过承

---

[1] 周克芹：《许茂和他的女儿们》，四川文艺出版社1994年版，第5页。

包田地，勤劳辛苦"挣钱"后，修建了供一家人居住的新房。显然，父辈虽然受到新的价值观的影响，但传统的"种庄稼"致富的观念仍然是他们首选。

不同于父辈传统的"挣钱"行为，年轻一代的农民是完全脱离了传统的价值观念的一代，他们的"挣钱"方式多样性，不像父辈那样单纯依靠体力。《平凡的世界》中的年轻一代农民孙少安，他没有像弟弟一样出走家乡，外出打工，他与父亲一样是传统的农民，但也与父亲不同，他不断地去寻找新的方式"挣钱"。孙少安是村里第一个搞承包责任制的农民，他农闲时在建筑工地拉砖，挣了第一笔钱，并回乡开办了自己的烧砖窑，带领全家发家致富。他"发财"后，建造了新屋。而他的弟弟孙少平，不甘心在乡村当老师，也不愿意像父亲与哥哥一样当农民，他选择离开家乡外出务工"挣钱"。《苍生》里的二儿子田保根，他是新一代的农民，他十分看不起父兄依靠传统的苦力"挣钱"修房，他建议搞副业"挣钱"，但遭到田大妈的拒绝，他说："把攒下买木料、买砖和包工的钱，拿出来，当本儿，去跑买卖""做买卖赚了钱，再盖新房，那时再找媳妇再成亲。这样一家老小都少受罪……"① 大儿子怕做买卖赔了钱，老二不以为然，认为做生意当然有赔有赚。

可见，面对建房问题，老一代的农民与新一代的农民尽管在"挣钱"、建房娶妻的价值观是同质的，但他们采用的行为方式具有差异性。长篇小说《浮躁》里书写了两代农民之间价值观的不同。"村民却渐渐发生了分化，老一辈子的人都在本分地侍弄着几亩土地，其理想退居于五十年代初，种了辣椒葱蒜，有了菜吃，种了烟草……日月过得紧紧张张又平平稳稳。年轻的一伙却

---

① 浩然：《苍生》，北京十月文艺出版社1988年版，第67页。

第三章 新时期长篇小说乡村空间的书写(1977—1999年)

又开始了在州河里冒险。已经多年失散了的梭子船,重新有人在山上砍了油心柏木,解了板,在河滩制造。当然这种船造得比先前小,更结实,可以到两岔镇西十里的上游去装山货,在州河里摆三天三夜,一直到老辈船工去过的荆紫关,甚至襄樊,赚得好大的款额。"[①] 这是对20世纪80年代乡村改革后,两代农民不同致富方式的真实写照,也是他们价值观念不同的现实反映。

综上所述,20世纪80年代农民的价值观是"挣钱、建房、娶媳妇"。无论是老一辈的农民,还是新一代的农民,他们的"挣钱"方式不同,但目的都是一样的。与"十七年"时期和"文化大革命"时期农民的"阶级观念"的价值观不同。改革开放不仅改变了乡村的聚落空间与民居空间,而且改变了农民的价值观念。正如长篇小说《许茂和他的女儿们》写道,"在二十世纪七十年代的中国农村,越来越多的庄稼人已经认识到:美好、富裕、幸福的生活,是等不来、盼不来的,要干,才干得来!'革命'不是挂在嘴上的,哪怕你说得嘴巴出血也不顶用,得看你是不是多打粮食,增加收入,使庄稼人得到实惠"[②]。农民逐渐意识到,以往的政治斗争已不能为农民带来实质性的经济收入,只有努力创造财富才能过上好的生活。通过新时期当代现实题材长篇小说中的民居空间书写,反映了乡村社会变迁下的农民价值观的蜕变。

二 民居空间书写体现乡村权力转移

受到宗族文化的影响,传统乡村以寺庙祠堂空间为权力中

[①] 贾平凹:《浮躁》,作家出版社2009年版,第33页。
[②] 周克芹:《许茂和他的女儿们》,四川文艺出版社1994年版,第246页。

心，通常由村中家族长老掌握村中事务的处理权，这是因为村中土地大多由宗族代表掌握。但在1947年9月通过的《中国土地法大纲》中明确规定："废除一切祠堂、庙宇、寺院、学校、机关及团体的土地所有权。"这样，由宗族共同所有的财产——土地，家族中长老掌控的唯一权力也就被瓦解，使其代表权力符号的祠堂与寺庙空间，作为权力中心也发生了位移。中华人民共和国成立后不久，我国实现了人民公社化，"集体"成了唯一的经济单位，农民在集体组织中共同劳动，农民家庭不具备生产功能，一切生产生活由生产大队统一安排，而公社在这时就成为村中的权力中心，公社的行政指令通常由会议室制定。因此，在"十七年"时期与"文化大革命"时期长篇小说中，会议室空间成为乡村的权力中心，因为在革命政治文化影响乡村后，乡村权力的中心，逐渐转移到以农民为主体的农会与公社手中，而会议室空间是这类组织的行政指令中心。然而，在中华人民共和国成立初期的当代现实题材长篇小说中，乡村权力空间的书写是以祠堂和庙宇等传统空间为主。但在"十七年"时期与"文化大革命"时期长篇小说的空间书写中，呈现了乡村权力结构中心空间的转移，权力中心从传统空间——祠堂与寺庙，转移到以会议室为主的空间。

中国悠久的传统文化是数千年历史沉淀形成的产物，它存在于中国乡村，是在长期潜移默化的融合发展中形成的。虽然"十七年"时期与"文化大革命"时期的革命政治文化渗入传统乡村，但时间短暂，且有国家行政力量介入。随着"文化大革命"结束，国家行政力量的抽离，乡村传统文化逐渐复苏，这种特定时期形成的革命政治文化在乡村必然会逐渐减弱，其代表的权力空间——会议室，也会随之消逝，退出历史舞台，祠堂与庙宇空间不再像中华人民共和国成立初期代表乡村权力的空间。20世

第三章 新时期长篇小说乡村空间的书写(1977—1999年)

纪 80 年代以后,尽管宗族文化和信仰文化逐渐在乡村得到恢复,但其内涵已经发生了变化,祠堂和庙宇不仅是祭祀和信仰的场所,并且与当地旅游休闲结合,成为体现乡村精神文明的综合空间。

因此,我们在新时期当代现实题材长篇小说中,看到"祠堂""庙宇""会议室"等空间,这些曾经的代表权力中心的空间被替代。在新时期长篇小说中,"民居空间"的书写体现的是改革开放后乡村权力结构发生的变化。意味着乡村权力逐渐向村中有官职的人转移,如村长、村支书等。而他们的民居空间也成为了乡村权力空间的新标志。在长篇小说《平凡的世界》里,小说书写村长田福堂的民居,代表着田家是村中权力的中心。村长田福堂掌握着村中的资源分配,是权力的拥有者。小说写道,田家大院是村落民居最好的院落,"旧社会,河东的金家在村里主事。而新社会,河西成分好的田家,明显在村里占了上风"[1],"虽说新社会二十多年了,但一般村民要箍窑盖房,简直连想也不敢想"[2]。新社会,田家成为双水村成分较好的家族,在"文化大革命"结束后,田福堂是村支书,从而成为了村里最有权力的人,乡村权力结构转移到村长的手中,普通村民想建房并不是那么容易。"现在,除过田福堂家的院落要出众一些外,大都还是一些塌墙烂院"[3],"在许多情况下,金家闹不过田家,因为村中的权力在田福堂手中"[4]。在双水村,田家大院是出众的青堂瓦舍,其

---

[1] 路遥:《平凡的世界》(上),陕西旅游出版社、经济日报出版社1999年版,第55页。
[2] 路遥:《平凡的世界》(上),陕西旅游出版社、经济日报出版社1999年版,第42页。
[3] 路遥:《平凡的世界》(上),陕西旅游出版社、经济日报出版社1999年版,第42页。
[4] 路遥:《平凡的世界》(上),陕西旅游出版社、经济日报出版社1999年版,第55页。

他的民居都是塌墙烂院。田家大院的书写说明了田家以及田福堂在双水村的权力地位。但是，小说的民居书写，也映射了另一种乡村权力结构改变的可能性。田福堂是双水村的支书，他掌握着乡村的话语权。孙少安是双水村较早紧跟改革步伐的新一代年轻农民，他18岁当生产队长，在村里算得上是有一定地位的人，但仍然处处受到田福堂的压制，仍然不能进入双水村权力的中心。他首先响应了家庭联产承包责任制，并创办了自己的砖窑厂，成为双水村乡村改革的代表人，他才有钱给自己箍窑盖房，从而成为村里人人羡慕的人，也逐渐成为乡村新一代农民的领路人。在这个变革的过程中，修建新房子对于田福堂来说十分容易，他家民居是双水村最出众的院落。而对于像孙玉厚这样的普通农民来说，修新房是一辈子为之奋斗，却实现起来十分困难的事。乡村的权力与资源掌握在像田福堂和金俊山一样的人手中。但是，孙少安修了新的窑洞，这让普通的农民看到了希望，建房并不一定要向田福堂等人妥协才能实现，普通农民现在可以通过外出打工，经商做买卖等方式，挣钱后回乡建房。因此，双水村人对于孙少安建"新窑洞"，羡慕的同时也看到了希望。乡村权力的结构逐渐在发生变化，农民更需要像孙少安这样有能力，能引领村民抛弃传统依靠种庄稼，出卖苦力发家致富的方式，农民需要带领他们开辟新的致富道路的人。在新世纪当代现实题材长篇小说中，可以看到作家呈现了许多像孙少安一样的新一代农民形象，他们带领农民实现农业产业化，发家致富，寻找到了适合自己村落现代化发展的道路。

在长篇小说《浮躁》里，民居空间的书写也体现了乡村权力结构的变化，以及农民生活的改变。在仙游川，属乡长田中正家的房屋最好，"田中正新屋盖起之后，属仙游川最新颖的建筑。一砖到顶的四堵墙，又用白灰搪抹了，一律红色的机瓦，搭两岔

第三章　新时期长篇小说乡村空间的书写(1977—1999年)

镇街上举目一望，就显显眼眼"①。田中正的房屋是仙游川最"新颖"的建筑，最显眼豪华的民居空间。但是，仙游川土地分包后，原来的权力结构也发生了变化，"仙游川……土地分包下来，各自为政，再不受巩家、田家权势要挟，也不再辛辛苦苦种出庄稼养活巩家、田家的在村家属"②，仙游川的农民终于摆脱了为巩家、田家种地打工的命运。

　　在20世纪80年代乡村改革的过程中，农民的住房条件得到改善，同时也存在许多的官僚问题，有权的人获得更多的资源分配，普通农民依靠原始的土地分配获得的资源十分有限。小说中对乡长田中正建房过程的书写，体现了权力在村中的转移。当乡村开始实行责任制时，州河沿岸的土地全划分了。公社取消，改建乡政府，田中正由社长变为乡长。在住房分配上，田中正利用职权，获得了较多的资源。"仙游川原是一个大队，土地分包后，空下十八间公房，一时用不了，决定出售四间，虽是前三年新盖的，但折价五成。村里人皆红了眼，提出申请要买。偏田中正也突然宣布他要买，村人并没有肯和他争的"③。田中正是乡长，村里人不敢跟他争夺房产的购买权，乡村权力结构的中心此时由乡长（村支书）掌握。田中正并未付现款，打了个欠条，将属于集体的四间大房拆除木料，并让大队在他家边上分了四间房子的地基重新建造。然而，普通农民想建房子，却十分困难，"原想买房的有七老汉，如今七老汉气是气，却只叹没权没势，夜里提了酒到渡船上和韩文举喝，碰着在场的雷大空，愤怒起来骂田中正的娘，口口声声提出要告状"④。与七老汉形成了鲜明对比，"田

---

① 贾平凹：《浮躁》，作家出版社2009年版，第41页。
② 贾平凹：《浮躁》，作家出版社2009年版，第33页。
③ 贾平凹：《浮躁》，作家出版社2009年版，第27页。
④ 贾平凹：《浮躁》，作家出版社2009年版，第27页。

中正拆除了四间公房后,每日叫六七个木石工匠在旧家近旁开基造屋。来帮忙的人自然很多"[1]。七老汉无权无势,无法获得房屋购买权,田中正不仅获得多余的房屋购买权,还将旧房改新房,来帮忙的人也很多,田家众亲戚都来帮忙,说着恭维的话,在五天里,田家的新房威威风风盖起来了。同时,田中正民居内部装饰空间的书写,也说明乡村权力影响力在田中正家里,金狗环视田中正家新屋,"一明两暗,木板合楼,地面抹了水泥,窗户装了玻璃,两合各四格的装板大柜,东西界墙根又分别站立一扇新式立柜,中堂的板柜之上有一面三尺高的插屏镜,镜上是一张《三老赏梅图》,两边对联各是:'天地人三位一体''福禄寿共享同春'。心中思忖:田中正每月就那么点工资,房子摆设倒这般阔气,那旧房里还不知摆设了什么!就说:'婶婶真会说话,两岔乡里谁发了也没你田家富裕!'"[2] 小说对田中正民居空间的书写,不仅表明田家是两岔乡最富裕的人家,还说明田家是村里的掌权者,他可以获得较多的资源,也能获得更多的财富。但是,尽管农民在住房分配上无法与田中正争夺,但改革也让农民获得更多的机会,从而改变这一现状。之后,许多新一代的年轻农民开始向往走出乡村,谋求不同于父辈的创造财富的新方式。

在长篇小说《苍生》里,对巴家与田家建房过程的书写,体现了20世纪80年代乡村权力向村中为官者转移,同时揭示了在乡村改革的过程中出现的官僚主义问题。在小说里,村中掌握权力的人是支书邱志国,他将集体的财产分光,在分配过程中,他照顾自己的亲友,并将村里的果园低价卖给了老地主巴福来。巴福来获得了果园的承包权,老老实实地做事,成了村里的万元户,盖上了高宅大院,为儿子娶了媳妇。当村支书家要盖房时,

---

[1] 贾平凹:《浮躁》,作家出版社2009年版,第29页。
[2] 贾平凹:《浮躁》,作家出版社2009年版,第84页。

第三章 新时期长篇小说乡村空间的书写(1977—1999年)

田大妈十分眼馋支书家动工盖房子，给儿子娶媳妇，对于田大妈来说，同样是娶儿媳，她十分羡慕支书家顺利地盖新房娶媳妇，村中大多数人去参加支书儿子的婚礼。小说写道，"农家兴土木之工，属于惊天动地的大事、喜事，一辈子难得一回。不光一家人要全力以赴，亲戚朋友都得被牵动，平时有交往的乡邻们也得出人帮帮工。村支部书记家盖新房，那股子气势还能小吗？住在田家庄的人，谁能说跟支书没有交往？谁敢说以后不想跟支书再有来往？从今年起，土地、果园和荒山全都承包下去了，那么，支书的权力果真比'大拨轰'那会儿小了吗？"[①]。可见，村支书家建房，不仅从传统的乡村民俗上来说是件大事，族人都要全力以赴帮忙。而且由于村支书对土地、果园等承包权有重要影响力，有需求的村民都会去支援，映射了乡村的权力结构的变化。村支书家建房获得全村乡邻们的帮助，不仅是由于农民亲戚之间的互帮互助，还是因为村支书在村中的位置。在这个过程中，老田家没有得到公平的房屋分配，全家人累得吐血也盖不起房，大儿子娶不了媳妇。长篇小说对田家、巴家、村支书家盖房的书写，说明了20世纪80年代在改革的过程中，村中权力向少数为官者倾斜，他们有的利用职权谋取私利。可以说，邱志国这类的官僚是乡村改革道路上的阻力，他们最终会被农民抛弃，成为历史潮流中的淘汰者。同时，在这个过程中，有许许多多的新一代年轻农民致富的代表，如《平凡的世界》中的孙少安，他们带领农民走向共同富裕的道路，最后也终将成为新农村建设中受农民拥护的领导者，乡村权力结构的走向也会逐渐转移到这一类新农民的身上。新时期当代现实题材长篇小说的民居生活空间书写，不仅仅是体现改革开放后，农民居住环境的变迁，也体现了乡村

[①] 浩然：《苍生》，北京十月文艺出版社1988年版，第62页。

权力结构的转移。

三　民居装饰空间书写体现文化多样性

新时期当代现实题材长篇小说中的民居装饰空间书写，体现了乡村文化的多样性。随着乡村转向以经济发展为主，新质文化逐渐融入乡村，使得新时期小说中民间空间的书写，呈现多种文化交织的现象。例如，在长篇小说《许茂和他的女儿们》中，许茂家民居空间的装饰："正屋中间放着吃饭的方桌，正面横着一具高大的漆得发亮的寿木，四周泥墙上贴满了各色各样的图画纸"①。许茂家的墙面装饰不再仅是具有政治性的符号，还出现了"图画纸"等具有新科技文化特色的符号。同样，农技员吴昌全的民居装饰空间的书写："正中墙上，毛主席的彩色印制相片，装在一个玻璃镜框里，端端正正地挂着；棉花、水稻、小麦、果树等等的科技图表贴满了四壁；屋梁上挂满了一排排装着良种的小布袋儿和各种各样的农作物标本；桌子上，高脚煤油灯罩着一个洁净透明的玻璃罩子……"②在农技员家民居的装饰空间，有"毛主席像"具有时代特征的装饰，也有"科技图表"贴满了四壁，说明乡村对科学技术开始重视。可见，"80年代，农民的观念有了很大的变化，90%以上的农民知道文化科学的重要性"③，时代性和科技特征的装饰同时都在民居装饰空间出现。因为旧时的农民信鬼神，不信科学，但在市场经济的发展过程中，农民的教育水平有所提高，接触到的信息越来越多，逐渐开始

---

① 周克芹：《许茂和他的女儿们》，四川文艺出版社1994年版，第80页。
② 周克芹：《许茂和他的女儿们》，四川文艺出版社1994年版，第48—49页。
③ 徐学庆：《社会主义新农村文化建设研究》，河南人民出版社2011年版，第103页。

第三章 新时期长篇小说乡村空间的书写(1977—1999年)

相信科学技术的力量,并且有学习新知识的欲望。因此,小说中会农业技术的新青年吴昌全,受到了村民的喜爱,"这会儿朝着代理支书的草屋走来的是个精神勃勃的青年,淡淡的月光倾泻在他的宽厚结实的肩膀上。他名叫吴昌全"[1]。他是新一代向往学习新技术、新知识的青年农民代表,他高中毕业后,回乡钻研农业科学研究,"他的科研组那片小小的园地,已经成了葫芦坝上一颗明珠,吸引着大多数的年轻人,也使那些懂庄稼经的老汉们大大地吃惊"[2],他与母亲是"葫芦坝上所有被人敬仰的正派人物中间是最受尊崇者"[3]。这也说明,农民开始摆脱传统的"靠天吃饭"的思想,对新科技、新信息、新文化开始感兴趣并接受。

在长篇小说《平凡的世界》中也可以看到,田晓霞的民居空间装饰很简单,"墙壁上光秃秃的,也不挂个塑料娃娃或其他什么小玩意。只是小桌子正中的墙上,钉着一小幅列宾的油画《伏尔加河上的纤夫》——大概是从什么杂志上剪下来的"[4]。田晓霞是当时女青年的典型代表,她在省报任职,率真且浪漫,她与青年农民孙少平有共同的爱好与追求,他们虽相爱,但社会身份与地位成为他们之间最大的鸿沟。田晓霞代表的是改革时期的进步青年,虽然她的父亲是从农村出来,田家圪崂是她的老家,但她从小是在城里长大的,同时接触传统文化与新式文化,还受到新式文化的熏陶。在她的房间装饰空间里,墙面上悬挂的是具有新式文化符号的油画《伏尔加河上的纤夫》,表明田晓霞这样的改革开放中的女性,有着开放包容的心理,紧跟时代潮流,能够接受新的文化、新的事物。这种空间表达也展现了中国乡村社会在

---

[1] 周克芹:《许茂和他的女儿们》,四川文艺出版社1994年版,第45页。
[2] 周克芹:《许茂和他的女儿们》,四川文艺出版社1994年版,第46页。
[3] 周克芹:《许茂和他的女儿们》,四川文艺出版社1994年版,第45页。
[4] 路遥:《平凡的世界》(中),陕西旅游出版社、经济日报出版社1999年版,第174页。

转型时期，传统文化与新式文化之间的碰撞与融合过程。

民居装饰空间呈现的乡村文化多元性。在长篇小说《浮躁》里，当金狗来到田中正家，看到他家"东西界墙根又分别站立一扇新式立柜，中堂的板柜之上有一面三尺高的插屏镜，镜上是一张《三老赏梅图》，两边对联各是：'天地人三位一体'，'福禄寿共享同春'"①，家里不仅有新式的立柜，还有旧式的画《三老赏梅图》和对联，代表新旧文化的装饰都在民居空间里出现。在长篇小说《高老庄》中，小说写道，"西夏就注意起了当堂的墙上挂有一面画的，画被烟火熏得黑黄，但人物造型生动，近前摸了摸，竟是布做的，子路说这是骥林娘的作品……叫布堆画"②，二婶家堂屋装饰空间里有民间文化元素——布堆画。由此可见，在新时期当代现实题材长篇小说中，民居装饰空间的墙面悬挂既具有时代特征的"毛主席像"，也有现代科技特色的"科技图表""农作物标本"，还有民间美术画作"布堆画"，以及新式文化特色的"油画"。这些分别代表不同时期的文化符号都出现在乡村民居装饰空间中，说明多种文化在乡村空间中并存。

综上所述，通过文本细读，笔者发现传统文化、现代科技文化、西方文化在民居装饰空间里一起出现，说明乡村文化越来越具包容性与多元化。可以说，"十七年"时期与"文化大革命"时期当代现实题材长篇小说中的民居装饰空间书写，呈现的特点是由"传统"逐渐向"政治化"演进的过程。新时期当代现实题材长篇小说民居空间的书写特点呈现的是由"政治化"向"现代化"演进的过程，乡村文化也从革命政治文化向现代文化过渡。

---

① 贾平凹：《浮躁》，作家出版社2009年版，第84页。
② 贾平凹：《高老庄》，云南人民出版社2002年版，第38页。

第三章 新时期长篇小说乡村空间的书写(1977—1999年)

第三节 民俗与民间信仰空间书写的复苏与变更

乡村民俗与民间信仰空间的书写,受到了改革开放带来的剧烈的冲击与影响。改革带来新的变化,促使新的文化出现,而旧文化受到了挑战,价值观念也发生了变化。尽管民俗与民间信仰开始恢复,但民俗与信仰的纯粹性受到市场经济的影响,其内核与原来不同。据日本《大百科事典》,民间信仰是"指没有教义、教团组织的,属于地方社会共同体的庶民信仰;它也被称为民俗宗教、民间宗教、民众宗教或传承信仰"[①]。"在传统中国,民间信仰在中国人的精神及社会生活方面都发挥着极为重要的作用。无论他属于什么阶级,拥有什么样的身份,中国人都普遍相信鬼魂和神灵的存在"[②]。"文化大革命"结束后,藏匿的民俗习惯与民间信仰逐渐复苏,乡村的民俗与民间信仰活动日益活跃。20世纪80年代,乡村的民俗与民间信仰活动基本得到了恢复。与"十七年"时期和"文化大革命"时期长篇小说中的民俗与民间信仰空间书写不同,由于经济的发展,此时民俗与民间信仰与经济社会发展相结合,在保有其原有的传统文化部分内核下,又与现代文化结合,推动社会经济的发展,丰富人们的精神生活。在新时期当代现实题材长篇小说中,民俗与民间信仰空间书写的变异,映射了改革开放后乡村社会民俗与信仰文化的变迁。

[①] [日]下中邦彦:《大百科事典》第14册,平凡社1985年版,第558页。
[②] Eastman, L. E., *Family, Fields, and Ancestors: Constancy and Change in China's Social and Economic History, 1550—1949*, New York: Oxford University Press, 1988, p.41.

一　民俗空间的复苏

"十七年"时期与"文化大革命"时期、新时期长篇小说的民俗空间书写，为我们呈现了当代中国乡村民俗文化的变迁。所谓民俗变迁，"是指民俗事象在其传播和延续的过程中或多或少发生的，在内容、内涵、性质等方面不同于原来的现象"①。在新时期当代现实题材长篇小说中，政治特征在民俗空间中逐渐消退，传统民俗活动再次回归到乡村日常生活中，同时还有代表新时期文化的符号。新时期当代现实题材长篇小说民俗空间书写的对象包括：婚庆民俗空间、建房民俗空间、丧葬民俗空间。这些民俗活动回归到传统的习惯，同时也发生了变异，代表这个时期的文化符号也出现在民俗空间中。

婚庆民俗空间的复苏。在长篇小说《浮躁》中，对小水的婚礼过程的描写，可以见到传统的婚礼习俗重新回到乡村的民俗生活中，而政治性的标语或者具有政治意味的仪式消失。陪嫁、礼钱，以及对新婚人的期望等，这些旧时烦琐的婚俗内容出现在民俗活动中。小说写道，"孙家的房屋很破旧，却已经用石灰水刷了一遍，大红的对联用厚厚的糨糊贴在门框两边，那些自家做的衣架、板柜、椅子、凳子，和韩文举陪嫁做的箱子、火盆架、梳妆匣、脸盆架一应大小粗细用具全摆在台阶上……小水方慢慢清醒过来，她环视自己的房间：顶棚是芦苇新扎的；墙壁是报纸新糊的，糊得并不齐；到处都贴着年画，除了几张'年年有余'的大胖娃娃骑着金鱼之外，就都是当今电影明星的美人照了，而且

---

① 毛艳、洪颖、黄静华编著：《西南少数民族民俗概论》，云南大学出版社2012年版，第183页。

第三章 新时期长篇小说乡村空间的书写(1977—1999年)

就在画的右上方有写着小水和小男人'结婚恭喜'的字样"①。小说里,小水的婚房里不仅有传统民俗中陪嫁的用具,有贴着新婚夫妇的"恭喜"字样和年画,还有新时代特色的"电影明星照美人照",此时,民俗空间虽然复苏,但呈现的是传统与现代结合的特征。从婚庆民俗空间书写可以看出,20世纪80年代,我国乡村婚庆民俗空间还保留了许多旧俗,一些迷信色彩、落后的陈规陋俗仍然存在。小水婚礼空间的装饰,以及婚礼过程呈现的是新旧民俗结合的特点,火盆架、梳妆匣、脸盆架、墙面的年画、'年年有余'的大胖娃娃骑着金鱼等,中式传统的婚礼民俗物件和装饰一个都不少。同时,婚房装饰空间还挂着与之显得格格不入的"当今电影明星的美人照"。旧式文化与新式文化同时存在是这一时期婚庆民俗的特征。小说中书写的人物小水,是中国传统女性的代表,她嫁到下洼村,新婚第一天,丈夫就昏倒在酒席上,公公和村里人认为是小水克死了丈夫,他们让小水倒骑毛驴在村里转一遭谢罪,小水无奈地大哭,族长让人强缚了小水的双手,拉上备好的一头毛驴,倒坐了在村里走。小水的男人最后还是死了,小水离婚了,还落下一个"扫帚星"的名誉。小说的婚庆空间及婚礼过程的书写,表明改革开放初期,在中国乡村存在着新旧文化的碰撞,这种旧式的、迷信的、带有落后因素的陋俗在乡村仍有一定的空间。尽管有新的文化渗入乡村,但20世纪80年代的中国乡村主体民俗仍然是以旧式为主且占据主要地位。

旧式婚庆民俗的复苏。在长篇小说《苍生》里,老地主巴福来家办婚礼,婚礼十分隆重,装饰性的门楼,烦琐的程序。小说写道,"门楼的宽宽垛子上,分别贴着两个斗大的红纸喜字儿。用塑料花和红绸子扎成的半弯形的大彩环,插绑在门楣上端、水

---

① 贾平凹:《浮躁》,作家出版社2009年版,第21页。

磨石的檐子下方,把门楼装扮成牌楼。一拨坐唱班和吹鼓手分坐在门楼外边的左右。他们都十分卖力气,比赛着吹,比赛着唱,吹唱着中国乡村大地上消失了数十年的古老歌子和戏曲。……门楼里是十丈长的大院子,比院墙早起来半个月的七间大瓦房,陶瓦、青砖、水泥台阶,……用苇席屏风隔开的那边是连夜搭起来的大棚。大棚里摆下八张高桌,围坐着亲朋、故友和随份子的乡邻"①。在这个婚庆民俗空间里,旧时的"贴喜字",装饰门楼,把婚房布置得像个水晶宫,以及吹拉弹唱等婚礼程序都重新回归到乡村民俗中。可见,20世纪80年代初期,旧时婚俗不仅又回到农村,甚至更隆重。

　　小说的婚庆民俗空间书写还体现了新旧文化的融合。与《苍生》中巴福来家完全延续旧时婚礼习俗不同,《苍凉后土》里中明老汉为儿子办的婚礼兼具了传统与现代文化结合的特征。中明老汉为了给二儿子娶妻,置了新的家具,"这套家具在大家眼中,也不同凡响,靠左边墙壁是一只两米高的双开门大衣橱,衣橱中间的一块固定门上,镶了一面大镜子……"② 老汉适应了时代的发展,将这一时期流行的"新衣橱""大换衣镜"等新元素给儿子准备好。20世纪80年代,乡村结婚已经开始适应时代的潮流,追求"现代化",讲排场、摆阔气,追求物质上的生活。在乡村,特别是家庭相对富裕的家庭,这种风气更甚,巴福来家和中明老汉家,正是村中先富起来的一批农民。这也说明乡村农民的经济状况好转,生活条件得到了改善,对物质与精神生活的要求也越来越高。巴福来家大摆宴席,他借此机会扩大声势,笼络人心,巴结上司。正如巴福来自己所说,他用最大的气魄和最大的力量,给儿子办喜事。他原先是地主,改革开放后承包了果园,建

---

① 浩然:《苍生》,北京十月文艺出版社1988年版,第11—12页。
② 贺享雍:《苍凉后土》,四川文艺出版社2013年版,第5—6页。

第三章 新时期长篇小说乡村空间的书写(1977—1999年)

起了新房,巴福来想通过给儿子办个轰轰烈烈的婚礼,在田家庄造声势,一是为了示威,二是为了与田家庄的人联络感情,让巴家在田家庄站得更稳。巴福来请来了村里大大小小的干部,连老百姓眼中的大人物邱志国也请来了——他是掌握田家庄命运的人,巴福来通过置办婚礼空间,为自己拉拢村中最有权力的人创造条件。

总之,新时期当代现实题材长篇小说中的婚俗空间书写,映射了改革开放后,随着乡村经济的好转,许多先富起来的农民通过办婚礼,搞排场,摆阔气,喜事大办,显示家道兴旺,也使得许多陈旧的婚嫁礼俗又以各种不同形式登场。但在文化的交织过程中,旧时婚俗逐渐改变,随着社会的不断进步,文化的不断融合,乡村民俗会逐渐向新式、现代文明方向前进。许多带有迷信色彩的旧俗,终会在社会不断进步中被历史摒弃,新文化的融入也会促进乡村婚俗文化的发展与进步。

"建房"民俗空间的复苏。在新时期当代现实题材长篇小说中,"建房"习俗的书写越来越多。由于乡村经济的发展,农民生活水平的提高,建房的人越来越多,传统的建房习俗已经逐渐恢复。"自古以来,民间把兴修房屋看作建造宏伟世业,在物质精神诸方面都须作充分的准备,特别慎之又慎。……尤其是开工奠基,上梁喝彩,乔迁志喜之礼仪习俗。"[1] 这种建房习俗在长篇小说《浮躁》有所呈现,村长田中正要建新房,建房风俗十分烦琐,"田中正就着人爬上大梁中部缚了黄表、红绸,鸣放鞭炮,甩撒'漂梁蛋儿'。这年田中正恰四十有五,'漂梁蛋儿'便做了四十五个,内包了核桃、红枣、分币、石子;甩撒下来,孩子们疯了似的去抢,逗得田中正哈哈大笑"[2]。田中正建房,他"拆除

---

[1] 邹惠珊:《平利民俗辑录》,三秦出版社2014年版,第92页。
[2] 贾平凹:《浮躁》,作家出版社2009年版,第29—30页。

了四间公房后，每日叫六七个木石工匠在旧家近旁开基造屋。来帮忙的人自然很多"①，在小说中，田中正家要建新房，整个建房过程将旧时传统的建房风俗都呈现出来，体现田家对于建房的重视。同时四里八乡的村民都来帮忙，一是由于村中凡是有人建新房，同族人都会来帮忙的习俗。二是由于田中正是村中的掌权者，掌握了资源的分配。乡村权力结构的变化使得田中正建房得到许多人帮助。农民建房民俗的恢复说明传统民俗文化在乡村逐渐复苏，也映射乡村权力空间的变化。

民间丧葬习俗的复苏。在新时期当代现实题材长篇小说中，民间丧葬习俗空间的书写，表明传统丧葬习俗的复苏，甚至比中华人民共和国成立前更加隆重，压抑在农民心中已久的"厚葬"亲人的习俗开始抬头。因为"分田到户后，乡村政府对丧礼的干涉放松，一些早已还俗的僧道应时而起，并培养出一批新手，替乡民举办丧礼，于是丧礼差不多完全恢复解放前的旧观"②。"从丧葬文化传统上看，厚葬、久祀是中国丧葬祭祀的特点"③。在长篇小说《古船》中可以看到，"小葵大约一年没有脱掉孝服。孝服在别的地方也许已经早不允许存在了，洼狸镇却不同。殡葬时复杂的礼仪、奇异的风俗，近年来有增无减"④，在为李其生办的葬礼，葬礼"由张王氏请来了那班弹奏的人。这些人像在隋大虎灵堂前一样，奏出了一支又一支美妙绝伦的曲子……送葬那天，镇上人几乎全部出动。有人后来评论说，这是几十年来洼狸镇最隆重的一次葬礼"⑤。丧葬风俗在乡村恢复，隆重的葬礼活动，复杂的礼

---

① 贾平凹：《浮躁》，作家出版社2009年版，第29页。
② 曹锦清、张乐天、陈中亚：《当代浙北乡村的社会文化变迁》，上海远东出版社1995年版，第579页。
③ 秦永洲：《中国社会风俗史》，山东人民出版社2000年版，第320页。
④ 张炜：《古船》，长江文艺出版社2017年版，第67页。
⑤ 张炜：《古船》，长江文艺出版社2017年版，第241—242页。

第三章 新时期长篇小说乡村空间的书写(1977—1999年)

仪,奇异的风俗在乡镇有增无减。在长篇小说《平凡的世界》中,"文化大革命"结束后,金俊武"毫不犹豫地决定,他要按农村习俗的最高礼规安葬他母亲"①,他想"让世人看看,金家仍然是繁荣昌盛的!"②"夜幕一降临,隆重的撒路灯仪式开始。……其阵势蔚为壮观。"③ 金俊武厚葬母亲,一是对祖先的尊重,二是源于一种家庭信仰,通过隆重葬礼仪式来展现自己曾经的家世和地位,希望死去的亲人保佑自己,并借此仪式扬眉吐气。长篇小说《浮躁》中也书写了隆重的丧葬风俗的复苏,"接麻子灵柩的是韩文举。小水在街坊女人的搀扶下,在外爷的灵堂前化了纸,祭了酒,又三磕六拜敬了铁匠铺的屋神,最后扑倒在街坊众人的面前,给上辈人、同辈人作揖致谢,一声长哭,随棺材到了州河岸上"④。麻子丧葬仪式上,送灵、哭葬等旧时葬礼仪式也很隆重。在《高老庄》中,当子路回到高老庄,为父亲举办三周年祭祀时,举行了烦琐而隆重的祭祀,"樱桃树下摆上了两台木桌,一台上放着钹、锣、鼓、板和唢呐,桌上放着长长短短的赤铜号角……娘取了一身孝衣让西夏去她的卧室穿,说是过会儿孝子们要去坟上接灵……东川张家班这一拨吹响唢呐,孝子们就去坟上接灵,子路打头,怀抱着爹的灵牌,后边是庆来庆升晨堂牛坤,在坟上磕头,奠酒,烧纸,焚香,又鸣放了一串鞭炮……激越的响器声中,来人都是手提了献祭笼子,胳膊下夹了烧纸,在院门口被子路接了,就端端走过去,从灵桌上取香,在灯上燃着,拜一拜,插上香炉,再拜一拜,然后取灵桌上的酒瓶,倒出一盅,在桌前烧过的纸灰上一撒,又拜一拜……"⑤ 这段子路为父亲举行的祭祀空

---

① 路遥:《平凡的世界》(第三部),广州出版社、太白文艺出版社2000年版,第192页。
② 路遥:《平凡的世界》(第三部),广州出版社、太白文艺出版社2000年版,第192页。
③ 路遥:《平凡的世界》(第三部),广州出版社、太白文艺出版社2000年版,第193页。
④ 贾平凹:《浮躁》,作家出版社2009年版,第153页。
⑤ 贾平凹:《高老庄》,云南人民出版社2002年版,第73—81页。

间的书写，展现了乡村丧葬祭祀活动的细节流程，也表明了传统的丧葬习俗在乡村复苏。

改革开放前，由于政府的干预以及农民收入较低，乡村的丧葬规模较小，程序也简化，有一定的政治意味。如在长篇小说《暴风骤雨》中写道，当为赵玉林举行丧葬仪式时，人们不是吹拉弹唱丧葬古曲，而是喊起了政治口号。在长篇小说《创业史》中，将清明节的上坟培土与革命劳动结合在一起。随着20世纪80年代开始改革开放，农民的经济条件得到改善，乡村压抑已久的丧葬习俗开始复苏。经济条件越好的家庭，操办丧事就越隆重而讲究。此时，丧葬的规模与经济的发展是成正比的，农民通过这种形式，证明自己的经济实力与社会地位，以及对祖先的孝心，《平凡的世界》中的金俊武为母亲厚葬也是这个原因。而《高老庄》中，子路回乡后隆重地为父亲举行三周年祭祀礼，小说用许多篇幅书写了三年祭祀的每个流程，显现了乡村丧葬的文化风俗，体现子路衣锦还乡后，为父亲尽孝，也是子路向乡亲展现自己进城后获得的成功，希望在家乡得到祝福与尊重。

事实上，我国的丧葬习俗十分久远，这种民俗习惯长期存在，具有浓厚的文化底蕴，它是社会长期发展的结果，这种丧葬文化可以加强血缘与族群之间的团结与凝聚力，维护社会的稳定，而对祖先的孝道观念是源于儒家思想观念。中华人民共和国成立后，政府主张破除封建迷信，提倡移风易俗办丧事，改革旧俗，并运用行政手段干预，虽然一定程度上遏制了乡村的丧葬规模，但没有实质上改变这种习俗在农民心中的地位和影响。因此，这种延续几千年的丧葬习俗，不会在短时间内消失。改革开放后，迅猛恢复的乡村丧葬习俗，正是长期隐藏在农民心中的文化观念的释放。20世纪80年代后，丧葬习俗还呈现新旧融合的特征,在社会的不断发展中自我更新。总之,新时期长篇小说中的丧葬习俗的书写,不仅表明了传统的丧葬文化在乡村的全面恢复,也说明了改革开放后,农民经济条件好转,自由度也较以前大大提高,农民可以按照自己的心愿操办丧事。

二 民间信仰空间的复苏与变更

庙宇空间的修复。长久以来,庙宇空间对于农民来说是精神支柱。在长篇小说《古船》中,老庙一直是洼狸镇及周边村落农民的精神空间,老庙每年都有盛大的庙会,老庙在"文化大革命"期间被毁坏,城墙被拆,全镇人民心中的威严和敬畏也被毁坏,庙宇的破坏意味着农民精神支柱的倒塌,直到"有人才醒悟过来:老庙烧了,那口巨钟还在。岁月把雄伟的镇城墙一层层剥蚀,但还有完整的一截,余威犹存。……城墙骄傲地屹立着。也许世界上再没有什么力量能够摇撼它,除非是它根植的那片土地本身会抖动起来"[1]。洼狸镇的庙宇这个精神支柱被破坏后,人们开始寻找替代品,庙宇门前的巨钟成为人们精神支柱的替代品。可见,庙宇对于农民精神需求的重要性。"文化大革命"结束后,宗教信仰开始逐渐恢复,庙宇得到了修复,但农民对于"文化大革命"期间对庙宇的破坏记忆深刻。尽管藏匿在农民心中的信仰观念被人为地压制,但当信仰开始放松管制时,人们一开始并不敢大张旗鼓地修缮庙宇。随着政策逐渐明朗,农民纷纷修缮被破坏的精神信仰空间——庙宇,压抑已久的信仰观念开始抬头,并

---

[1] 张炜:《古船》,山东文艺出版社2001年版,第9—11页。

且比以前更盛。在长篇小说《平凡的世界》里书写了这一流变过程，"这的确是一座新修的庙。看来这里原来就有过庙，不知什么年代倒塌了——黄土高原过去每个村庄几乎都有过庙；他们村的庙坪上也有一座。不过，完整地保存下来的不多。现在，这里胆大的村民们，竟然又盖起了新庙，这真叫人不可思议！县上和公社不管吗？要是不管，说不定所有的破庙都会重新修建起来的。他们村的庙会不会也要重建呢？"[1] 事实上，人们对"文化大革命"期间对庙宇的破坏心有余悸，对是否可以修复庙宇还是半信半疑，"润生原来准备到前面去看一会戏，……戏台子后面的一个小山嘴上，立着一座新盖起的小庙。他大为惊讶，现在政策一宽，有人竟然敢弄起了庙堂！"[2] 虽然已逐步放开传统的信仰，但润生看到有人盖庙，还是很惊讶，随着各村都在对庙宇进行修复，人们相信政策是确定的，压抑已久的信仰开始爆发，农民纷纷自发地修建庙宇。"随着改革开放，黄土高原许多地方的群众都开始自发地修建庙宇"[3]，"刘玉升在一两月前突然萌发了一个宏大抱负；他要为双水村做件好事，把庙坪那个破庙重新修复起来，续上断了多年的香火，他准备自己拿出一部分浮财，另外让村民们以布施的方式每家再出一点钱，一定要把这座庙修得比原来更堂皇"[4]。农民要将破坏的庙宇修复得比原来更好，这是对压抑已久的信仰的释放。同样，在长篇小说《浮躁》中，韩文举做梦觉得冷落了土地庙，他决定修复它。"成人节"是州河岸上唯

---

[1] 路遥：《平凡的世界》（中），陕西旅游出版社、经济日报出版社1999年版，第284页。

[2] 路遥：《平凡的世界》（中），陕西旅游出版社、经济日报出版社1999年版，第284页。

[3] 路遥：《平凡的世界》（下），陕西旅游出版社、经济日报出版社1999年版，第381页。

[4] 路遥：《平凡的世界》（下），陕西旅游出版社、经济日报出版社1999年版，第380页。

第三章 新时期长篇小说乡村空间的书写(1977—1999年)

一的庙会,除了大年三十和正月十五,人们将这庙会看得比清明节、中秋节还要重要。小说中韩文举为即将到来的传统庙会活动感到十分激动,韩文举在为曾经被冷落的传统文化节日再次复苏感到高兴。可见,"在强调阶级斗争,经常搞政治运动的年代里,这些落后观念被压抑,无从显露出来;一旦在集体经济解体,政治干预有所减弱的时候,传统的东西便像'野火烧不尽,春风吹又生'地重新抬头"[1]。

祭祀空间的恢复。修复庙宇后,村民在庙宇里开始了祭祀活动。起初,经历了"文化大革命"的政治冲击后,人们还不敢大办祭祀,而是悄悄地进行,人们心中心有余悸,仍然不敢冒险去祭拜祖先。虽然"文化大革命"时期,乡村的信仰空间被极大地破坏了,以便重新建立新的信仰符号和信仰观念。但是,传统的信仰符号和信仰观念在乡村从未真正地被禁止和消灭,这种隐藏在农民骨血中的信仰理念未曾消失,信仰空间的破坏与信仰符号的置换,没有将农民心中的"神与鬼"完全被破坏和置换。单纯的"空间"禁止与破坏没有改变人们心中的信仰理念。正如《平凡的世界》中书写的双水村农民的信仰,在龙王庙的祭祀被禁止后,村民传统的鬼神观是没有变的,龙王庙仍然在农民心目中充当驱鬼的功能,当俊斌死后,尸首放在庙坪的破庙院里,因为村民担心俊斌魂灵不安生,会作怪,"……决定把追悼会放在这个破庙前——反正这地方本来就是个神鬼之地!"[2]"破庙"前还是"神鬼之地",村民还买来祭魂的老公鸡放在死者边上。可见,虽然形式上破坏了祭祀建筑空间,但本质上乡村传统的信仰观念没有改变,庙宇虽已"破","祭魂"仪式仍然举行。此前,受政治影响,村民的祭拜被认为是封建迷信,即使是虔诚的信徒,只敢偷

---

[1] 严昌洪:《20世纪中国社会生活变迁史》,人民出版社2007年版,第299页。
[2] 路遥:《平凡的世界》(第一部),广州出版社、太白文艺出版社2000年版,第234页。

· 129 ·

偷地去祭拜，而不敢让人知道。长篇小说《浮躁》中，韩文举和矮子画匠摸黑去土神庙祭祀，"韩文举送蔡大安回镇上去后，他却又和矮子画匠拿了香到不静岗寺里去烧，寺门关了，两人就摸黑又到了土地神庙，点插了香，唠唠叨叨祈祷了一番"①。在长篇小说《平凡的世界》中，刘玉升等人准备翻修龙王庙，刚把庙里的主神塑造完毕，庙窑翻修了一半的时候，被共产党员孙玉亭告了，建庙活动禁止了，但"村里照样有人来到这个破庙，向那个新塑起的偶像顶礼膜拜，以求消灾灭病。庙内不时有香火缭绕。墙壁挂上了'答报神恩''我神保佑'等红布匾"②。连告状的孙玉亭的哥哥孙玉厚面临母亲重病时，也来破庙偷偷地祭拜。同样，当村中遇到干旱时，少平看见万有大叔跪在井子边，向神灵念念有词地祈雨。尽管"文化大革命"期间"祈雨"等迷信活动已被禁止，"可田万有置禁令于不顾，现在一个人偷偷到这里来向诸神祈告"③。庙宇建筑空间的破坏和祭祀行为的禁止，仍然阻止不了农民对传统信仰的膜拜，农民心中的"鬼神"观念仍然存在。金二锤要去参军，父亲金光亮提议全家都去祖坟上祭祖，金二锤说自己是解放军，爷爷旧时剥削穷人，去祭奠会政治影响不好，他拒绝墓地祭祖，最后，全家只有金光亮去祭祖。

　　随着国家对宗教信仰政策的逐步放开，修缮庙宇的越来越多，乡村信仰祭祀活动开始逐步恢复。在长篇小说《苍凉后土》中写道，文义父亲"进厨房取出了那把明晃晃的菜刀，一手提篮，一手提鸡，就出门往西北角的土地梁去了。文义见父亲准备的东西是那么齐全，神情又是那么虔诚认真，并且还是用活鸡做

---

① 贾平凹：《浮躁》，作家出版社2009年版，第83页。
② 路遥：《平凡的世界》（第三部），广州出版社、太白文艺出版社2000年版，第454页。
③ 路遥：《平凡的世界》（第一部），广州出版社、太白文艺出版社2000年版，第210页。

第三章 新时期长篇小说乡村空间的书写(1977—1999年)

祭品,这在过去祭祀祖先的仪式中,是从来没有过的。一种崇高的、肃穆的宗教意识,也突然在文义心中升起。他立即跟在父亲的后面,想去亲眼看一看父亲是怎样祭祀土地神的……看来父亲并不是第一个来敬土地神的人,不知有多少人来祭过了。真是世事变了,这么多人求靠起神仙,到底是咋回事呢?"[①] 20世纪80年代,农民对于传统的祭祀又开始了,在文义的记忆里,父亲没有这么隆重地祭祀过。因为在文义的成长时期,正是民间信仰活动被抑制的时期,但现在他看到父亲祭祀土地神,并猜想已有多人来祭祀,他感叹世事变了,可见民间祭祀活动此时在乡村已悄然回归。我们看到,在新时期当代现实题材长篇小说的信仰空间书写中,祭祀活动在乡村得到恢复。农民纷纷回归到以前的信仰生活中,他们将心中对神灵的敬畏之情再次释放出来,凡事都会去隆重地祭拜神灵。但随着经济的发展,乡村价值观的变化,这种纯粹的信仰活动发生了变更。

民间信仰空间的变更。自改革开放后,农民对土神庙的信仰发生了变化。随着乡村经济的发展,农民有了更多谋生的渠道,种地不再是唯一的生存方式,农民可以做生意,搞副业,对土地神的崇拜开始消解。长篇小说《平凡的世界》中也写道,"农村也有个把踢飞脚的家伙,早已不靠土地吃饭了。他们做生意,跑买卖,搞副业,人民币在手里哗哗响,爱得众人眼睛都红了"[②]。可见,乡村有点本事的农民都不再依靠土地谋生,他们会去村外寻求更为轻松、更为便捷的挣钱渠道。长篇小说《苍凉后土》里也说:"这些离土不离乡、进城不进厂的农民,没有一个口袋里不是挣满了胀鼓鼓的票子。他们如今已不再依恋土地,不再稀罕庄稼了。甚至对进城来的满腿泥星的同胞,也大都流露出了鄙夷

[①] 贺享雍:《苍凉后土》,四川文艺出版社2013年版,第268页。
[②] 路遥:《平凡的世界》(第三部),广州出版社、太白文艺出版社2000年版,第37—38页。

的神情。"① 新时期人们不再仅仅依赖土地赋予粮食，不再依恋土地，甚至对土地上劳动的人有鄙夷之情，"土地神"在人们心中也不再那么神圣，对土地更多是一种感情上的不舍与依赖。人们到庙宇拜神不仅仅是为了祈求神灵保佑等传统信仰需求，更多是一种精神上的寄托，以及旅游休闲等需求。在"十七年"时期和"文化大革命"时期现实题材长篇小说中，在庙宇空间求神拜佛的人群多是作为同姓同族的村人。20世纪80年代以后，民间信仰空间发生了变更，民间信仰虔诚度降低，同时变得世俗化，信仰空间也扩大了，它不仅仅是具有血缘关系的宗族群体的精神依靠，同时也作为旅游资源，是面向非宗族成员的外来公众参观旅游的公共空间。信仰的内核与原来也不同，除了祈求神灵的保佑外，还有对娱乐休闲等精神文化的需求。传统的信仰融入了许多新观念，尽管许多乡村人走出土地谋生，但是土地还是他们的精神依赖，"他们仍然在怀念这块母土。母土啊！对于一个人来说，永远都不可能在感情上割断；尤其是一个农民，他们对祖辈生息的土地有一种宗教般神圣的感情"②。因此，人们去土地庙上香成为一种精神上的寄托和情感上的依赖。

　　20世纪80年代后，乡村民间信仰不仅恢复到传统社会时的状态，并且积极与当地的经济活动相结合。在长篇小说《浮躁》中，民居装饰空间的书写中体现了信仰文化的变更。"州河两岸所到之处皆掀起'看山狗'崇拜热，家家中堂上的'天地神君亲'牌位左右画上了'看山狗'图案。再到后来、在那门框上画，说是拒神鬼于门外，在牲畜棚上画，说是镇狼虎得安宁，病疾者装一张画纸，可襄灾祛邪，远行者装一张画纸，可吉星高照。以至白石寨、荆紫关、州城的那些卖鼠药的小贩也挂起招牌

---

① 贺享雍：《苍凉后土》，四川文艺出版社2013年版，第209页。
② 路遥：《平凡的世界》（第三部），广州出版社、太白文艺出版社2000年版，第251页。

第三章　新时期长篇小说乡村空间的书写(1977—1999年)

是'看山狗灭鼠剂'"①。在代表传统文化的"天地神君亲"牌位边上，有着信仰文化的符号"看山狗"，这是传统文化在乡村复苏后的表现。但是，传统的信仰内涵有所不同，卖鼠药的小贩为了商品畅销，也挂起招牌"看山狗灭鼠剂"，从而吸引消费者，此时的"看山狗"不再是传统的信仰符号，而是具有商业价值的符号。商家将传统信仰与现代商业结合，信仰内核受到时代的影响，信仰的纯粹性逐渐减弱，传统文化与现代文化开始互相融合。民间信仰还与旅游经济活动结合在一起，不仅促进地方经济的发展，而且丰富了农民的精神文化生活。长篇小说《平凡的世界》中写道，"除过戏迷，看来许多乡下人都是来赶红火的；他们四下里转悠，相互间在拥拥挤挤、碰碰磕磕中求得一种快活。一些农村姑娘羞羞答答在照相摊前造作地摆好姿势，等待城里来的流里流气的摄影师按快门"②。在庙宇空间前面可以做一些"寻求快活""拍照""摆姿势"等活动。这些以前被认为是亵渎神灵的事，现在开始很普遍，神圣的信仰空间开始消解，增添了娱乐与休闲的文化新质。

当国家恢复了宗教活动后，双水村老一辈人正积极地准备重建龙王庙时，代表新一代青年的孙少安却积极地准备建学校，孙玉厚要孙少安多出点钱建庙，他说："我不会出这钱！哪里有什么神神鬼鬼！"③孙少安更愿意将钱用于建学校，希望儿子"将来到美国去上学"。可见，鬼神信仰由于新的文化融合，再也不是唯一的信仰，信仰空间出现多元文化，代表新时代农民的孙少安不像老一代农民孙玉厚那样，希望"神灵"帮助自己改变生活，他更多的是希望获得新知识改变现实生活。同时，"许乡村民出

---

① 贾平凹：《浮躁》，作家出版社2009年版，第338页。
② 路遥：《平凡的世界》(第二部)，广州出版社、太白文艺出版社2000年版，第317页。
③ 路遥：《平凡的世界》(第三部)，广州出版社、太白文艺出版社2000年版，第425页。

罢修庙宇的钱,又找到少安和俊武,也要为建校多少出一点钱。就是呀,神鬼要敬,可孩子却是天使"①。村民们不仅信仰鬼神,同时也逐渐接受新时代的文化信仰,支持下一代接受教育,乡村呈现新旧融合与多元化的信仰空间。

　　综上所述,随着我国进一步改革开放,民间信仰逐步放开,佛神等信仰符号重新出现在神案上。新时期长篇小说中乡村信仰空间进一步多元化,多元文化滋生多元信仰,传统的对于"神""佛""领袖"信仰开始有了新的文化元素。新的文化的出现,农民的信仰更加自由且多样化,传统的信仰虽然恢复了,但产生了变更,原有的民间信仰比较封闭,现在有所变化,它与社会经济文化活动结合在一起,变得更加丰富与多元。事实上,在中国传统的乡村社会,民间信仰多是自己的行为,或者某种祖辈流传下来的约定俗成的行为,而随着市场经济活动的开展,民间信仰被带入市场经济的潮流中,这种约定俗成的行为便与商业活动结合,带动旅游和地方经济发展时,也传承了文化遗产。

　　我们可以看到,在"十七年"时期与"文化大革命"时期当代现实题材长篇小说中,祠堂与庙宇信仰空间的书写,呈现的是开始由宗族拥有,后来变更为公社或大队拥有的流变过程。在新时期长篇小说中,尽管在"文化大革命"结束后祠堂与庙宇归还给宗族,但它同时并不完全属于某一家族,或某一村落,它为所有来参观的旅游者和信徒提供兼具游乐观赏与信仰寄托的空间。祠堂与庙宇的空间功能比以前大,家族私有性减弱,公众共有性增强。因此,在新时期当代现实题材长篇小说中,民间信仰空间的书写,反映了农民在面对民间信仰复苏时,产生的兴奋、怀疑、接受的心理过程。也呈现了民间信仰的纯粹性发生变异的过

---

① 路遥:《平凡的世界》(第三部),广州出版社、太白文艺出版社2000年版,第431页。

第三章 新时期长篇小说乡村空间的书写(1977—1999年)

程。如果说,"十七年"时期与"文化大革命"时期的民俗与民间信仰的流变过程,是"传统"向"政治化"转变的过程。那么,新时期民俗与民间信仰的流变过程,是"回归"与"重塑"的过程。中国乡村的民俗与民间信仰在时代的发展过程中,不断地自我更新,与时俱进,不仅传承了传统文化,也推动地方经济的发展,它的发展过程是传统文化与现代文明在乡村不断融合变异的过程。

第四节 乡村商业空间书写的多元化

一 公共商业空间书写的形成

街道空间的书写。20世纪80年代乡村经济的发展,使传统乡村空间发生翻天覆地的变化,传统乡村与城镇之间的交流增加,商品经济使人流与商贸往来频繁,乡村具有商业性质的空间也越来越多,新时期当代现实题材长篇小说的空间书写呈现了这一变化。长篇小说中出现了"街道"空间的书写,街道不仅是公共交通空间,也是公共商业空间。"文化大革命"刚刚结束后,食堂、公社、会议室、供销社与商业性的空间同时出现在长篇小说中,这是因为乡村经济与文化变革正处于过渡时期。如1979年发表的长篇小说《许茂和他的女儿们》中书写的街道空间:"九姑娘走进连云场的街道,许琴直奔上场口的供销分社副食品商店……快到公社门口的时候,公社大门斜对过的邮政代办所里"[①],"小

---

① 周克芹:《许茂和他的女儿们》,四川文艺出版社1994年版,第9—11页。

齐严肃的脸上露出一丝微笑。他紧走几步赶上颜少春。一条短短的吹火筒街上，卫生所、理发店，以及饭馆子里的人"①。我们可以看到，在连云场的街道上，有供销分社副食品商店、公社、邮政代办所等国有单位。在吹火筒街上，有理发店、饭馆子等私人商业空间的书写。改革开放初期，国有经济主体还占据市场大部分地位，私人性的商业还未完全放开。1982年党的十二大报告中指出：在农村和城市都要鼓励劳动者个体经济在国家规定的范围内和工商行政管理下适当发展，作为公有经济的"必要的、有益的补充"。此后，各类私营个体活动、私营企业开始在乡村蓬勃发展，随着市场经济活动在乡村如火如荼地开展。在20世纪80年代的新时期长篇小说中，呈现更多的商业空间书写。例如，在长篇小说《古船》中，呈现了繁华的街道商业空间书写，"在整整一条街上，只有洼狸大商店设有'激光打耳眼'的服务项目……商店的门前挂出了一面巨大的广告牌……"② 在国家政策的扶持与引导下，乡村的街道公共商业空间越来越多。如《平凡的世界》中书写的矿区大牙湾铜城街，"百货商店，副食商店，个体户的各种摊点"等商业空间应有尽有。《高老庄》中书写的街镇："街上的发廊、照相馆、旅馆、饭店，十有八九的都是经我带出去了又回来开办的"③，私营的商业店铺种类齐全。在长篇小说《浮躁》中，呈现了州城的街道空间："老北街了，房屋低矮却古香古色，……透过这条街过去，楼房矗起，街面宽阔，有花坛有交通警有霓虹灯有五光十色的商店橱窗和打扮入时摩登的红男绿女，那就是新城了。……从老城到新城，每一家商店的门口都有录音机在鸣放流行歌曲，……隔七家八家过去，那墙上就张贴了各色

---

① 周克芹：《许茂和他的女儿们》，四川文艺出版社1994年版，第68页。
② 张炜：《古船》，长江文艺出版社2017年版，第218页。
③ 贾平凹：《高老庄》，云南人民出版社2002年版，第13页。

第三章 新时期长篇小说乡村空间的书写(1977—1999年)

各样的广告,武打片电视录像的内容介绍写得鲜血淋淋,触目惊心。而骑着三轮车、推着自行车兜售的书报摊上……"① 这段书写老城与新城之间的街道,展现了改革开放后乡镇街道私人性商业空间的整体面貌。长篇小说《多彩的乡村》里,书写了20世纪90年代乡村的街道空间,"一条大道横穿过来,两边成了三将村的宝贝地盘。经过一番规划,街边建的都是商店和饭店,村委会也在临街处盖了座二层小楼,里面有会客室、办公室、广播室,还有计划生育宣传室……"② 经过五年的规划与建设,三将村的街道上到处都是商店饭店和民居小楼等,一片生机勃勃,商业氛围浓厚。从《许茂和他的女儿们》中呈现的20世纪70年代末期乡村的少数私人商业空间,到《多彩的乡村》中呈现的20世纪90年代末期大量经过规划的街道空间,说明中国当代乡村近二十年的改革开放,让传统村落更加开放,与城镇的交流增多。小说中这些街道商业空间书写的变迁,也是中国当代乡村社会生活变迁的真实写照。可见,与"十七年"时期和"文化大革命"时期长篇小说主要书写国营商店、代销店等公共性商业空间不同,新时期长篇小说中越来越多书写了私人性质的商业空间,表明了私营商业文化逐渐影响乡镇。

集市空间的书写。在聚落空间书写中,集市是作为聚落空间的组成部分,是一个新的空间元素。但集市本身也是新时期小说中呈现的一个独立的、大型的商业性公共空间。集市是市、集、庙会等多种市场交换形式的统称。在新时期当代现实题材长篇小说的空间书写中,集市商业空间的书写是乡村商业经济发展的现实写照。"农村集市是中国传统的一种农村贸易组织形式,是在长期历史条件下逐步形成的农村初级市场。在我国南方,称集市

---

① 贾平凹:《浮躁》,作家出版社2009年版,第136页。
② 何申:《多彩的乡村》,人民文学出版社1998年版,第205页。

为'墟'或'场',北方则谓之为'集',到集市进行买卖活动则称之为'赶集'"①。我国早在奴隶社会时,集市就随着手工业生产的发展应运而生了,周代集市贸易已粗具规模,《周易·系辞下》对此更有生动详尽的记载:"日中为市,致天下之民,聚天下之货,交易而退,各得其所。"②事实上,改革开放前,传统的乡村集市贸易被当作"资本主义市场"而被批判,被勒令关闭。"文化大革命"结束后,乡村集市贸易的限制放宽,集市贸易得到恢复,城乡之间的融合使集市更加繁荣。农民除了承包土地种粮食,还开办工厂,在集市开小商店,集市成为周围乡村生产生活的中心。"在农村,集市一般设在县城、中心城镇或处于几个村中心的较大的村。集市一定是在水陆交通的便利处,方便牛马和舟楫运输。"③在长篇小说《许茂和他的女儿们》中,呈现的集市就是距离村落葫芦坝较近的连云场小街,沿街形成了集市,农民去集市通常叫赶集。小说呈现赶集的日常:"今天是赶场日子。就像无声的号召一样,这一天人们成群结队地涌到街上去,把连云场那条吹火筒似的小街挤得个水泄不通"④,"十点左右,连云场上'赶场'的例行节目进入了最高潮。太阳暖烘烘地照着高高的黑色屋顶,屋檐底下人声鼎沸,裹白帕子、蓝帕子的脑袋攒动着,黑色、灰色和土黄色的棉袄挨着、挤着、移动着。这小小的街筒子里的人群,达到了饱和程度,再多个也装不下了!然而,在四面八方的大路小路上,还有着三三两两提筐儿的、挑担儿的人们大步流星地赶来"⑤。小说呈现了20世纪70年代末期,乡村集市的繁忙景象,连云场小街集市将周边乡村的农

---

① 李良玉主编:《阜阳历史文化概观》,黄山书社1998年版,第52—53页。
② 谢文蕙、邓卫编著:《城市经济学》,清华大学出版社1996年版,第4页。
③ 邵方毅:《江北作家文丛——文化行旅》,宁波出版社2015年版,第189页。
④ 周克芹:《许茂和他的女儿们》,四川文艺出版社1994年版,第137—142页。
⑤ 周克芹:《许茂和他的女儿们》,四川文艺出版社1994年版,第142页。

第三章 新时期长篇小说乡村空间的书写(1977—1999年)

民汇集在这里,人潮涌动,农民将种植的农作物拿到集市上买卖。"几个挑着菜篮赶早场的社员出现在小桥上,篮子里满满地装着时鲜的蔬菜:莴笋、萝卜、卷心白、芹菜,还有香葱、蒜苗儿,他们是到桥那边的连云场,甚至更远的太平镇的早市上去。"①但是,由于正处于改革开放初期,市场刚刚开放,集市规模与空间并不大,乡村延续了传统集市的运作规则,一日或几日一市,赶集并不是每天都有。这种"集市在北方叫作集,在南方叫作墟、场、会,有的三天一集或五天一集,也有一年一次或数次,每次为期几天的庙会、香会、骡马会等大型集市"②,因此,传统的集市是"固定地点、固定时间、定期举行"③。每次赶集人数众多,非集日就恢复日常,农民都趁这个短暂的机会,将囤积的农产品在集市上售卖出去,因此十分热闹。可以看到,连云场的小街是周围几个村中较大的集市,而太平镇上的集市是比连云场规模更大的集市。

这种传统固定时期的、临时性举行的集市空间,在长篇小说《浮躁》中也可以看到,白石寨到了腊月,二十八是集日,村中人都会到镇上赶集。"七八月里,州河上游的山里,成熟了大量的山货特产,两岔镇七天一集,镇西十里的七里湾村三天一集,集集是一街两行堆满了猕猴桃、野葡萄、山桃、山梨、山楂。"④这种定期举行的临时集市也可形成较大规模的人流,如长篇小说《芙蓉镇》中书写的"逢圩日子"就是个万人参与的集市活动。此后,随着商品经济在乡村发展壮大成熟,集市空间转移到村落周边的城镇上,空间与规模不断扩大,赶集时间上还没有限制,

---

① 周克芹:《许茂和他的女儿们》,四川文艺出版社1994年版,第1页。
② 全国十三所综合性大学《中国农村经济学》编写组编著:《中国农村经济学》,辽宁人民出版社1986年版,第301页。
③ 邵方毅:《江北作家文丛——文化行旅》,宁波出版社2015年版,第188页。
④ 贾平凹:《浮躁》,作家出版社2009年版,第297页。

场地也不再是临时性的，原来分散于乡村的定期举行的集市，逐渐与城镇结合发展成固定的商业空间。例如，长篇小说《苍凉后土》书写了固定且具一定规模集市的空间形态："各种建筑鳞次栉比，大房挨着小房。装饰最豪华的楼房中间也间杂着低矮、破旧的小瓦房。但不论什么样的房子，临公路的一面都开着各种各样的铺面。五花八门的饭馆，形形色色的商店，五颜六色的招牌、广告都在朝霞中熠熠生辉。"① 事实上，"随着商品生产的发展，商品交换的频繁，商品量的增加和居民消费程度的提高，有一些集市由'不约而集'，过渡到'终日成市'，出现了囤积货物的栈房，手工业作坊和常年营业的店铺。由于经营方式的改变，人口逐步向这里集聚，在适中的点，形成了固定的集镇"②。20世纪80年代以后，乡村集市空间更为成熟，规模扩大，农民来到城镇打工经商，不再几日一集，日常开市做买卖成为固定的生活部分。

小说书写的集市空间的变化，也是我国20世纪80年代乡村经济发展的缩影。党的十一届三中全会以后，随着改革开放、搞活等各项政策的实施，乡村集市贸易进入新的发展时期。正如长篇小说《平凡的世界》中写道，"农村工作下一步的重点是集中精力发展乡镇企业。要鼓励农民搞小买卖，搞长途贩运，搞建筑行业，搞砖瓦厂，搞小煤窑，搞各种纺织活动；并且要迅速改造农业经济结构，将单一种粮发展为搞大规模经济作物，种花生，栽果树，栽泡桐，办各类养殖业"③。同时，"家庭联产承包责任制的推行与乡镇企业的崛起，给农村集市贸易带来新的生机。……集

---

① 贺享雍：《苍凉后土》，四川文艺出版社2013年版，第209页。
② 商业部商业经济研究所编：《集镇商业》，中国商业出版社1986年版，第41页。
③ 路遥：《平凡的世界》（下），陕西旅游出版社、经济日报出版社1999年版，第211页。

第三章 新时期长篇小说乡村空间的书写（1977—1999年）

市亦由农民之间互通有无的单一集市发展成为国营、集体、个体共同经营的综合性集市"①。随着乡村开始实施家庭联产承包责任制，在这一社会背景下，小说中书写的私人性的商业空间成为主流。

二 私人商店空间书写的形成

家庭联产承包责任制的出现，极大地解放了乡村生产力，推动了乡村社会生产方式和交换方式的变革，为个体私营经济的再生创造了历史前提。在1979年出版的长篇小说《许茂和他的女儿们》中，书写的供销分社副食品商店和百货商店是国营的一部分，"供销分社副食品商店的斜对门，是一排有玻璃橱窗和玻璃柜台的百货商店"②。而1986年长篇小说《古船》中，书写的"洼狸大商店"是私人商店，说明乡村私人商店越来越多，"隋见素终于辞掉了粉丝大厂的工作……一个月之后，他又寻了一间临街的闲房，准备开一个商店……抱朴取起见素拿来的笔，大声问：'什么店名？'见素一字一顿地说：'洼狸大商店'"③。商店从公社所有变为私人所有，商店书写的变迁意味着乡村的变革。例如，在长篇小说《浮躁》中，英英从农村农业社到镇上的商店上班，"英英说：'吓，你还算是老同学哩，这么不关心人！我这是到镇上商店去上班呀！你不知道吗？'"④英英工作空间的变化，也意味着农民有更多的工作空间的选择权，农民也可以从事以前国家政策不允许的经商范围。农民可以自己开店，例如，在《浮

---

① 唐山市新区地方志编纂委员会编纂：《唐山市新区志》，中华书局1993年版，第179页。
② 周克芹：《许茂和他的女儿们》，四川文艺出版社1994年版，第153页。
③ 张炜：《古船》，山东文艺出版社2001年版，第36页。
④ 贾平凹：《浮躁》，作家出版社2009年版，第18页。

躁》中,"大空说:'我准备办商店呀!金狗哥当年没去州城,我就想和他办商店,金狗哥一走,这事也就放下了'"①,大空在白石寨开办了白石寨城乡贸易联合公司,贸易公司经营的项目繁多,"小小的两间门面房办了商店,……将本地土特产收买过来批发外地,从外地联系高档商品如电视机、自行车、缝纫机,销给白石寨和四村八乡……不到几个月,就又买了铁匠铺左边的三间门面房,收拾一新,气派倒比国营商店大出许多。……在白石寨北街口最大的饭店里摆酒席招待商客"②。小商品经济的发展不仅促进了乡镇的发展,也让农民择业的自由性扩大,对于大空来说,他是属于农民中经商有经验且有资本的人,他可以根据自己的想法在集镇开商店。对于普通农民,也可以选择在村落附近开小店,比如《高老庄》里菊娃就在村里开了自己的杂货店,"门面房里,已经卖起了杂货,除过烟酒酱醋、瓷碗铁锅、拖把扫帚、木勺塑料桶外,更多的是收购麻绳,菊娃没在这里坐店,雇的是两个姑娘"③。《浮躁》中小水爷爷开打铁铺子,"如今重新开炉打铁,挂起'麻子铁匠铺'的招牌,这铺址只能是在两岔镇而不是白石寨……"④《商州》中农民自家的开办的小作坊,有的养鱼,有的养蝎子。《平凡的世界》中米家镇上开了各类的商店,其中就有理发店。当少安来到镇上,他"到了街上的理发店门前时,突然停住了脚步。他心想:我要不要进去理个发呢?"⑤《多彩的乡村》里写道,"村里的一些富户,像钱满天家,像孙二柱家,还有几家,都有自己的果品加工厂、养牛场、商店饭店"⑥。

---

① 贾平凹:《浮躁》,作家出版社2009年版,第257页。
② 贾平凹:《浮躁》,作家出版社2009年版,第259页。
③ 贾平凹:《高老庄》,云南人民出版社2002年版,第303页。
④ 贾平凹:《浮躁》,作家出版社2009年版,第300页。
⑤ 路遥:《平凡的世界》(上),陕西旅游出版社、经济日报出版社1999年版,第261页。
⑥ 何申:《多彩的乡村》,人民文学出版社1999年版,第195页。

20世纪80年代的改革,让乡镇的商品经济多元化,有像大空一样开办大型商店的,也有像菊娃一样开家庭小作坊的。这些空间书写说明乡村允许农民自主经营后,农民可以根据自身情况自由选择地点经商,这对于解决农民生计,发展乡村经济,提高农民生活水平,解决农民就业起到了重要的作用。

事实上,20世纪80年代以后,公社在乡村作为一级行政组织,逐渐被乡政府与镇政府取代。因此,新时期长篇小说中呈现的人民公社、生产大队等空间书写很少。商业性空间书写反而更多,随着全国乡村大范围实行家庭联产承包责任制后,公社的经济功能在乡村开始消退,农业生产和乡村经济的发展开始多元化。人们不再仅仅依靠生产大队,公社等集体组织。隶属于公社的一些部门,如供销社、国营商店、信用社等开始独立出来,承包给私人经营。与集体化的生产空间一样,受到工业发展与个体经济的开放,集体经济开始慢慢消退,个体经济逐渐开放,乡村与城镇结合更加紧密,经济发展影响文化,乡村文化不再是单一的传统文化或政治文化的影响,商业文化开始影响乡村。

三 生产与工作空间的多元化书写

"十七年"时期与"文化大革命"时期长篇小说书写的生产与工作空间是农田、水渠、合作社,而新时期长篇小说书写的生产与工作空间是家庭联产承包的责任田、工厂与农业园等。"十七年"时期与"文化大革命"时期长篇小说书写的生产与工作空间,具有农业性质与单一性特征。新时期长篇小说书写的生产与工作空间,具有商业性质与多元化特征。改革开放后,农民谋生方式具有多样性，土地不再是唯一的谋生空间，种庄稼不再是唯一的谋生手段，小说呈现的生产与工作空间书写也不再局限于土地。自十一届三中全会以来，中国乡村经济实行以农户家庭作为生产经营基本单位的联产承包责任制，生产由集中经营为主变为以家庭分散经营为主，农民有了生产经营的自主权，农村生产力的解放，使大量的乡镇企业在乡村出现，呈现在小说书写中的工厂、果园等私营企业也越来越多。乡村的生产空间从"十七年"时期长篇小说中的农田空间开始扩大，家庭联产承包责任制使农民不仅可以自己种地，还有时间去打工，或到附近的城镇从事商业活动。因此，小说中不再是传统的工作空间——土地的书写，乡村的工作与生产空间书写扩大到土地（责任田）、工厂、果园等。

责任田的书写。在1979年发表的长篇小说《许茂和他的女儿们》中，许茂在他的自留地里干活，"从早上一直干到太阳当顶。他的自留地的庄稼长得特别好"①，许茂是一个传统的农民，在自留地里干活对于他来说安全踏实，有成就感。在集体生产的年代，自留地也是他认为有助于改善生活的唯一私人土地。20世纪80年代以后，随着家庭联产承包责任制在乡村的推进，像许茂这样的勤劳的农民获得了更多的私人土地。在长篇小说《古船》中，镇长和街道主任亲自领人丈量土地了，每丈量一块，就告诉大家一声：这叫责任田，责任田的推行是乡村解放农民劳动力的重要举措。长篇小说《浮躁》里也书写了这一变化，"事过不久，政府颁发了新的法令，农村实行责任制，如一九五八年土地归公时一样热闹，一月之内，州河沿岸土地就全划分了。随之，公社取消，改建乡政府"②。正如小说中韩文举所说："现在是什么世

---

① 周克芹：《许茂和他的女儿们》，四川文艺出版社1994年版，第19页。
② 贾平凹：《浮躁》，作家出版社2009年版，第27页。

第三章 新时期长篇小说乡村空间的书写(1977—1999年)

道,地分了,庄稼各人做各人的。"① 农田被分给了家庭自由掌握,不再归由公社,使得家庭劳动力得到解放,生产的积极性增强。在党的十一届三中全会上,邓小平提出了"一部分人先富起来,先富帮后富"的思想。"1982年党的十二大报告中指出:在农村和城市都要鼓励劳动者个体经济在国家规定的范围内和工商行政管理下适当发展,作为公有经济的'必要的、有益的补充'。"② 在国家政策的鼓励与引导下。不仅是土地,国有资产转为承包给私人是乡村改革的主要政策,就像长篇小说《苍生》里写道,田家老二说:"人家城关公社土地、鱼塘、鸡场和副业摊子都承包给社员了……"③ 越来越多的农民从传统的国有工作与生产空间转移到私人空间。在长篇小说《苍生》中,邱志国亲自敲钟,"把社员召集到大庙前边,宣布彻底推行'生产责任制',集体的各种生产项目,一点儿不剩,全都要承包下去。就一个晚上的会议,田家庄的'经济改革'完成了"④,"农家兴土木之工,属于惊天动地的大事、喜事,一辈子难得一回……今年起,土地、果园和荒山全都承包下去了……"⑤ 以前归公社所有的农业生产空间现在可以承包给普通社员经营,除了责任田是工作与生产空间以外,农民还可以承包土地,种田或种植果园等。

工厂与农业园的书写。工厂与农业园的空间书写出现在新时期长篇小说中。由于家庭联产承包责任制在乡村实施,个体经营权开始转让,乡村实行包干到户,政府主导开办乡镇企业,而农民开办工厂,承包农业园。所谓"'包干到户'是农村集体经济

---

① 贾平凹:《浮躁》,作家出版社2009年版,第53页。
② 陶友之:《我的分配观——"个人消费品分配"研究拾零》,复旦大学出版社2014年版,第145页。
③ 浩然:《苍生》,北京十月文艺出版社1988年版,第77页。
④ 浩然:《苍生》,北京十月文艺出版社1988年版,第77页。
⑤ 浩然:《苍生》,北京十月文艺出版社1988年版,第62页。

组织与农户通过签订契约或合同的形式,把土地等农业基本生产资料承包给农户经营使用"[1]。长篇小说《古船》书写了这一时期个体经营权的转让的情况,"全镇人都慌慌地议论着刚听来的各种消息:又要重新分配土地了;工厂,还有那些粉丝作坊,都要转交到个人手中经营。老天,时光真的像老磨一样又转回去了?没人敢相信会是真的。可是不久报上也印了类似的意思,接上镇子开起了大会,号召分地、把工厂和粉丝作坊转包到个人手里"[2]。工厂,土地被私人承包,意味着"十七年"时期以公社占有土地的形式已经瓦解,"赵多多承包后做的第一件事就是将作坊改称'洼狸粉丝大厂'"[3]。这种"以家庭联产承包责任制为核心内容的农村改革,不仅迅速地改变着中国农业和农村经济的落后面貌,而且还强烈地改变着中国农村的社会结构和农民的心理状态。"[4]。由于政策鼓励,以及家庭联产承包责任制带来的变化,乡村个体经济迅速发展起来。农村大量的农业剩余劳动力为了寻求就业渠道,有一部分人由乡镇到城市进入商业、饮食业、服务业、建筑业从事个体经济活动,另一部分人在"离土不离乡"的国家政策引导下,就地从农业转向非农产业,或是自己从事各类经营活动,或是各类乡镇企业。因此,我们在新时期当代现实题材长篇小说中,可以看到大大小小的工厂,以及农民家庭或个人承包的农业园等空间的书写。这些空间是家庭联户承包责任制下的产物,也是乡村经济改革后农民的工作与生产空间。如长篇小说《古船》里大大小小的工厂和粉丝作坊被赵多多承包后,他将作坊改称"洼狸粉丝大厂"。小说中书写的粉丝厂是洼狸的生产

---

[1] 潘石:《中国农村私营经济研究》,吉林大学出版社1995年版,第20页。
[2] 张炜:《古船》,山东文艺出版社2001年版,第11—12页。
[3] 张炜:《古船》,山东文艺出版社2001年版,第13页。
[4] 方向新:《农村变迁论——当代中国农村变革与发展研究》,湖南人民出版社1998年版,第40—41页。

第三章 新时期长篇小说乡村空间的书写(1977—1999年)

与工作空间,晒粉场是乡村妇女们的工作场所,"每天清晨,太阳还没有出来,晒粉场上就忙碌起来。年老的妇女根据天边的云彩来猜度这一天的风向,然后调整一道道支架。……整整一天她们都要不停地忙活……"①,老磨坊是隋家人的工作空间。"河岸上有多少老磨屋,洼狸镇上就有过多少粉丝作坊。这里曾是粉丝最著名的产地,到了本世纪初,河边已经出现了规模宏大的粉丝工厂。"② 在长篇小说《平凡的世界》里,孙少安"从县上参加罢'夸富'会回来,孙少安就雄心勃勃地开始筹办上砖瓦厂"③"少安正在办砖厂,光景日月比以前强多了"④。孙少安开办砖厂,销路也好,生活的光景比以前强。可见,新时期的农民在承包办厂后逐渐富裕。在长篇小说《苍生》里,"在搞企业承包的时候,陈兴轻而易举地把原来社办的一个小水泥厂拿到手里,当了名正言顺的厂长。由于有了这样的优越条件,一个月的时间,五个挨肩的闺女一个跟一个地离开了土地,走上离土不离乡的工副企业岗位"⑤,尽管陈兴是通过关系承包下小水泥厂,但私人承包制的出现,也让陈兴自己摆脱了传统的工作空间——土地,同时也让女儿离开了土地。而孔祥发承包了大队砖瓦窑发了大财。陈耀华对他在那么个社办小水泥厂当工人就很满足。不仅生活条件改善,农民的思想也有变化。当农民的谋生模式多样化后,他们便不再甘于种地,长篇小说《苍凉后土》里,文义听了父亲难得的、发自内心地夸奖,心里十分高兴,于是就说:"我想在家里办一个小食品加工厂","文义怕父亲说出反对的话,急忙充满信

---

① 张炜:《古船》,山东文艺出版社2001年版,第19页。
② 张炜:《古船》,山东文艺出版社2001年版,第3页。
③ 路遥:《平凡的世界》(中),陕西旅游出版社、经济时报出版社1999年版,第230页。
④ 路遥:《平凡的世界》(中),陕西旅游出版社、经济时报出版社1999年版,第275页。
⑤ 浩然:《苍生》,北京十月文艺出版社1988年版,第119页。

心地又说：'爸，我离开家时心里就想过，要出去学门技术，回来自己干番事业。这一年多，我在一个乡办食品厂干活，淑蓉的舅是这个厂的师傅，我已经从他那里学到了小食品加工的全套技术。我们自己办一个厂，肯定能赚钱'"[1]。可见，新一代农民对于学习新知识与新技术十分感兴趣。因为社会的变革让乡村以往以种田为生，靠天吃饭的观念得以改变。人们学会尊重新技术与新知识，也变得开放和独立，以致富为目标的价值观是新时期乡村的文化现象，农民更加开放，对职业的接受度也更高。

  自改革开放以来，虽然家庭联产承包责任制的实行强化了家庭在社会发展过程中的地位，但这种强化是以个体的相对解放与自立为基础的。特别是市场经济的发展，社会结构的弹性增大，使农民逐渐学会了从社会的角度全面地认识自己，并认识到自我价值、自我利益的正当性和积极性，并以不同的方式去追求自身价值的实现。他们有的离开家园，走向城市，去开创自己的事业，寻找和实现自身价值；有的发挥自己的专业特长，辛勤劳动和合法经营，在农村率先致富；有的放弃自己致富的机会，担任乡村干部，率领大家共同致富，得到群众的拥护和尊重。就像《高老庄》里，"蔡老黑种植了葡萄园，纳入了县酒厂的葡萄基地，每年收获葡萄交售给酒厂，鹿茂则办了纸箱厂，专门定点为酒厂提供装酒瓶的箱子"[2]，"他蔡老黑办了葡萄园，原指望以葡萄园带动高老庄都富起来……"[3] 像蔡老黑这样依靠政府政策引导和自己的聪明才智发财致富，开办农业园的农民有许多，他们希望通过自己的经验帮助其他的农民致富，这是新一代进步农民

---

[1] 贺享雍：《苍凉后土》，四川文艺出版社 2013 年版，第 537 页。
[2] 贾平凹：《高老庄》，云南人民出版社 2002 年版，第 25 页。
[3] 贾平凹：《高老庄》，云南人民出版社 2002 年版，第 259 页。

第三章　新时期长篇小说乡村空间的书写(1977—1999年)

的思想转变。

在新时期的长篇小说中，可以看到新时代的青年与老一代人对于经商价值观念上的区别。我们在民居空间书写的小节里分析过，虽然老一辈的农民也接受了改革带来的冲击，但他们更愿意从事自己熟悉的事业，种地是他们最为擅长的事业，而年轻人更愿意去尝试新的改变方式，如外出打工、办厂、经商等。同样，面对经商，老一辈和年轻一代农民的观念也不同。长篇小说《苍生》里写道，"老二保根去年曾经跟郭少清一伙年轻人申请承包大队果树园"[1]。可见，承包果树园的主要是年轻人。《平凡的世界》里孙少安想自己办厂，而孙少平去城里柴油机厂打工。老一代的农民在祖辈上的土地上忙碌，"孙玉厚老汉在庄稼行里是一把好手。他在土地上的那种精通、缜密和自信心，不亚于工厂里一个熟练的八级老工人……"[2]，"这时候，农事也开始繁忙起来。大部分秋田作物都开始播种了。村周围的山野里，到处都传来庄稼人'噢啊……'的回牛声……"[3]在长篇小说《多彩的乡村》里，我们也看到，老一代的农民喜欢种地，老农民赵德顺认为，"自打土地承包到村民个人手里，地里就绝少有当年那种一群人呼呼拉拉做活的场面。赵德顺喜欢如今这个样子，庄稼是做出来的，不是诈唬出来的"[4]。而年轻一代农民，只要富起来的，都办有工厂和商店，"村里的一些富户，像钱满天家，像孙二柱家，还有几家，都有自己的果品加工厂、养牛场、商店饭店"[5]。长篇小说中书写的工作与生产空间的变化，反映了两代农民对于工作

---

[1] 浩然：《苍生》，北京十月文艺出版社1988年版，第137页。
[2] 路遥：《平凡的世界》（中），陕西旅游出版社、经济日报出版社1999年版，第307页。
[3] 路遥：《平凡的世界》（中），陕西旅游出版社、经济日报出版社1999年版，第307页。
[4] 何申：《多彩的乡村》，人民文学出版社1999年版，第87页。
[5] 何申：《多彩的乡村》，人民文学出版社1999年版，第195页。

与生活的不同看法。传统文化中"君子言义,小人言利""君子耻于言利"等思想,以及"重农抑商"的政策,深刻影响年老一辈的农民。他们认为农民就得勤勤恳恳地种地,这才是正事,他们愿意世代守在贫瘠的土地上,不愿走出家门。而新一代的农民逐渐接受了新的思想,新的科技,积极走出去,为追求新的生活尝试新的事物。新时期长篇小说呈现的空间书写变化,也是时代发展的真实映射,反映了乡村社会与文化的变迁。

四 商业空间书写体现的文化流变

随着改革开放和市场经济的发展,乡村文化观念也正在悄然改变。旧的价值观念受到改革的冲击,与市场经济发展要求相适应的价值观正在农民心中建立。在传统农业社会,虽然是一家一户的经营,自给自足的经济,但整个社会是一种以家庭、血缘群体为本位的结构,个体是家庭的一分子,而家庭又是家族的一分子。在这种格局中,个体的地位和角色,是社会"用生育所发生的社会关系来规定"的,是先赋的或他致的而不是自为的,也没有个人利益或自我价值可言。德国学者威尔海姆(R. Wilhelm)在1930年撰写的《中国人经济心理》中曾经谈道:"中国的农民意识集中在家族,其人格自我不是小自我,而是家族式大自我,家族的命运就是个人的命运。他们没有个人性的自我意识。一个人仅仅作为家族的一个分支被感知,作为'集合类型'被感知。"[①]随着社会的变革,这种传统的乡村文化也发生了流变。

第一,改革开放使乡村农民的个体意识得到加强。在"十七

---

① 沙莲香主编:《中国民族性(一):一百五十年中外"中国人像"》,中国人民大学出版社2011年版,第194页。

第三章 新时期长篇小说乡村空间的书写(1977—1999年)

年"时期与"文化大革命"时期长篇小说的传统聚落空间书写中,可以看到乡村与外界的交流较少,村里都是同族的有一定血缘的人群居,农民的价值观有一定的封闭性。改革开放后,经济社会的转型使农民逐渐有开放的意识,对外界更加关心,更加有接受度,与"十七年"时期和"文化大革命"时期长篇小说空间书写体现的集体主义思想不同。20世纪80年代以后,尽管家庭联产承包责任制强化了家庭在社会中的地位,但这种强化是以个体的相对解放与独立为基础,农民开始意识到自我价值与自我利益。比如,农民会根据自己的需求去寻找不同于传统种地的劳作方式,他们是在用不同于以往的形式追求自我劳动和创造财富。从小说中可以看到,乡村空间与城镇空间不断地融合,农民不再仅仅在自己的土地上谋生,他们离开原来的土地,去城镇打工、经商,寻找财富与实现自我价值。这一变化说明集体思想开始向个体意识让位。就像长篇小说《苍生》所说,"70年代的人民公社社员,'集体'这个神圣的字眼儿,已经在心里淡薄了"[1]。在"十七年"时期与"文化大革命"时期现实题材长篇小说中,农民主要在计划经济体制下生产生活,传统的家族文化受到冲击。改革开放开始后,这种集体意识变得淡薄。例如,长篇小说《平凡的世界》中孙少安办砖厂,孙少平进城打工,像这类年轻一代农民越来越多。在长篇小说《许三观卖血记》中,许三观就是已经完全脱离父辈传统的劳作模式,他不像祖辈在乡村生活,他已步入了工人阶层,他是城里丝厂的送茧工,儿子大乐二乐在城里的工厂上班。小说中空间的书写,说明乡村改革开放后大多数农民的个性得到了解放,能够自由选择自己的职业,主动去改变自己的生活环境,这也正是乡村文化变迁的重要部分。

---

[1] 浩然:《苍生》,北京十月文艺出版社1988年版,第49页。

第二，乡村空间更为开放，越来越有包容度。由传统乡村社会的农耕性和自给性所决定，加之血缘群体的聚族而居，传统农民的价值观念本来就带有很强的封闭性，知足常乐，安贫守贱，不冒风险。例如，在长篇小说《苍生》里，田家二儿子田保根提出拿建房的钱去做买卖时，大儿子田留根就很怕做生意失败，田留根代表的就是传统农民保守的思想。"农民习惯于住在固定的地方以后，对乡土产生一种密接力。不管喜欢不喜欢，总是不肯轻易背井离乡。"① 这种封闭性在中华人民共和国成立后虽然有所冲击，但依然较强，因为改革开放前的集体生产生活，只是将农民的以家庭为主的封闭空间移植到另以集体为主的封闭空间，人与人的交往、生产、生活都是同村的人，封闭性还没有完全打破。改革开放以来，随着农耕生产生活方式的突破，经济市场化程度的提高，商品交换和经济合作的双方，不再局限于血缘亲缘内的特殊关系，也不再局限于狭窄的乡村，才使得乡村的封闭得以打破。因为"市场经济的开放性，促使着整个社会从经济生产模式到社会结构、观念形态的一系列转型，同时也不可避免地促使农民确立符合市场经济内在要求的开放意识"②。于是，乡村在向外界开放的同时，文化上更具有包容性。比如，农民对现代文化知识的尊重意识增强，对外来文化的接受与包容，使得传统的乡村文化不再单一。在民居空间书写中，小说呈现了传统符号、现代符号、西方文化符号、商业符号等多元性特征。农民的思想也较多元，老一辈的人都在本地弄着几亩土地，种了辣椒葱蒜。年轻一代农民喜欢创业挣钱，开工厂、打工、开商店饭店。信仰

---

① 吴聪贤：《农民性格的蜕变（1981）》，载沙莲香主编《中国民族性（一）：一百五十年中外"中国人像"》，中国人民大学出版社2012年版，第328页。
② 方向新：《农村变迁论——当代中国农村变革与发展研究》，湖南人民出版社1998年版，第283页。

第三章 新时期长篇小说乡村空间的书写(1977—1999年)

也具有包容性,旧时的农民信鬼神,不信科学,新一代的农民在市场经济的发展过程中,接触到的信息越来越多,逐渐开始相信现代科学技术的力量,并且有学习新知识的欲望。例如,长篇小说《平凡的世界》中,对于修建学校的热情表明了农民对知识的渴望,农民对子女受教育程度也越来越重视。可见,现代文化知识开始在新一代农民价值观中占有重要的位置,乡村文化越来越具有包容性。

第三,家庭模式的回归与变异。如果我们在"十七年"年时期和"文化大革命"时期长篇小说的合作社空间书写中,看到了传统的家庭文化向集体式文化的转变,传统以家庭利益为先的思想观念,逐渐转为以合作社(集体)利益为先。那么,在新时期长篇小说中,"责任田"的书写是否意味着传统家庭文化又回到了乡村呢?其实两者是有差异性的。首先,乡村实行改革后,家庭联产承包责任制成了农业生产的主要组织形式,改变了以前农民家庭对集体组织高度依赖的状况,并赋予了农民家庭相对自主的经营权和分配权。家庭成为一个相对独立、相对完整的经济单位,从而取代原来的以生产队为基本核算单位的经济单位。有学者认为,"农村改革前,由于实行高度集权的政治控制,农村中的家族组织被迫解散,但实际上并未消除人们头脑中的家族意识,家族文化只不过是由显性状态转入了隐性状态。改革开放后,随着国家对微观经济活动干预的放松"[①]。农村除了各种分散经营,这种分散经营往往以家庭为单位。然而,虽然以家庭为单位的劳作(经营)模式回归,但家庭所有成员团结在一块土地上劳作一辈子,这种传统的家庭文化还是受到了冲击。我们在前面提到,改革使农民的自主意识增强,特别是年轻一代的农民,

---

[①] 朱启臻主编:《农村社会学》,中国农业出版社2002年版,第110页。

他们不愿再像父辈一样面朝黄土背朝天地过一辈子，他们有自己的人生追求。因此，传统的家庭协作文化就发生了改变，虽然也都是以家庭利益为先，但年轻的农民并不像传统的家庭，一味地以家庭利益或父辈意见为先，他们会考虑自己的利益与人生价值。如长篇小说《苍凉后土》里的人物文义，他自己去学习了食品加工技术，打算在家乡办个厂。小说写道，"那些一两年前，丢了土地进城外出打工的人，却一个个都赚了大钱。那些出去打工的人，一月两月就寄回一千、两千的，好似在外面捡钱一样"[①]。在长篇小说《苍生》里，田家二儿子田保根想尽各种办法在城里挣钱。长篇小说《平凡的世界》里孙少平选择外出打工，孙少安选择在村办厂等。这些选择放弃土地，外出打工的新一代农民同样也是为了家庭利益，但他们也会同时考虑个人的想法，他们的自主性更强。这些书写说明尽管家庭联产承包责任制让传统的家庭回归，家庭成员之间也像中华人民共和国成立前一样，为了共同的利益奋斗，但这种家庭模式也与传统不一样，它更加注重家庭成员的个体感受与选择。通过新时期现实题材长篇小说的工厂与生产空间的书写，我们可以看到乡村家庭文化在改革开放后发生的变化。

---

① 贺享雍：《苍凉后土》，四川文艺出版社2013年版，第118页。

第四章　城市文化的渗透、融合与新变（2000年至今）

进入21世纪，中国许多当代作家将自己的艺术关注视野投射到了乡村新农村建设，创作了一批典型的描写乡村变迁的现实题材长篇小说。如《歇马山庄》《良心》《湖光山色》《上塘书》《富矿》《天高地厚》《麦河》《后土》《日头》等。思想家爱默生说："没有人能够完全脱离他的时代和他的国家，或是能够创造出一种完全不受教育、宗教、政治、习俗和当时艺术的影响的模范作品。"[①] 这些当代典型的描写乡村变迁的现实题材长篇小说，就是在特定的历史语境中产生的，它们积极地反映了新世纪中国乡村的巨大变化。它们是社会的影像，受到特定时期的教育、政治、习俗的影响。正因为如此，我们可以从这些长篇小说里，寻求一种"恰如先前作者理解自己那样去理解他"[②]。当回到作家创作这些作品时的历史语境去细读它时，可以看到，"农村是农民生活、农业生产的最基础的外在空间，当代作家对'农村'镜像

---

① 伍蠡甫、胡经之主编：《西方文艺理论名著选编》（中卷），北京大学出版社1996年版，第83页。
② [美]列奥·施特劳斯：《如何着手研究中世纪哲学?》，周围译，载刘小枫、陈少明主编《经典与解释的张力》，上海三联书店2003年版，第300页。

的建构,实际上意味着处于特定的历史文化语境中的创作主体,对这一外在空间的观察与呈现、思考与想象。其中既有创作主体对于'农村'之传统意象的承继,也有其对嬗变中的'农村'之现实意象的发掘"[1]。因此,我们可以通过小说书写的这些空间,看到新世纪之后,中国乡村社会与文化的特征,观察作家为我们呈现的嬗变中的乡村现实意象。

在21世纪当代现实题材长篇小说的空间书写中,我们可以看到,作家们紧跟时代发展,创作的主题围绕着"三农"、新农村建设、农村生态保护、农村经济发展、农民价值观念变迁等问题。探讨了进入21世纪后,农村如何发展经济,如何建设新型社会主义乡村,保护环境与生态,新时代的农民如何建设自己的家乡,以及农民价值观念的变化等。在21世纪之初的长篇小说中,空间书写为我们呈现了改革开放对乡村的影响。随着新农村建设的实施,2005年之后许多长篇小说中的聚落空间书写,呈现了新变的特征。如空旷荒芜的聚落空间、规划整齐的民居与街道书写,以及高度城镇化的商业空间书写。聚落空间书写中还增加了乡镇企业空间、矿区空间、乡村娱乐空间等元素的书写。从民居空间书写上看,民居变化并不像新时期长篇小说那么明显。民居书写映射的含义也不再仅仅是象征阶级身份或财富地位。因许多农民都有能力自建房屋,建新房虽然对农民很重要,但在乡村并不是新鲜事,农民生活条件比20世纪80年代更好。此时,民居空间书写体现的是乡村文化的多元性特征。从民俗与信仰空间书写上来看,传统文化虽然得到某种延续,但新变特征更为明显,同时呈现多元性的特征。从工作空间书写上看,随着乡村工业化建设的推进,小说以私人工厂、乡镇企业、矿区空间的工作空间

---

[1] 彭维锋:《"三农"中国的文学建构:"三农"题材文学创作与社会主义新农村建设研究》,光明日报出版社2015年版,第124页。

书写为主。同时，随着乡村物质生活水平的提高，农民有了精神生活的需求，小说中出现了乡村休闲娱乐空间的书写。

总之，在 21 世纪当代现实题材长篇小说中，空间书写紧跟时代的发展，书写对象包括聚落空间、民居空间、信仰与民俗空间、工作空间、休闲娱乐空间。它们共同围绕着"三农"、新农村建设、土地流转、环境保护、农村劳动力转移、农民价值观念变迁等焦点展开。为我们呈现了不同于前几个历史时期的乡村空间形态，同时还针对农耕的荒废，提高土地资源的利用等问题进行探讨，思考如何在保护传统乡村文化的基础上，进行现代化乡村建设，为我们展现了 21 世纪中国乡村的社会与文化的变迁。

第一节　乡村聚落空间书写的继承与新变

在中国快速工业化的过程中，乡村的发展始终是与城市的发展，以及工业化的进程紧密结合在一起的。乡村不再像以前——封闭、独立地存在于这个空间中，21 世纪的乡村更加开放，紧跟国家经济建设的步伐，不断地调整与适应，使得乡村文化与城市文化不断地融合与变异，逐渐形成属于这个时代的文化特色。在这个时代背景下，在新世纪当代现实题材长篇小说的聚落空间书写中，呈现的特征是对传统文化的继承与发展，以及对不断渗透的城市文化的融合与新变。

新世纪当代现实题材长篇小说紧扣时代发展的脉搏，直面现实世界的变化。在 2005 年《中共中央　国务院关于进一步加强农村工作提高农业综合生产能力若干政策的意见》出台后，长篇小说空间书写直指当下"三农"及新农村建设的现实问题，以乡村经济发展为主要表现，以此来展现乡村的权力秩序、道德伦理以及生态环境等内容。此时,"乡村正在发生的结构性变化,为创作提供了生动的现实资源。除了'农民工进城'给乡村带来的冲击,这种结构性的变化,主要体现于乡村社会的制度性新变,即村一级民主和法治社会建设。与此相关敏感的作家已经创作了意味深长的佳作"①,如《歇马山庄》《良心》《湖光山色》《上塘书》《富矿》《麦河》《后土》《日头》等。这些作品紧紧地围绕着"三农"与新农村建设的历史变迁,用文学语言叙述了乡村在"三农"及新农村建设中出现的新变化,以及遇到的问题,提出新农村建设的新探索与反思。正如当代作家关仁山所说:"随着时代的发展,农民和土地上所发生的事情必然是新的,我想把每一篇小说的故事都放在时代的大背景下展开。新时期农村生活的变化是异常迅速的、复杂的、全方位的,这就要求作家从宏观上把握农村发展的总动向和总趋势,同时还要从微观上分析农民和土地上的具体事情,特别是人与土地、人与人之间关系的微妙变化以及心灵上的冲击和命运上的起落。"② 当代作家将作品放置在这个时代变革的大背景下去书写,为我们呈现了剧烈社会变革下的 21 世纪中国乡村,聚焦乡村的自然生态,探讨人与自然、人与土地、人与人之间的相处关系。

  在乡村聚落空间的书写上,与以往不一样,其呈现的空间范围更大了。空间呈现不再是单一的传统乡村景象,而将范围扩展到传统乡村周围的小城镇、城郊接合部、乡镇空间的书写。这是由于乡村与城镇(市)之间的整合度增强,人流和经贸往来频繁,现实题材小说不可能再单纯地表现乡村单一的聚落,书写必然掺杂着城镇(市)、城乡接合部的空间书写。这一时期乡村聚

---

① 韩文淑:《新世纪中国乡村叙事研究》,博士学位论文,吉林大学,2009 年,第 15 页。原文引自施战军《乡村小说:时代之变与文学之难》,《上海文学》2007 年第 10 期。
② 关仁山:《天高地厚》,作家出版社 2009 年版,第 479 页。

第四章 城市文化的渗透、融合与新变(2000年至今)

落空间书写自然就比较多元,作家的作品为我们展现的乡村聚落空间包括:歇马山庄、楚王庄、上塘村、鹦鹉村、麻庄、日头村等。这些空间书写为我们展现了21世纪中国乡村聚落的整体风貌,呈现了21世纪乡村聚落在文化上的继承与新变特征。

一 聚落空间书写呈现文化的继承性

在21世纪当代现实题材长篇小说的空间书写中,传统文化与改革开放文化持续影响着乡村空间的构成。因为"乡村不仅是一个地理空间,生态空间;至少在文学史上,乡村同时是一个独特的文化空间"[1]。中国文化发展至今,具有历史的继承性与连续性。正如恩格斯说:"没有希腊文化和罗马帝国所奠定的基础,也就没有现代欧洲。"[2] 毛泽东也说过:"中国现时的新文化也是从古代的旧文化发展而来,因此,我们必须尊重自己的历史,决不能割断历史。"[3] 进入21世纪,虽然作为外来的西方文化与城市文化,正不断地渗透传统乡村。但我们在21世纪现实题材长篇小说的空间书写中,还是可以看到文化的继承性与连续性,这也展现了中国乡村丰富的、复杂的、多样的面貌。因此,我们不能割裂历史去看待长篇小说中空间书写映射的文化变迁,正如我们在新时期当代现实题材长篇小说的空间书写中,看到了对传统文化合乎逻辑的继承和发展。同样,在21世纪的长篇小说中,我们也看到了对前几个历史时期文化的继承性。

---

[1] 南帆:《启蒙与大地崇拜:文学的乡村》,《文学评论》2005年第1期。
[2] 马克思、恩格斯:《马克思恩格斯选集》(第3卷),人民出版社1972年版,第220页。
[3] 毛泽东:《毛泽东选集》(第2卷),人民出版社2007年版,第708页。

虽然21世纪乡村的城镇化快速发展，让城市文化与西方文化不断地影响着20世纪以后的乡村。但21世纪之初，在如《歇马山庄》《良心》《湖光山色》《上塘书》《富矿》等长篇小说的空间书写中，我们看到了传统的村落空间形态仍然存在，改革初期的小商品经济衍生的小型商业空间也在小说中出现。此时，乡村空间书写呈现的特征是对传统文化与改革开放文化的继承。例如，小说书写的乡村聚落空间，呈现"依山傍水"的特征，表征的是对传统文化的延续。而商业空间、民居新楼的书写，以及新的道路与桥梁的书写等，反映了21世纪的乡村延续与发展着自改革开放后出现的新式文化。

在长篇小说《歇马山庄》中，当代作家孙惠芬书写了一个传统且现代的乡村聚落——歇马山庄。山庄受到改革的冲击，村落仍然保持着传统的特色，宁静美好，在"耕种季节，山庄平地坡地均撒种子一样稀落地撒着播种苞米的人们，如蚁的人和牲畜相互牵引走来走去。山旷地阔，田野上除了偶尔传来哦哦哒哒吆喝牲口的声音，相邻的人家在地垄上错过时问一问种子和肥料的多少，没有任何声响。乡村的田野，如果不是秋深草高，永远都有一种寥廓的宁静……"[①]歇马山庄聚落空间保持着传统且纯朴的特征，土地、牛羊、山川与村落结合在一起。虽然现代化正在改变着乡村，村落与镇之间紧密结合在一起，有通往歇马镇的大道，有供灌溉的水库堤坝，许多年轻人在镇上上班，农忙时节回到村里帮忙，但村落整体形态有着"依山傍水"的特征，其对传统文化的继承仍然存在。这一特征在21世纪长篇小说的聚落空间书写里也是十分重要的部分，可见，传统文化在乡村仍然得到了延续。

---

① 孙惠芬：《歇马山庄》，人民文学出版社2012年版，第42页。

第四章　城市文化的渗透、融合与新变(2000年至今)

在长篇小说《湖光山色》中,当代作家周大新为我们呈现了一个湖边的传统村庄——楚王庄。楚王庄依丹湖而形成,村庄正处在历史变迁的关键时刻,尽管许多村民外出打工,但留在村里的农民仍然过着传统的生活,以打鱼、种地为生。村落虽然凋零,但传统空间的形态依然保持着。小说写道,"楚王庄出名,缘由之一是它所处的位置好,藏在长满绿树青草的山坳里,面对着一望无边的丹湖,人站在村后的山顶,向东能看见浩浩渺渺的丹湖水面,能看见来来往往的渔船;倘是天好,还能依稀看见丹湖东岸上的景致;向南、向北、向西都能看见绵绵延延的伏牛山群峰和林海……"[1] 楚王庄依着丹湖和伏牛山群而形成,真正体现"依山傍水"的聚落形态。村里的农民以湖为生,与所有的21世纪的乡村一样,楚王庄受到了改革的冲击和城市文化的影响。当暖暖从北京打工回来时,她看到"离开两年的村庄里那些高高低低的房屋,她突然间觉得,往日感到很大很威风的村子,变小变旧了;记忆里很高很漂亮的屋子,变低变破了;印象里很宽很平的村路,变窄变难看了;只有自家屋前的那棵老辛夷树,还是记忆中的样子"[2]。在暖暖回乡创业以前,村庄聚落并没有受到太大影响,年轻人都外出打工,村庄聚落保留着原来的面貌。虽然看惯了大城市的暖暖,在回乡之初时感觉村庄很小,但村庄仍是暖暖记忆中依山傍水的纯朴模样,楚王庄聚落空间的书写特点呈现的是对传统文化的继承。

在孙惠芬出版的另一部长篇小说《上塘书》中,作者为我们呈现了一个传统的村落——上塘村。"上塘是一个大水冲不去的村庄,四十几户人家。几百亩水田,几百亩旱田。水田,分布在南边,在一条水塘的四周;旱田,分布在北边,在一块坡地的腹

---

[1] 周大新:《湖光山色》,长江文艺出版社2014年版,第11页。
[2] 周大新:《湖光山色》,长江文艺出版社2014年版,第5页。

部。屯街上的人家，便坐落在旱、水之间，如同捆在腰间的一条腰带，上塘，指的既是南边的水田，又是北边的旱田，更是水、旱之间的腰带……"① 可以看到，上塘村也是一个依水而建的村落，村里还有一个记录上塘村历史沿革的街道。上塘村有三条街：前街、中街、后街，街与街的间距，不过三十米，前街有老房，中街有新房。上塘村的街道布局是村落历史发展的痕迹，前街住着的是老一辈人，中街住的都是年轻儿女一辈。村落延续了传统的习俗，儿子结婚要盖房，许多年轻人就在老房后面盖了新房，就形成了中街。从上塘村的村落街道看，这里是传统的。

二 聚落空间书写呈现的新变特征

文化的发展既有继承性，又不是永恒不变的。在不同的历史时期，小说的空间书写所呈现的文化特征，是一个动态的、流动的过程。小说的空间书写呈现的是对前期文化的继承与新变的特征。这一时期聚落空间的书写呈现的是 20 世纪 90 年代后期的村落空间形态。因此，我们可以看到，在 21 世纪长篇小说的聚落空间书写中，聚落空间呈现人为规划的特征越来越明显，空间书写的范围也在增大——从单一的民居规划，到整个村落的水域，桥梁、民居、植被的规划。同时，聚落空间书写中也包括了规模宏大的乡镇企业、果园、农业园等。而那些传统的田野土地空间变得空旷荒芜，有的土地变卖成为企业、工厂、商店等；在聚落空间书写中，还出现城乡接合的空间，如矿区空间的书写等。这些空间书写呈现的新变，是自 20 世纪 90 年代后，乡村新农村建设

---

① 孙惠芬：《上塘书》，作家出版社 2010 年版，第 4—5 页。

第四章　城市文化的渗透、融合与新变(2000年至今)

的新面貌，呈现的是在城市文化和西方文化的影响下，乡村空间的现实变化。聚落空间从传统的村庄结构，逐渐变得空旷、现代、商业化，甚至原来的空间特征完全消失。

新农村建设中的聚落空间新变。在孙惠芬的长篇小说《上塘书》中，上塘村也具有现代化的新变特征。在上塘村，最具现代性的房子要数后街了，是20世纪90年代末期建的，后街有许多是打工回来的人盖的新房，房屋比较阔气且现代化。可以说，上塘村的街道记录了上塘村的发展历史。而上塘村的水，来源于村落北边三面环山的一个大峡谷。上塘村还有现代化的公路，小说写道："横贯歇马镇的柏油路，东通丹东，西通大连、营口"①；"横贯歇马镇的柏油路，是上塘人们重要的交通。它衔接了上塘的甸道和山道，使上塘人们的生活跟外面世界有了联系"②。上塘还有与城市一样的集市。在上塘村，通往外界的道路有两条，一条是甸道，一条是山道，甸道就是水渠，从上塘村到镇上赶集，都要走甸道，而山道出来有乡级公路通往其他的村庄与歇马镇。孙惠芬为我们呈现了一个传统且现代的乡村聚落空间，水域、民居、水田、旱田错落的布局，散发着浓厚的历史感和传统文化的特色。打工回乡者建的民居在后街，以及通往歇马镇的公路，与城镇一样的集市，这些都是城市文化影响下形成的新变空间。可以说，上塘村聚落空间是时代变迁下的见证者，兼具传统与现代特征。

在作家叶炜的长篇小说《富矿》中，聚落空间书写呈现新的变化。苏北地区的村落麻庄，到了麦收季节，男男女女打仗般地涌向麦田，一望无际的麦地，在人们收割后，麦地便被条条块块地分割开来，长短不一的麦田如同划过云彩的飞机画在天上的一

---

① 孙惠芬:《上塘书》，作家出版社2010年版，第52页。
② 孙惠芬:《上塘书》，作家出版社2010年版，第52—53页。

· 163 ·

条条尾巴,这是传统村落的劳动景象。而城市化的过程中,乡村与城镇之间出现了另一些空间书写,如矿区。矿区是整个村庄聚落的一部分,这是时代发展呈现的空间形态,也可以说是城乡接合部的空间,或者说是传统村落麻庄中独立出来的空间。麻庄与矿区是代表着传统与现代的两个空间,但它们又是一个整体的乡村聚落。麻庄这个聚落除了传统的麦田空间,还有矿区,以及小商品经济影响下的小旅馆、饭店、街道商业区等。小说写道:"从矿区延伸出来的公路两边慢慢开始搭起了零零星星的房子,一些精明的麻庄人开始毁掉自家的麦田,利用自家田地所在的黄金位置做起了矿上的生意。有人开起了饭店,也有人开起了小旅馆,加上村长喜贵早先圈出来储运煤炭的地块,这个地段与矿区的街道连成了一个小小的商业区"[1]。我们看到,在21世纪,麻庄不再是传统且纯朴的乡村,村庄是传统与现代交织在一起,麻庄的发展始终与周边的城市(镇)发展结合在一起。在麻庄聚落空间的书写里,我们看到了传统的麦田,沿公路新建的民居,在田地里建起的饭店和旅馆,通往矿区的商业街道。21世纪后的麻庄聚落空间发生了变化,它将传统的麦田与工业文明下的矿区结合在一起,代表传统文化与现代文化在乡村的融合。

在关仁山的长篇小说《麦河》中,聚落空间的书写也有了新变的特征。鹦鹉村在房屋的整体规划上,体现了现代乡村的特色。新农村建设使村落的房屋都统一了外观——青砖大瓦房。与这一时期的大多数乡村一样,村里的土地都是空空的,土地都流转给村办企业麦河集团,村民们成了股东,不用自己种地,还可以在集团的工厂里上班,农民不仅是老板之一,还是工人,农民的工作空间是在村办企业麦河集团里。因此,村落有许多厂房空

---

[1] 叶炜:《富矿》,西安交通大学出版社2010年版,第210页。

间的书写,新农村建设使传统的乡村进入现代化。不仅如此,鹦鹉村还仿造城市,建设了文化广场,为村民提供休闲娱乐,这是城市文化影响下的乡村新变。

在叶炜的长篇小说《后土》中,聚落空间也具有城市文化影响下的新变特征。叶炜为我们呈现的是一个苏北鲁南的小山村——麻庄。"麻庄有三个乡场,分别位于村子的正南、西南和正西。麦收时节,三个乡场上到处都是忙碌的身影"① "麻庄南有马鞍山,北有小龙河,东有苹果园、苇塘和鱼塘,西有广袤的麦田"②。苏北、鲁南多丘陵,一块块平原地带四周基本上都是被小山丘所包围。这种地形地貌类似于四川地区的盆地,麻庄就坐落在这里,麻庄是传统特色的聚落,农忙时节,乡场到处是忙碌的身影,村庄被山丘包围。但是麻庄的现代特征更明显,乡村有现代化的休闲广场,还有在市场需求下出现的窑厂、砖厂、私人承包的苹果园、村办鱼塘等。国道穿过村庄,福利院紧挨着114国道,还有马上要建成的统一规划的新村,这些都是城市文化影响下的传统聚落的新变特征。

在关仁山另一部长篇小说《日头》中,日头村开办了各类村办企业、钢铁厂、砖厂、窑厂等。村办企业建在公路边上,占了五六十亩的荒滩,大旱时节,荒芜的土地歉收,只有钢铁厂红红火火,村民不再种地,纷纷去厂里当了工人,村里也建了广场。土地和庄稼荒芜落寞,还被人鄙视,家庭农场建立起来了,城市文化逐渐成为日头村的主流文化,因为建厂,农民的老房子被拆迁,农民搬进了新村的楼房,村落原始的民居不再存在,聚落空间发生了较大的变化。

聚落空间书写还呈现空旷落寞的新变特征。尽管在21世纪现

---

① 叶炜:《后土》,青岛出版社2013年版,第43页。
② 叶炜:《后土》,青岛出版社2013年版,第272页。

实题材的长篇小说中，村庄呈现的基本形态依然是由土地、河流、山川、工厂以及民居组成。但整体环境与20世纪90年代末期的聚落空间相比，聚落空间显得更加的空旷与落寞，这是聚落空间又一新变特征。在长篇小说《湖光山色》里，当暖暖从北京返回村里时，在她眼里，记忆里的村庄不再那么高大，她望着离开两年的村庄里那些高高低低的房屋，突然间觉得，以前感到很大很威风的村子变小变旧了、记忆里很高的屋子变矮了、印象里很宽的村路变窄了，只有自家屋前的那棵老辛夷树，还是记忆中的样子。虽然在暖暖刚回乡时，楚王庄没有受到太多人为规划的影响。但是，村里的年轻人都离开村庄，去城市打工，村庄只有老人、妇女和孩子，楚王庄显得十分落寞空旷，见过大世面的暖暖再看到家乡，家乡在她眼中显得那么的渺小和荒芜。

　　作家周大新为我们呈现的是一个空旷落寞的楚王庄聚落。在暖暖没有回乡创业前，留在村庄的人们生活传统，按部就班，以种地打鱼为根本的生存方式。开田爹对开田说，如果考不上大学只能回家种地，"你给我记住，咱乡下人只要学会了种地，通常就保了两个底，一个是不会被饿死，一个是不会打光棍……开田爹的话竟然不幸说中了。开田因他爹的腿受伤停学后，只好满腹不情愿地学起种地来了，眼下已是个像样的庄稼把式了"[1]。21世纪的乡村大多呈现这种状态，往日在田地、道场、老树下、庙宇旁、池塘边，都是村民工作、生活、家长里短的空间，热闹非凡，但由于更多的像暖暖这样的年轻人走出乡村，土地被抛弃，传统的聚落空间变得空空荡荡。楚王庄也不例外，但在暖暖回乡创业后，楚王庄再次恢复活力。旅游公司的成立也让整个聚落结构发生了变化，空旷的楚王庄开始热闹起来。由于公司的成立，需要更

---

[1] 周大新：《湖光山色》，长江文艺出版社2014年版，第11页。

多的土地，新建的旅行社与公司让土地得到了有效利用，楚王庄的历史资源也被挖掘，发挥了经济效益，村落与外界的联系更加紧密，楚王庄开始有了生气，农民也有了不同于以往的工作。

这种空旷落寞的聚落空间特征，在长篇小说《后土》里也可以看到。小说写道，"现在村里剩下的大都是老人和孩子，还有年轻的小媳妇。"[①] "几条狗在村口走来晃去，垂着尾巴，见个人影儿就摆个不停。麻庄空得厉害，连狗都感到无聊了。路旁空出的几间大瓦房，半天听不到什么声响，那里要么只剩下了老人，要么就是几间空屋子"[②]，麻庄的壮劳力都外出打工，未出嫁的年轻妇女孩子也出去了，村落变得空荡荡的，空土地，空屋子，连个人影也看不到，连狗都觉得无聊。叶炜为我们呈现了一个在新农村建设下的空旷村庄。

乡村聚落空间书写所呈现的村庄空旷特点，从中国现实社会的发展情形来看。伴随着21世纪的到来，现代化意识进一步加强，市场经济向更纵深处发展，在城乡对立日益加剧的状况下，中国乡村城镇化的脚步越来越快了。21世纪之初，由于有越来越多的青壮年离开了乡村，打工潮席卷了中国大部分乡村，中国乡村的经济生产缺乏20世纪80年代时曾经一度出现过的蓬勃活力，乡村世界中农民生存与文化境况的颓败已经是一个不争的客观事实。

传统聚落不仅变得空旷落寞，而且正面临着消失的危险。在新农村建设的推进下，乡村的城镇化越来越高，传统的聚落空间面临着现代化与城市化的冲击，聚落结构或改变原有的空间形态、或逐渐消失。在长篇小说《日头》中，日头村落在乡村逐渐现代化建设的过程中发生了改变，传统的村落被钢筋混凝土包

---

① 叶炜：《后土》，青岛出版社2013年版，第271页。
② 叶炜：《后土》，青岛出版社2013年版，第272页。

围，日头村建了钢铁厂，"钢铁厂和铁矿把日头村包围了，到处飘着黑烟、粉尘和树叶。我种的菜上面有一层黑黑的尘土，到了集市没人要，只好仨瓜俩枣处理了"①。日头村的城镇化进程加快，在发展经济的同时，村落的环境也遭到破坏，甚至因为现代化的建设，日头村的传统聚落需要搬迁，小说写道，"日头村要搬迁了……袁三定说：'看来，日头村要变为城市了'……有些人不相信，看到村民委员会主任汪笨湖偷偷在院里搭建铁皮棚子，人们这才信了，都出来看稀罕。然后就有人纷纷效仿，偷偷搭建铁皮房。还有的人家，把坐北朝南的老宅'阴阳'转变，盖房加院，宽敞、气派"②。原来的聚落空间结构受到根本性的改变，有的搬走，有的加建，新的聚落不再像"十七年"时期与"文化大革命"时期呈现的自然形成形态。而是由政府人为地规划，并逐步形成小城镇，传统聚落形态慢慢消失在历史的长河中。小说写道，"我从权国金嘴里知道，城镇化建设在全县全面铺开了。根据县里统一规划，全乡十个自然村合并成一个镇，叫日头镇"③。日头村不再是以前的村落，房屋结构也改变了，甚至连日头村的人口结构也改变了。日头村变得现代化、商业化，"一晃一年过去了。日头村旧房子都拆了，最后一批农户，搬进了燕子河畔的高楼。村里更有钱的农民进了城，还转走了户口。一幢幢大楼林立，立刻喧闹起来""昔日的日头村大集取消了，楼群里出现了早市、夜市和酒店，还有一些外来人口"④，村落开始消失了，"我伤心地发现，村子说没就没了……"⑤传统的日头村聚落面临着消失的危险。

---

① 关仁山：《日头》，人民文学出版社2014年版，第163页。
② 关仁山：《日头》，人民文学出版社2014年版，第303—305页。
③ 关仁山：《日头》，人民文学出版社2014年版，第417页。
④ 关仁山：《日头》，人民文学出版社2014年版，第424—425页。
⑤ 关仁山：《日头》，人民文学出版社2014年版，第425页。

第四章　城市文化的渗透、融合与新变(2000年至今)

　　同样面临着传统聚落消失的危险的还有麦河村。在长篇小说《麦河》里，麦河村原是一个传统的村落，有大片大片的麦田。麦田、麦河、民居共同组成了传统的麦河村。但在国家大力提倡建设新农村，农村城镇化后，麦河村的麦田都归了麦河集团，农民也放弃种麦，大多数人在集团上班。麦河村需要发展，改变了原来的面貌，麦河村开始大的变革。"那一年的麦河改道，引发了周边乡村和城市的恐慌，改道后的麦河不再途经县城，而是从麦田市中心穿过，终点还是在省城入海了""鹦鹉村被水道淹没了，面临整体搬迁，促成了上鹦鹉村和下鹦鹉村、黑石沟三个村庄的合并"①。麦河改道，冲了老宅。于是，传统的民居被重新规划，"麦河墓地就要落成了。因为三村合并，为了节约用地，三个村的墓地要往一处集中"②。因为村落要合并，原来墓地的位置也变更了，所有的原始村落结构都让位于现代化的发展，整个聚落发生了结构性的变化。与日头村、麦河村一样，面临传统村落消失的境遇的还有麻庄。在长篇小说《后土》里写道，"麻庄有三个乡场，分别位于村子的正南、西南和正西。麦收时节，三个乡场上到处都是忙碌的身影"③"麻庄南有马鞍山，北有小龙河，东有苹果园、苇塘和鱼塘，西有广袤的麦田"④。麻庄聚落空间正面临着改变，原来麻庄大量的田野空间，因农业产业化的发展，在新农村建设后，麻庄的聚落结构由麦地、现代工厂、果园共同组成。

　　商业化聚落空间的形成。21世纪现实题材长篇小说书写的聚落空间，商业化特征越来越明显。例如，在长篇小说《上塘书》里，传统的上塘村有着与城镇一样的商业空间，"平日里，场地

---

① 关仁山：《麦河》，作家出版社2010年版，第176页。
② 关仁山：《麦河》，作家出版社2010年版，第516页。
③ 叶炜：《后土》，青岛出版社2013年版，第43页。
④ 叶炜：《后土》，青岛出版社2013年版，第272页。

空荡了，四周并不空荡，四周有百货店、糖酒店、饭店、杂货铺、自行车修理铺、理发店、成衣铺、寿衣店、酒店，还有电子游戏厅……反正就像上塘房子的格局，凡是城里有的，镇上都有"①。城里各类具有商业性的空间，在传统的上塘村都齐全。在长篇小说《富矿》里，麻庄的农民将自家的麦田毁掉，在自家的田地里开起了商店。小说写道，"从矿区延伸出来的公路两边慢慢开始搭起了零零星星的房子，一些精明的麻庄人开始毁掉自家的麦田，利用自家田地所在的黄金位置做起了矿上的生意。有人开起了饭店，也有人开起了小旅馆"②。而位于麻庄另一个的独立空间——矿区，它就像是一个微型的小集镇，这里的商业空间应有尽有，当人们走近矿区，可以看到，"一个繁华热闹的城镇雏形初现：矿区街的北延段铺设了地砖，临街房屋都是彩钢瓦封顶，街区出现了各色各样的广告展示牌。新栽的绿化树木已具规模，新增设的几十盏路灯让街区的夜景熠熠生辉，下水管道也已经铺设得畅通无阻。矿上还新购置了保洁车和垃圾清运车辆，在街道两旁安放了果皮箱，对街道实行全天候保洁，矿区小镇建设稳步发展"③。连接矿区与麻庄的公路两边，开了许多店铺，这里俨然成了一个商业性的街道，这个街道将传统的麻庄与商业化的矿区连在一起，形成一个整体。显然，麻庄的矿区空间是属于整个麻庄聚落的一部分。而麻庄不再是传统的，仅由农田、水系、山脉、民居组成的聚落空间。受到商业文化与城市文化的影响，麻庄越来越城镇化，麻庄聚落空间呈现商业化特征。在长篇小说《带灯》里书写的樱镇，它是十几个村落的中心，是商业化的乡镇，什么店铺都有，"樱镇辖管几十个村寨，是个大镇，镇街也大。

---

① 孙惠芬：《上塘书》，作家出版社2010年版，第51页。
② 叶炜：《富矿》，西安交通大学出版社2010年版，第210页。
③ 叶炜：《富矿》，西安交通大学出版社2010年版，第213页。

街面上除了公家的一些单位外,做什么行当的店铺都有。每天早上,家家店铺的人端水洒地……"① 上塘村与麻庄还存在着传统的村落形态,与上塘村、麻庄不同,樱镇已经是一个现代化的小城镇。日头村、麦河村、麻庄等传统村落,未来也会像樱镇一样,将逐渐城镇化,传统村落会逐渐消失。我们知道,"中国的村庄有着几千年历史,形成了自己独特的文化和品格。在城市化的趋势下,如何兼顾农民对美好生活的需求和保存村落文化,是一个难题"②。这就是新世纪现实题材长篇小说为我们呈现的当代中国乡村的现实状态。

第二节 乡村民居空间书写的多元化

中国人自古以来就对房屋十分重视。房屋是家庭的居住空间,帮助家庭抵御外敌、遮风挡雨,它是人类最古老的建筑空间。家庭是中国社会最基层的组织,汪民安说:"在任何一个历史时刻,家庭首先总是以一种空间的形式出现:没有一个固定的居住空间,就不存在着牢不可破的家庭,居住空间是家庭的坚决前提。"③ 房屋是家庭居住空间的物质基础与精神归宿。蔡和森在《社会进化史》中也提到:"房屋是家庭的中心。家庭是不可侵犯的,所以房屋也是不可侵犯的……"④ 在农业社会的中国,任何日常生活,以及家庭道德伦理的标准制度都离不开房屋。中国人通过房屋的空间划分来建立家庭体制,这个空间有一套社会理论

---

① 贾平凹:《带灯》,长江文艺出版社2015年版,第3页。
② 邓聿文:《那些即将消失的村庄》,《村委主任》2010年第17期。
③ 汪民安:《家庭的空间政治》,《东方艺术》2007年第6期。
④ 蔡和森:《社会进化史》,东方出版社1996年版,第85页。

标准，它的形成有利于家庭稳定和谐，家庭的稳定就是社会的稳定。麦克尔·迪尔说："后现代思想的兴起，极大地推动了思想家们重新思考空间在社会理论和构建日常生活中所起的作用，空间意义重大已成为普遍共识。"① 小说中房屋空间的书写，对我们考察 21 世纪乡村社会整体变迁有着重大的意义。通过管窥不同历史时期长篇小说中的房屋书写，我们看到了中国当代乡村农民生活的变化、农民价值观念的蜕变，以及不同文化日益对传统乡村的影响。例如，我们在"十七年"时期当代现实题材长篇小说中，看到农民终其一生只为拥有自己的房屋而奋斗，如《创业史》中梁老汉奋斗一生，还是没有自己的房屋，映射了旧社会农村农民生活的不易。而从新时期长篇小说《平凡的世界》里，看到孙少安在有了第一桶金后，便回乡建了属于自己的窑（房屋），看到改革开放对农村的巨大影响。同样，在 21 世纪的长篇小说中，无数的打工农民，返乡后第一件事就是建房，建房对于他们来说不再是难事，说明现代化带给乡村的变革。可见，房屋空间的书写，在不同的历史时期，所呈现的文化意义不尽相同。唯一相同的是农民对建房的重视。无论历史如何变迁，房屋是中国人的物质空间与精神空间，对房屋的重视也是对家庭的重视，有了房屋才算有了归宿，对于那些外出打工的农民来说，长期漂泊在外，回到家乡后，家（房屋）是他们精神上的归宿，是给予安全感的港湾，是他们心灵寄托的物质承载者。因此，不同的历史时期，长篇小说书写的民居空间，所表达的含义不尽相同，而 21 世纪的乡村因接受不同文化的影响，民居空间书写所映射的文化也具有多元性特征。

进入 21 世纪，我国乡村快速发展，乡村城镇化、农业产业

---

① Michael J. Dear, *The Postmodern Condition*, Oxford: Blackwell, 2000, p. 4.

化、新农村建设,等等,社会的变革对于传统的村落民居造成冲击。我们知道,乡村传统民居是当地人生活起居的重要空间,大多是建立在封闭、自给自足的传统农业社会和自然经济基础上,并以家族或家庭为主要单位,对于传统的农业社会,民居的这一结构是适用的,并承载着我国上千年的乡村生活文化。然而,任何"模式"都不是永恒的。虽然这些随着农耕文化应运而生的民居,是传统文化的载体,但是,随着传统农业社会正走向现代农业社会,社会的变迁使文化的载体发生变化。21世纪后,传统民居受到西方文化、城市文化与新农村建设的影响,民居结构发生了变化。在21世纪的乡村,"建房"虽然重要,但并不是新鲜事。随着农民生活水平的提高,大多数农民都能建起新房,"建新房"的寓意也不再像"十七年"时期与"文化大革命"时期呈现阶级特征,新时期显示贫富差距那样。21世纪现实题材长篇小说书写的民居空间,寓意多元,有的是为了显示财富地位,有的为了家里儿子结婚,有的是为了改善生活条件。房屋的大小与华丽程度也是根据农民的经济条件而定。但是,在民居空间书写中,我们还可以看到与聚落空间一致的特征,即对文化的继承性。虽然中国乡村进入了21世纪,人们的生活水平与文化水平都有较大提高,但一些中国传统建房风俗文化在乡村仍然得到延续。在这里,民居空间的书写,体现的是对传统文化的延续,表征了现代农民的思想观念变迁,农民财富现状,以及乡村在现代化过程中出现的问题,民居书写的文化意义具有多元性特征。

一 民居书写体现传统风俗文化的延续

中国人自古以来对建房十分重视,房屋是人们物质与精神的承载空间。对于中国乡村来说，建房娶妻是传统风俗之一。正如长篇小说《麦河》里所说："对庄稼人而言，盖房是大事，农民忙活一辈子就两件事，盖房和娶媳妇。"[1] 这一传统文化影响下的风俗，在21世纪依然得到了延续。在长篇小说《歇马山庄》里，"原来姚姓人家为娶媳妇刚盖了新房，村中人家院墙千篇一律方砖垒成空心花，儿媳不中意，儿媳曾在集镇上见到过买子卖的雁尾花砖，偏要花砖。买主挖空心思地等待，买买子的花砖，并预订了三窑"[2]。在农村，娶媳妇盖新房，似乎是约定俗成的传统，根据家庭收入的不同，农民可以选择在建新房时用好的材料，而千篇一律的院墙花砖，说明传统民居建造文化正在受到城市文化的影响。在《麦河》中也写道，曹玉堂说："那就先别盖房了，没有媳妇，盖了房有啥用啊？"[3] 曹玉堂是传统的农民，他认为盖房是为了娶媳妇。而曹大娘却训斥了老头："你懂个啥，先盖房吧，有了梧桐树，就不愁金凤凰，婚姻的事拖一拖再说。"[4] 曹家两位老一辈农民的对话，充分体现了他们的建房观，在乡村，盖房与娶媳妇是等同的，互为必要条件。即使是新一代农民，受到这种传统风俗的影响，也十分重视盖房。但盖房的原因有不同，在长篇小说《湖光山色》里，开田要盖新房，是为了办客栈挣钱，夫妻俩对盖新房都很重视，"开田沉浸在盖房子的忙碌之中。在乡下，盖房子对任何一家来说都是大事，对开田更是这样，这三间房子几乎把他家里所有能投的东西全投了进去，还不说赊的那些砖和瓦。还好，房子盖得颇为顺利，开田请来的泥水匠、木匠和漆匠都很尽力，质量也还不错"[5]。这种乡村盖新房的风俗，

---

[1] 关仁山：《麦河》，作家出版社2010年版，第27页。
[2] 孙惠芬：《歇马山庄》，作家出版社2000年版，第61页。
[3] 关仁山：《麦河》，作家出版社2010年版，第27页。
[4] 关仁山：《麦河》，作家出版社2010年版，第27页。
[5] 周大新：《湖光山色》，长江文艺出版社2014年版，第81页。

还体现了一些旧社会延续下来的陋习。例如，农民在建房问题上，仍有着重男轻女的思想，农民建新房都是为了儿子娶妻，《上塘书》里写就这样写道，"闺女长大，嫁给别人，不用管房""老大结婚，老大自己出去盖房，老二结婚，老二自己出去盖房，老三结婚，老三自己出去盖房，剩下老四和老五"[①]。无论是约定俗成的风俗习惯还是重男轻女的陋习，我们都可以从21世纪当代现实题材的长篇小说民居空间的书写中，看到了在现代化过程中，乡村传统风俗文化的延续性。

二 民居书写体现农民观念变迁

在长篇小说《上塘书》中，房子对于上塘人来说经历了观念上的转变。起初，上塘人认为，"一个盖不起房的男人，在上塘，终归是没有面子的，当有一天因了女人的侮骂顿时有了觉悟，在院墙上动起心思，一家家，便纷纷行动起来"[②]。根据上塘村的传统观念，盖不起房的男人，是没有面子的。上塘村的人只给儿子娶妻盖房，而随着现代文明进一步渗透上塘，农民的思想也改变了。"有一天，上塘的前街上，突然出了一个大学生，那供出大学生的人家，盖不起房子，也从不垒墙，房子的虚荣，院墙的虚荣，便顿时化作了一声叹息，哽咽在上塘人的心里边，老辈人那句古话就和大学生的背影，一道凸现在上塘人眼前了：高打墙，阔盖房，不如谁家有个好儿郎……"[③] 城市与乡村的频繁往来，农民受教育程度的提高，以及打工回乡人的影响，使上塘人对房

---

① 孙惠芬：《上塘书》，作家出版社2010年版，第9页。
② 孙惠芬：《上塘书》，作家出版社2010年版，第16页。
③ 孙惠芬：《上塘书》，作家出版社2010年版，第17页。

子的传统观念发生了改变，他们开始认为，培养一个大学生比房子重要。"一时间，在上塘，最耀眼的，既不是房子，也不是院墙了，而是谁家供出个大学生。"① 上塘村的农民开始重视教育，他们也不再把建新房屋作为评判一个家庭能力的唯一标准。因农业产业化的发展和城市文化的影响，让农民的生活方式有更多选择的同时，也使农民固有的观念有了改变。他们开始认为，培养一名大学生，不仅可以光宗耀祖，而且可以走出乡村，到城市去生活。

不仅是教育观念上的改变，在面对婚姻时，新一代农民的婚恋观也不同。新一代的农民更有自主权，并且在物质追求上更为丰富，对于现代科技产品也有追求。在长篇小说《湖光山色》里，当媒人给暖暖介绍对象是村主任的弟弟时，媒人说："而且家里富，有电视机，去年还买了辆拖拉手扶，能拉货又能犁地。"② 可见，这时的富裕象征不仅仅是新房，还包括当下流行的电视机、拖拉机。在择偶观上，对于老一辈的农民来说，暖暖的爹很喜欢这门亲事，暖暖爹爹说："这……当然好，主任那样的人家，能看上暖暖是她的福气。爹先表了态。"③ 老一辈的农民还是对权势有着崇拜、惧怕的心理，在楚王庄里，最好的房子依然是村主任家的，村主任在村里有一些资源分配的权力，暖暖为了丈夫能够开客栈，受到村主任詹石磴的欺凌，但暖暖不像父亲，忍受欺凌，她懂得反抗，这是新一代农民与老一辈农民的价值观念的不同。因此，在婚姻上，当媒人给暖暖说媒，要与村主任家结亲时，暖暖的父亲十分高兴，但作为新一代农民的暖暖是自由恋爱的捍卫者，有自己的价值观。暖暖冷笑道："真是笑话！主

---

① 孙惠芬：《上塘书》，作家出版社 2010 年版，第 18 页。
② 周大新：《湖光山色》，长江文艺出版社 2014 年版，第 18 页。
③ 周大新：《湖光山色》，长江文艺出版社 2014 年版，第 19 页。

任让我当他的弟媳我就当了?!"①她要自己决定自己的婚姻,她不顾父亲的反对,与普通农民开田结了婚。

三 民居书写体现新农村建设对乡村的整体影响

民居空间的书写也体现了新农村建设对乡村的影响。在新农村建设下,村落结构发生变化,农民生活得到改善,家庭居住空间更大,楼层盖得更高。在长篇小说《麦河》中写道,"三年前,麦河改道冲了老宅,恰巧搭上了新农村建设这班车,村里重新规划建房了。我家有新盖的三间青砖大瓦房"②,鹦鹉村的首富曹双羊以前家里穷,盖不起房,打工回乡成为首富后,盖起了"一幢三层别墅小楼。红色琉璃瓦房顶,灰白色的砖墙,落地大玻璃,可以容纳二三十人聚会的大阳台,四周种满了各种花卉"③。在长篇小说《后土》里,曹东风说:"我想在这里建一个麻庄新村,全部盖成三层小楼,国家不是号召我们建设新农村,基本实现小康社会吗,我们就盖小康楼,让麻庄率先在全镇迈进小康"④,麻庄小康楼正式建成了,"麻庄的小龙河景观带建设,苇塘、苹果园和马鞍山开发等也竣工了,麻庄旅游开发股份有限公司宣告成立"⑤。可以说,在新农村建设下,乡村真正实现了现代化的生活。然而,统一规划的民居,几乎与城镇(市)一样的布局,让传统的村落逐渐失去了原有的形态,让民居的结构也发生变化。四合院式的房屋变成统一的楼房,房屋也不再像"十七年"时期

---

① 周大新:《湖光山色》,长江文艺出版社2014年版,第23页。
② 关仁山:《麦河》,作家出版社2010年版,第10页。
③ 关仁山:《麦河》,作家出版社2010年版,第119页。
④ 叶炜:《后土》,青岛出版社2013年版,第299—300页。
⑤ 叶炜:《后土》,青岛出版社2013年版,第341页。

与"文化大革命"时期长篇小说书写的"高低错落，自然形成"特征。乡村在农业产业化与现代化的进程中也出现了许多问题，如土地乱用、生态破坏、传统文化被侵蚀，等等。例如，农民纷纷在自家的宅基地上建房，带来了农村土地乱占的问题；房屋散乱布列在公路两边，仅仅只为了商业便利，少了人与自然的和谐相处。在长篇小说《良心》里，牛家湾有着400多年历史、最大最老的老房子已经不存在，农民纷纷建起了新房，老房已名存实亡了。"土地承包后，不少村民占地为王，都纷纷扒了老房子，在自己承包的土地上，重新盖了新房子。老房子就被拆得七零八落，百孔千疮。没搬走的，也不甘落后，就在原来的屋基上，重打锣鼓另开张，盖起了独立的砖房子。牛二和二叔家的新砖房，就是在原来的屋址上盖起来的……"① 传统村落的老房子，是村落的历史古迹，承载着村庄的文化记忆，是不可多得的物质和精神财富。然而，土地流转后，村民便将老宅拆除，盖了现代化的小楼，有的搬离原来的老宅，在承包的土地上盖新房。还有的村民为了经商的需求，沿着道路修建新房屋，在道路边上开商店。牛八就将自己的房子建在了牛家湾通向外界的大路边上，还在大路边上搭建了一个路边小店，向路人卖些针头线脑、油盐酱醋茶等小东西。

　　同时，城市建造文化也影响着传统村落的房屋文化。在长篇小说《上塘书》中，上塘村是个历史悠久的传统村落，上塘街上的房屋更是记录了村落的历史。上塘房屋分别分布在上街、前街、中街、后街；分别代表老、中、青不同代际人的房屋。打工的人回来盖的房屋，都坐落在后街，小说写道："后街的房子是阔气的，他们的阔气，不只体现在雨顺比老房宽一米五，举架比

---

① 贺享雍：《良心》，重庆出版社2006年版，第9页。

第四章 城市文化的渗透、融合与新变(2000年至今)

旧房高一米三上,更重要的,还是里边的格局。这些建房的新人类,因为大都在外面当过民工,给城里人盖过楼,搞过装修,了解到那些不同于上塘房子的新格局,就把这样的格局也搬到上塘来。……上塘后街的新房,除了没有卫生间,凡是城里有的,他们都有。"[1] 传统的上塘村的房屋,受到城市文化的影响,外出打工的农民被城市生活吸引,回乡建造的房屋结构与装饰,不再受传统文化的影响。装修的风格,屋里布局与城里的一样,有厨房、客厅、餐厅、卧室等,房屋内的布局,将老人和年轻人分开,大人和孩子分开,各有各的房间,不用老少好几辈挤一块儿,这种居住模式完全颠覆了传统的中国乡村家庭,也影响着家庭文化。其次,对于上塘人来说,就算盖了新房子,也住不了几天,平时到城里打工或者在地里种庄稼,村里的房屋空着。这是21世纪乡村的普遍现象,"'空',其实正是上塘新房的特点,他们建了客厅,却一年也接待不了几个客人,"[2] 他们把电视搬到屋里,上塘人白天种庄稼,晚上就在家看电视。可见,现代化为乡村带来了发展与进步。同样,传统村落与民居也正改变着原来的结构,甚至传统村落空间结构也在逐渐消失。城市里的建造文化与生活文化,影响着乡村的传统文化。农民像以前一样劳作,像城里人一样生活,这种文化冲突与融合,正是21世纪乡村的现实反映。

第三节 乡村工作空间书写的流变

米兰·昆德拉说:"小说审视的不是现实,而是存在。而存在并非已经发生的,存在属于人类可能性的领域,所有人类可能

---

[1] 孙惠芬:《上塘书》,作家出版社2010年版,第10—11页。
[2] 孙惠芬:《上塘书》,作家出版社2010年版,第14页。

成为的，所有人类做得出来的。小说家画出存在地图，从而发现这样或那样一种人类可能性。"① 21 世纪当代现实题材长篇小说书写的空间，就是这个"存在地图"，我们通过"地图"中"描绘"的空间，观照属于那个时代的乡村社会与文化的变迁。进入 21 世纪，中国当代乡村发生了现实上的变化，这是小说书写的背景与舞台。现实中的乡村政治、经济、文化的变化，是小说书写存在的立体空间。这一时期现实题材的小说，为我们呈现了在"三农"与社会主义新农村建设下，农民的工作空间、农民的生存境遇，以及农业发展的状况。可以说，"当代兴起的新农村建设是对历史上的'乡村建设'的一种接续，是一种历史的回响，也是中国改革开放后中国全面完成现代化建设任务的一个现实要求"②。"温铁军说：20 世纪中国经济史主要是一个追赶工业化的过程。工业化的原始积累一般都是从农业提取的。"③ 然而，21 世纪在进行新农村建设与乡村工业化的同时，也使得大量的劳动力离开土地，乡村变得空心化，农民传统的生产与工作空间——土地，变得空旷且荒芜。

在"十七年"时期与"文化大革命"时期现实题材长篇小说中，农民的主要生产（工作）是在土地（农田）、水渠、合作社里集体生产。因此，小说中的生产空间书写对象主要是土地（农田）、水渠、合作社。在新时期的现实题材长篇小说中，由于商业文化的影响，小说中不仅有传统的生产空间——土地（农田）的书写。还有工作空间——工厂与商店的书写。不同于前几个时

---

① ［捷］米兰·昆德拉：《小说的艺术》，孟湄译，生活·读书·新知三联书店 1992 年版，第 42 页。
② 左克红：《20 世纪二三十年代中国乡村建设思潮与实践的哲学评析》，同济大学出版社 2015 年版，第 136 页。
③ 左克红：《20 世纪二三十年代中国乡村建设思潮与实践的哲学评析》，同济大学出版社 2015 年版，第 136 页。

期，在21世纪的当代现实题材长篇小说中，乡村工作空间书写变得多元化，呈现的乡村工作空间是工厂、矿区、乡镇企业等。而传统的土地（农田）成为农民遗弃的空间。面对日益荒芜的土地（农田），作家们通过作品叙述，提出21世纪乡村面临的问题，思考如何将乡村荒芜的土地（农田）再次利用，发挥土地（农田）的价值。如何在新农村建设中，既发展乡村经济，又保护乡村生态。

一　土地空间书写的流变

在全球化、现代化的高速发展下，中国的乡村不再是田园般的乡村，农民也不是过去面朝黄土背朝天的农民，农业的发展也不再仅仅是单纯地解决温饱问题，乡村正全面开展社会主义新农村建设和乡村城镇化建设。此时，当代作家将目光聚焦在"三农"、新农村建设等问题上，观照现代化建设下乡村的嬗变，关注新农村建设的现实，反映农业的新发展，以及新型农民形象的书写。

土地，作为中国乡村传统的生产（工作）空间，自古以来就被农民重视，它是农民生产生活资料的重要来源，甚至几千年都是乡村唯一重要的工作空间。21世纪，由于乡村的改革，同时受到城市文化的影响。乡村传统的劳动模式受到冲击，农民生产生活资料的来源变得多样化。土地，不再是唯一获得生产生活资料的空间，也不是唯一的工作空间。这个传统的工作空间被替代，甚至成为了农民遗弃的空间。在这一背景下，21世纪当代现实题材长篇小说的工作空间书写，为我们呈现了当代农民对土地空间的逃离、鄙视、怀恋、拯救这一流变过程。

逃离土地。进入21世纪，大多数乡村都面临同样的境遇，即土地的空旷。孙惠芬在长篇小说《歇马山庄》中写道："在歇马山庄，一年四季活跃在山里田里的其实只剩三八六〇部队——女人和老人。"① 与歇马山庄一样，叶炜的长篇小说《后土》里呈现的麻庄也是如此，小说写道："麻庄的情况和这些村差不多，这几年出去打工的人也不少。壮劳力出去了，未出嫁的年轻女孩子也出去了"②，"土地也有撂荒的了。站到马鞍山往下看，没种庄稼的裸地越来越多"③。显然，歇马山庄和麻庄的现实境遇，正是21世纪初大多数乡村的现状。虽然歇马山庄里的人没有忘记作为庄稼人，春天就要耕种的传统。但是，在广阔的大地上劳作的只有留下来的老男人们，山庄里的年轻人都外出打工，留下来都是老人、女人和孩子，土地上劳动的人越来越少。孙惠芬书写的土地空间，是如此的空旷。小说还写道，"干旱也使在小镇上班的人们下班后走进土地，月月和国军换了衣服挽了裤腿完全一副庄稼人的样子"④。可见，大多数像月月和国军这样的年轻一代的农民，都在城里上班，而村里的土地，只有在干旱时节，在年轻人下班后才回来帮忙种植。就算是传统农耕文化保留得较好的歇马山庄，也同样受到城市打工潮的影响，人们纷纷逃离土地。土地，这个曾经被农民视为最重要的工作空间，此时，到地里去工作仅仅是新一代年轻农民的副业，仅在假期或者下班后，在城里工作的年轻人才会走到田地里。

"逃离土地"成为年轻农民的共识。年轻的农民不再像《平凡的世界》中的孙少安和《苍生》里的田留根一样，愿意留下来

---

① 孙惠芬：《歇马山庄》，人民文学出版社2012年版，第30页。
② 叶炜：《后土》，青岛出版社2013年版，第209页。
③ 叶炜：《后土》，青岛出版社2013年版，第272页。
④ 孙惠芬：《歇马山庄》，人民文学出版社2012年版，第86页。

第四章　城市文化的渗透、融合与新变(2000年至今)

跟着父亲吃苦种地,他们对土地的情感,剩下的只有情怀和儿时的记忆。歇马山庄的首富林治帮,在改革开放初期,就外出打工。此后,"林治帮第二年带走了几个不愿干农活的小青年,第三年又带走一群。从泥瓦工到包工头,他干了六年,他用六年时光将歇马山庄山民对土地的认识翻了个个儿,当他不知什么原因一气之下打道回府,民工潮已经滚雪球一样势不可当。这雪球荒芜了山庄的土地却芳草萋萋地成长着庄户人的希望"①。林治帮将村里的年轻人都带到外面挣钱,民工潮让农民富起来了,也卷走了乡村青壮年农民,让乡村的土地变得空旷。在月月的婚礼上,来吃酒的村民,打点行装,纷纷与家人告别,"月月的婚礼,事实上为她娘家婆家所在的歇马山庄的男人女人创造了一个以酒话别的氛围。他们以'赶人情'为借口,在八人一桌的宴席上,大碗地喝着酒,大声地喊着话。男人们原本告别的是妻儿、土地"②。山庄的年轻人在月月的婚礼酒席上告别家人与土地,进城打工。此后,庄里分成了两类人,老人与女人,"留在家里的老男人们牵了牲口到库区边遛马饮水,因特殊情况不能离开的年轻的男人们则在房前屋后挖土翻地,在院里地里收拾农具晾晒粪土,年富力强有手艺有力气的泥瓦匠则纷纷收衣打包,准备出发"③"人们无法不看重一个人通过自己的努力切断了跟土地的联系——国军通过自己的努力切断了与土地的联系,乡下人奔着奔着,倘若还有梦想,便无不是飞出土地"④。现在,山庄的人们看重且努力的目标是切断与土地的联系,大家都想飞出这片土地。

为什么逃离土地? 正如《湖光山色》里所说,"这年头喜欢

---

① 孙惠芬:《歇马山庄》,人民文学出版社2012年版,第30页。
② 孙惠芬:《歇马山庄》,人民文学出版社2012年版,第31页。
③ 孙惠芬:《歇马山庄》,人民文学出版社2012年版,第30页。
④ 孙惠芬:《歇马山庄》,人民文学出版社2012年版,第38页。

种庄稼的年轻人能有几个？谁都知道种庄稼要遭风刮日头晒，得受苦；粮食又卖不出好价钱，会受穷。暖暖明白开田也是这样，当初他还在上学时他爹要教他种庄稼的手艺，他不屑一顾把嘴撇了撇说：不学"①。为了不受苦、不受穷，年轻力壮的农民纷纷走出土地。《后土》里也这样写道，"种地成本越来越高，辛辛苦苦一年忙到头不说，这耕地、浇水、施肥的哪一样都得花钱，一年收成算下来，刨去成本，剩下的还不够工夫钱。看着那些裸露着的土地，王远摇摇头，又摇摇头"②。《歇马山庄》里的首富林治帮，为新一代崇尚"逃离土地"的农民作出了榜样。他作为第一批基建队的包工头从山里杀出去，赚了几十万元，回乡盖房子，为儿女办工作。不仅年轻男人，仅留守在村里年轻的女人们也想"逃离土地"，人们"在电视上见过许多赚钱的能人，可是自己山庄的年轻女子轻而易举就赚了大钱，让她们对在土地里与泥坷垃厮混的日子，有了一点点的动摇或惶惑"③。于是，留在山庄里的女人们开始怀疑这种传统的劳动，是否能让自己的生活改变，她们想要更为简单，更为轻松的生活方式，外出打工或经商成了她们的梦想，当歇马山庄留在土地上的女人们，看到同村的妇女庆珠开理发店不到一个月赚了一千块钱，她们心里极不平衡，她们恨不能搭上汽车，到城里把当一年民工只能赚三四千元的丈夫找回来，让他们在家种地，而自己去开理发店。这些村里守着的女人们同样也想摆脱这辛苦的方式去挣钱，她们也向往着城里的生活。

在长篇小说《湖光山色》中，对于从北京打工回来的暖暖来说，楚王庄的土地只是她的记忆，她对楚王庄没有好感，因为她讨厌种地。但当她打工两年后回到楚王庄，感受到的是亲切和满

---

① 周大新：《湖光山色》，长江文艺出版社2014年版，第11页。
② 叶炜：《后土》，青岛出版社2013年版，第272页。
③ 孙惠芬：《歇马山庄》，人民文学出版社2012年版，第71页。

第四章 城市文化的渗透、融合与新变(2000年至今)

满的回忆。楚王庄还是和她离开时一样,没有改变,就连暖暖这种回乡创业的新一代农民也想让自己的孩子到城里上学,她说:"要实现这个目标,可不会很容易,咱们得先挣钱,先富起来,我在北京时已经看明白了,你只要有了钱,你就能够在城市里为孩子买到房子,你才能让孩子在城市里落下脚。"[1] 在楚王庄,大多数年轻人像暖暖一样,想"逃离土地"。当考察旅游业发展的人来到楚王庄时,发现楚王庄大部分人外出打工,他说出楚王庄面临的现实——村落没落了。"我在你们的村子里做了个调查,你们村里已经有四十来个青壮年村民外出打工,已经有十一小块坡地撂荒,人在减少,地在变荒,这不是没落这是什么?"[2] 尽管像暖暖一样的新一代农民愿意回乡创业,带动乡村旅游业的发展,但她仍然想让自己的孩子"逃离土地",去城里生活,在城里落下脚,这是21世纪农民的价值观,也是乡村土地空旷的原因之一。

鄙视土地。土地——这个被父辈一辈子为之奋斗一生的工作空间,对于年轻一代农民来说,是受到嫌弃与鄙视的。在关仁山的长篇小说《日头》里书写了这一特征,乡村开始工业化建设后,大家都想着的是如何离开土地,到城市去工作。留在土地上工作的人们发出了疑问:"我也想不明白,土地和庄稼,成了人们鄙视的东西,有人问我:'老轸头,还种地呢?'那语气里有损我的意思,好像我整日不务正业,是个偷鸡摸狗的贼"[3],曾经在农民心中神圣的土地空间,不知道在什么时候被人鄙视,而曾经最正经的工作——种庄稼,现在被人认为是不务正业。关仁山的另一部长篇小说《麦河》里,写出了老一代与新一代农民对土地

---

[1] 周大新:《湖光山色》,长江文艺出版社2014年版,第34页。
[2] 周大新:《湖光山色》,长江文艺出版社2014年版,第143页。
[3] 关仁山:《日头》,人民文学出版社2014年版,第164页。

不同的看法，凤莲说："完全依赖土地的时代一去不复返了。没有土地，到城里一样活命啊！"① 玉堂大叔不同意，他认为："农民活着不靠地，吃啥"②，凤莲反驳："有一双手，舍得一身力气，不照样过上踏实日子嘛。时代在前进，社会在发展，咱们要当新型农民哩！双羊当的就是新农民。"③ 事实上，随着城市提供的岗位越来越多，依赖土地生活不再是唯一的出路。在长篇小说《日头》里，金沐灶也提到年轻人与父辈之间对土地的不同价值观。他说："最近我接触了一些村里的年轻人，他们都变了，他们不再像父辈那样吃苦耐劳、勤俭持家、亲近土地了，甚至鄙视自己农民的身份，他们羡慕城里人的生活，争着抢着往城里挤，就是再苦再累甚至押上身家性命也不回头。"④ 对土地的鄙视已成为年轻一代农民的想法，曾经被祖辈认为要干一辈子的工作空间，随着时代的变迁，这种观念发生了变化。

我们在21世纪现实题材长篇小说空间书写中可以看到，随着城市化、工业化、商业化不断地向乡村渗透，新农村建设和乡村城镇化越来越快，乡村的社会变革使农民对土地的认识也发生了变化。农民价值观比较多元，正如关仁山在《天高地厚》里所写："在漫长的农业文明中，农民聚族而居，相依相帮，温馨而闲适。古老和谐的农家亲情，一直是我们这些离乡游子的精神慰藉。而市场经济对这个氛围的冲击和破坏，使乡村正在经历着一场从没有过的震荡。农民的命运沉浮及其心理变迁，在这一时期表现得尤为丰富、生动。在新的躁动、分化和聚合中，正孕育着一种新的生活方式和思维方式。"⑤ 21世纪长篇小说的土地空间书

---

① 关仁山：《麦河》，作家出版社2010年版，第170—171页。
② 关仁山：《麦河》，作家出版社2010年版，第171页。
③ 关仁山：《麦河》，作家出版社2010年版，第171页。
④ 关仁山：《日头》，人民文学出版社2013年版，第265页。
⑤ 关仁山：《天高地厚》，作家出版社2009年版，第479页。

写，为我们呈现了现代的农民，保守落后的农民，还有处于现代与传统之间的农民，许多农民依然对土地有着依恋与不舍。在乡村迈入现代化，农业逐渐工业化的过程中，他们也看到了土地空间面临的现状，许多像暖暖、鲍真一样的新一代农民正在思考如何去拯救、改善土地的荒芜与空旷的现状。

怀恋土地。事实上，虽然新一代农民想着"逃离土地""鄙视土地"，但仍然有许多农民依然对土地有着深厚的感情，这是一种对故乡的怀恋之情。在孙惠芬的长篇小说《上塘书》中，上塘村的农民无论怎么变，还是觉得土地好，他们对于土地的感情依然深厚。"所以，到后来，在上塘人看来，最重要的，既不是房子，也不是院子，更不是什么大学生，而是一老本神地过庄稼日子，而是一老本神地种地种庄稼。你只要用心侍弄土地和庄稼，总是好的。儿媳给你脸色看，土地不会给你脸色看，城市的孙媳给你脸色看，土地里的庄稼总不会给你脸色看。"[①] 上塘村里老一代的农民似乎对土地的感情忠诚，就算进城做了民工，乡村的地也是不会被忘记的，这里始终是他们的归宿。"所以，一年四季，上塘的人们，房子再好，也不待在房子里，院子再好，也不待在院子里。做了民工，城里的世界再好，他们也不能扔了地。"[②] 尽管不断涌现的农民工潮，使得乡村逐渐空心化、土地荒芜，但是，由于土地仍然有最基本的保障作用，外出务工有其不确定性，农民不想完全地脱离土地。因此，有的农民的劳作模式变成半工半农，即平时上班，下班下田的工作模式，如《歇马山庄》中的月月与国军。当面对不断渗透的城市文化、乡村城镇化、乡村空心化时，作家看到了这一现实，希望乡村得到改变，小说表达了尽管人们不断地"逃离土地"，但他们认为土地仍然

[①] 孙惠芬：《上塘书》，作家出版社2010年版，第24页。
[②] 孙惠芬：《上塘书》，作家出版社2010年版，第24页。

是农民最好的归宿。小说向我们呈现了乡村土地的美好，以及当代农民对于土地的不舍，他们为了生存不得不暂时"逃离土地"，但他们仍然爱着曾经养育他们的土地。小说写道，"民工们大半年在外面，背井离乡，脚一踏上故乡的土地，迈进故乡的面馆，温暖的体会真是只有他们自己知道，要多美好有多美好"①。作家努力构建正处于现代化和全球化浪潮冲击下的乡村，提醒人们对于乡村的重视，尽管土地对于农民的物质意义逐渐削弱，但其精神意义重大。小说也为我们呈现了一个现实："上塘的男人们，一年四季都在家里种地的，总是很少的，他们中有的，到城里盖楼去了，有的，就在歇马镇附近包了活儿，或者在海边虾场包了活儿。"② 土地是那么重要，但生活要继续，面对选择工作地点时，人们还是要去外地打工。因为观念的东西都是依存于物质基础之上，当农民不断地从"进城打工"这种劳动方式中获得实惠，满足了他们的物质需要，他们的观念发生了改变。所以，到城里去盖楼的是多数，在家里种地毕竟还是少数，这就是21世纪乡村的现实。他们只能兼顾着上塘的土地，尽可能不让它荒废，这是上塘农民对土地的依恋。"上塘的男人，大多数都到外面做民工去了，可是上塘的土地没有一寸荒掉。水田灌水、插秧、锄草、收割、旱田打垄、下种、施肥、掰棒，一应亘古不变的土地上的活路，全由女人承担。"③ 正是因为有许多像上塘村的农民一样的人，对家乡土地的这种依恋之情，让许多年轻一代农民外出打工有所成就后，就回到家乡，为拯救荒芜空旷的土地而努力着。

拯救土地。年轻一代农民"鄙视土地"，老一辈农民"怀恋土地"，许多人选择了"逃离土地"，土地变得越来越空旷荒芜。

---

① 孙惠芬：《上塘书》，作家出版社2010年版，第127页。
② 孙惠芬：《上塘书》，作家出版社2010年版，第49页。
③ 孙惠芬：《上塘书》，作家出版社2010年版，第115页。

第四章　城市文化的渗透、融合与新变(2000年至今)

土地的没落意味着村庄逐渐失去了原有的风貌，荒芜的土地如何再次被利用，是值得我们思考的问题。在这个背景下，许多当代作家书写的乡村空间中，都呈现了对"三农"问题的关注。作家们从农业、农村、农民三个方面，以及新农村建设等方面，通过小说的故事情节塑造典型人物，思考农村的前途、农民的命运和农业的未来。"随着国家各项惠农政策的实施，从2004年起特别是2006年废止农业税之后，近十年来我国的'三农'问题也发生了非常明显的变化。"[1] 我们可以看到，小说书写的空间，将乡村的"空心化"、城镇化、新农村建设、农村生态环境、农村土地改革等问题都呈现出来。特别是在2004年以后，长篇小说中书写的乡村空间，开始思考如何拯救土地，不仅探讨如何解决农民就业，也思考如何让这些空旷的土地实现它们的价值。

农民对土地是热爱的，如果可以将土地资源有效利用，让曾经的工作空间再次释放活力，不仅可以解决农民不离乡又可以工作的问题，还可以发展乡村经济。正如长篇小说《麦河》里所写："说来说去，还是咱农村养老制度的落实。现在虽说有不少农民进城打工，但真正能够在城市定居下来，不再回乡的毕竟还是极少数，大多数农民往返在城乡之间，离土不离乡，进厂不进城，还不就是因为在农村有土地，万一在城市工作不下去了，回家还可以种田。要是咱农民啥时候除了土地，还有别的稳定的生活保障，我估摸对土地的依赖就不会像现在这样了。"[2] 陈元庆进一步说，"土地不仅是财富的象征，也是农民的生存方式，自古以来就有着'土生万物由来远，地载群伦自古尊'的土地崇拜观念。我们必须承认，农民和土地之间难割难舍的关系，深刻影响

---

[1] 彭维锋:《"三农"中国的文学建构："三农"题材文学创作与社会主义新农村建设研究》，光明日报出版社2015年版，第104页。
[2] 关仁山:《麦河》，作家出版社2010年版，第167页。

· 189 ·

着农民的生活方式，行为方式，道德观念还有价值取向。土地就像神灵一样被农民世世代代敬仰着，土地在农民心中深深扎下了根，人离不开土地。你别看不少农民进城打工，但是我敢肯定，他们中的大部分人最后还是得回乡种地的，进城打工是暂时的"①。进城返乡的新一代农民正在实践，如何将荒芜的土地有效利用，让更多的农民在家乡工作，不但建设自己的家乡，也提高了收入。例如，周大新的长篇小说《湖光山色》，为我们呈现了在新农村建设过程中，面对乡村土地荒芜，农民外出打工的现状。如何利用乡土资源，带动乡村旅游业，探索农民返乡后如何利用旅游经济创业，带动当地的经济发展之路。主人公暖暖起初工作在城市，后来她回到楚王庄租用土地，与薛传薪的五洲公司进行合作，建设更高档次的休闲娱乐一体的南水美景旅游公司。她充分发挥本土旅游资源，不仅解决了村民的工作，还有效地将土地利用起来。暖暖是在逐渐探索中，找到这条乡村发展之路。她最初是希望按照传统的方式发家致富，她与丈夫开田向乡亲卖杀虫药，最后被骗，因此背上了债务。后来，暖暖得到了考古教授的指点，开始了现代化的农业发展，开发田园风光的旅游创业。暖暖是在乡村被遗弃之下，开始自我寻找创新，主动寻求如何在新时代的背景下，搞活荒芜的土地，利用乡村的田园文化资源，打造现代乡村农业发展的道路。在长篇小说《泥太阳》里，在新农村建设的背景下，泥太阳村还保持着传统原始的生活与劳作，传统的农耕方式，没有用现代技术的化肥。起初人们为目前的状态感到自豪，但当进城打工返乡的人们带来城市的信息，这种自豪感消失了。随着新农村建设指导员江民的到来，热爱这片土地的新型农民秋叶、春芳，她们积极响应国家的号召，投身新

---

① 关仁山：《麦河》，作家出版社2010年版，第167页。

农村建设，努力改变目前的乡村土地现状。她们吃苦耐劳，愿意接受新的农业生产技术，提高农民的文化水平。她们遇到了困难，但不惧怕困难，通过努力让泥太阳村发生了巨大变化，把自己家乡的品牌也打到了大都市。同时，在发展的过程中，她们注重生态保护，使21世纪的乡村达到可持续发展。

此外，关仁山的长篇小说《天高地厚》《麦河》也书写了乡村农业的产业化之路。在长篇小说《天高地厚》中，鲍真在去南方考察时，看到了"立体产业"的农业园区，她回到了蝙蝠村开始自己的探索、尝试，她将荒芜的土地利用起来，开办了产业园。以鲍真、梁双牙为首的新青年农民探索在土地被乱开发、乱占耕地等情况下，对乡村如何进行农业产业化进行探索。还有长篇小说《麦河》的中的曹双羊，在经历了一次又一次的考验后，探索出了一条如何实现农业产业化的渠道。可见，如果乡村实现了现代产业化的模式，有更多更轻松的工作提供给农民，他们更愿意留在自己的家乡创业。当代农民积极响应国家"先富带动后富"的号召，他们进城打工致富后，回到家乡创立企业，让更多的农民能获得轻松且收入高的工作。他们积极融合乡村资源，发展现代农业生产，推动乡村经济的发展。因此，单纯地种地，不能产生更多的价值，使得土地不被农民重视，土地空间因此变得空旷荒芜。土地空间只有参与现代化生产，其市场价值才能更好地体现出来。我们看到，21世纪的乡村空间正逐渐被城市商业文化形塑。

综上所述，中华人民共和国成立初期，乡村依然是对传统农耕文化的继承，工作空间主要是土地和田野。与"十七"年时期和"文化大革命"时期当代现实题材长篇小说呈现的土地空间不同，21世纪的乡村受到改革开放与新农村建设的影响，城市文化正在形塑传统的乡村。传统的工作空间——土地，被人们遗弃、鄙视。只有当它产生商业价值被转卖成工厂或出租时，它才变得有用,土地在这里是一种情怀,更是一种商品。因为"土地之于农民,更是物质性的,其间关系也更具功利性。他们因而或许并不像知识者想象的那样不能离土;他们的不能离土、不可移栽,也绝非那么诗意,其中或更有人的宿命的不自由,生存条件之于人的桎梏"①。当传统的土地耕种不能给农民带来更好的物质满足,或者有更好的选择时,农民必然会做出利于自己的选择。因此,我们看到,从20世纪90年代中后期开始,越来越多的农民离开了乡村,去往城市,这是历史的变迁与自然的选择。作家似乎在告诉我们,寻求解决土地荒芜空旷现状,积极把土地的价值发挥出来,需要我们开辟现代农业发展的新渠道。就像《泥太阳》里的秋叶、春芳;《天高地厚》中的鲍真、梁双牙;《湖光山色》中的暖暖;《麦河》中的曹双羊;《日头》中的金沐灶等人一样。他们吃苦耐劳,见证了城市的发展,想通过城市的发展带动乡村的经济,让荒芜的土地重新焕发出活力,他们也经历过创业中的艰难,但他们都具有不服输、坚韧的性格。他们是新一代农民的典型代表,也是重新让我们荒芜空旷的土地重新充满活力的希望。

二 工厂与乡镇企业空间的书写

新农村建设的持续,乡村产业化之路的探索,让传统的工作空间——土地,再次发挥其价值。农民的工作空间从土地转移到了各类工厂、乡镇企业等场所。在新时期当代现实题材长篇小说中,我们看到了乡村多元且复杂的经济发展,有个体经济的发展,也有各种小型民营经济的发展,呈现的工作空间也较多,有

---

① 赵园:《地之子》,北京大学出版社2007年版,第69页。

第四章　城市文化的渗透、融合与新变(2000年至今)

传统的土地空间,也有私人店铺、私人工厂(作坊)、窑厂、砖厂、国营商店,等等。如长篇小说《古船》中隋见素在洼狸镇开商店,赵多多、隋抱朴先后承包粉丝厂;《平凡的世界》中孙少安办烧窑厂,《浮躁》中金狗成立水上运输队等。这些民营企业的发展为乡村经济的发展搭建了基础的平台,在历史发展中具有开创性、典型性。这些小型民营企业,也为改革开放后的乡村提供了工作空间。进入21世纪,农民的工作形式更加多样,工作空间扩大了,工厂的规模可以容纳的工人更多,工作空间主要是各类大型工厂和乡镇企业,而乡镇企业将农民的土地纳入股份,农民不仅是打工者,也是股东之一。

在长篇小说《麦河》中,村民的工作空间都在麦河集团,麦河村村民大多是麦河集团的职工。土地再次成为重要的资源,"土地流转之后,好多人家都以土地入股了。年轻一点的农民进了麦河集团的方便面厂,另外一些农民在地头劳作,像工人一样,穿着蓝色工作服给小麦浇水、打药和施肥,都叫啥'蓝领'呢。六十岁以上的农民可就惨了,都成下岗农民了"[1]。各类资本快速进入了乡村,使得荒芜的土地再次得到了重视,"这块地流转到了曹双羊的麦河集团,他请农业专家陈敏给研究了一番,搞了高产小麦,搞小麦深加工,除了方便面,还有小麦面食系列产品,他把麦子吃透了。大秋是'马铃薯、大豆和玉米三茬连种',每亩地增收六千多块,土地即刻成了香饽饽儿"[2]。首富曹双羊,是普通家庭的农民,是新一代的农民的典型形象。与其他的新一代农民一样,不愿在土地上发家致富,他走出村庄,和同学承包了煤矿,虽然事业在发展的过程中受到挫折。但他仍然一直不停地尝试创业,最终创立了麦河方便面公司。他没有忘记自己是农

---

[1] 关仁山:《麦河》,作家出版社2010年版,第14页。
[2] 关仁山:《麦河》,作家出版社2010年版,第17页。

民，21世纪来临，乡村又一次进行土地改革，土地的使用经营权可以合法自由流转，他利用了改革提供的机会，将全村的土地集中，成立了麦河集团。村民都可以在集团里上班，同时还有股权，鹦鹉村的村民经济收入得到大大提高。小说写道，在集团运作过程中，十分注重环境的保护，整治土壤污染。鹦鹉村在统一规划下成了21世纪的新农村，乡村在发展经济的同时也兼顾了环境的保护。21世纪的土地空间书写，是与土地流转制度分不开的。土地在新的时代也可以发挥价值，不仅仅是种粮食，也可以承包开工厂，办企业。曾经被年轻一代农民鄙视的土地空间，在农业产业化的过程中，土地价值被充分利用，成了"香饽饽儿"。长篇小说《富矿》里也写道，"这一年，县城里的工人开始大面积下岗。改革开放进入了一个新阶段，一个崭新的名词——国企转制——进入矿工的现实生活。在电视普及的年代，国家发出的每一个改革动作每一个改革讯息都能及时地被传送到每一个角落"①。可见，土地空间成为了资本，变为工厂、矿厂后，农民将土地入股，可以从土地里再次获得财富。

在长篇小说《歇马山庄》中，山庄里的农民大多在村里的企业上班。"以地面砖为生产项目的村工业正在歇马山庄地面上轰轰烈烈办起，各小队考不上初中和高中的青年总共四十人组成了一支乡村首批工人队伍，卫生所旁的原铁匠铺拆掉，改为砖场办公室，而真正的砖场则建在后川沙地旁边的一条黄土沟边。"② 人们喜欢去村办的企业上班工作，村里的人热衷于挣了钱以后回家乡兴办工厂，这些村办企业，为解决乡村农民剩余劳动力的问题提供了帮助。长篇小说《良心》里也写道，"胡支书对牛二说：县上有一家生产建材的公司，发现我们这一带没有一个稍具规模

---

① 叶炜：《富矿》，西安交通大学出版社2010年版，第209页。
② 孙惠芬：《歇马山庄》，人民文学出版社2012年版，第172页。

第四章 城市文化的渗透、融合与新变(2000年至今)

的建材厂,老百姓建房都到很远的地方拉砖拉水泥板,所以决定到我们村征几亩地,办一个建材厂,你去和他们谈谈土地出让的价格"①。当农民的生活条件得到改善后,返乡的农民便大规模地修建房屋,使得乡村的砖十分畅销,于是许多农民开始办砖厂窑厂。同时,乡村的工厂与村办企业等建设,也需要大量的建筑材料,市场的需求使乡村出现了许多钢厂、煤厂、矿厂等。

在长篇小说《湖光山色》里,暖暖曾是打工潮的一分子,她在城里做保洁,当得知妈妈病重的消息后回乡,通过自己在村庄创业致富,改变了自己的生活,也让村里人的生活得到改善。暖暖在家乡开办了南水美景旅游公司,她是农民企业家,她让乡村年轻孩子在不离开家乡的情况下,摆脱了土地,获得了新的工作。暖暖实现了离土不离乡的新农村生活,"没有了土地,暖暖觉到了一种轻松,再不用去操心风大风小雨多雨少,再不用起早贪黑遭风刮日晒雨淋。看来,不离开楚王庄也能摆脱土地的牵累"②。可见,大多数农民如果在乡村有更好的选择,他们不愿离开家人,更愿意留在自己的家乡工作。暖暖回乡开办企业,实现了大多数人的愿望,企业受到了新一代农民的欢迎与喜爱。在21世纪的现实题材长篇小说中,我们看到,乡村土地荒废是因为大批的年轻人都外出打工,种地的人越来越少。如果农民在家乡可以找到跟城里差不多的工作,没有人愿意背井离乡。同时,土地的价值也得到体现,被企业租用或购买,农民还可以在企业工作时,在土地上种些庄稼。那么,荒芜的土地将会得到再利用,暖暖开办的南水美景旅游公司为楚王庄的年轻人解决了就业,还为当地农民生产的粮食蔬菜解决了销售的渠道,就连暖暖的爹依靠撑船也能挣钱提高生活质量。

---

① 贺享雍:《良心》,重庆出版社2006年版,第144页。
② 周大新:《湖光山色》,长江文艺出版社2014年版,第181页。

长篇小说《富矿》为我们呈现的工作空间是麦田和矿山。麦田是村落的传统工作空间,到了麦收时期,人们都向麦田里涌去。在这里,工作空间不仅仅只有麦田,很多年轻人在村中的矿厂里上班,"麻庄人这一年变化最大,有能耐的都到外边去挣钱了,没能耐的守着二亩地照旧过穷日子,用二姥爷的话说,这年月,穷的穷死,阔的阔死"①。麦田是老一辈的人主要的工作空间,新一代农民都去了村里的矿区工作,这里就像一个微型的小城镇,"尤其是矿区一条街的建设,规模日益扩大,大小商铺、餐饮和娱乐场所相继建成"②,在矿区空间里,商店、宿舍、娱乐厅、食堂、跳舞广场等场所,应有尽有。

在长篇小说《日头》里,村民都在紧锣密鼓地开办企业,私人企业、乡镇集体企业等各类工厂如雨后春笋般地涌现。由于经济的发展,民营资本进入了汽车制造业,市场需求量大,需要大量的钢材,日头村开始开办钢铁厂,"厂址选在了村西燕子河边,离公路最近的地块,五六十亩荒滩""不久的将来,这里将矗立起一座现代化的钢铁企业,日头村钢铁厂"③。陆陆续续的工厂开工,改变了农民的生活方式,人们的工作空间从传统的土地,转移到这些私人工厂和乡镇企业。权国金说:"沐灶,我这带钢厂建成了,可以安排三四百人的就业岗位"④,"权桑麻在日头村建立起了一个钢铁王国。这一年大旱,庄稼歉收。这个钢铁王国却红红火火。那是一个庞大的赚钱机器,村民当了工人,有了工资收入,都不愿种地了。本是村办集体企业,后来上边有了政策,搞了股份制,稀里糊涂就转成了权家的企业了"⑤。金沐灶开办了铜厂

---

① 叶炜:《富矿》,西安交通大学出版社2010年版,第51页。
② 叶炜:《富矿》,西安交通大学出版社2010年版,第92页。
③ 关仁山:《日头》,人民文学出版社2014年版,第101页。
④ 关仁山:《日头》,人民文学出版社2014年版,第115页。
⑤ 关仁山:《日头》,人民文学出版社2014年版,第137页。

第四章 城市文化的渗透、融合与新变(2000年至今)

之后他还要把铜厂转卖,他说:"我想开办一个家庭农场,把我的铜厂转卖了,拿着卖厂子的钱开农场,雇佣大批有技术的农民。"①

在长篇小说《后土》里,麻庄大力发展经济建设,各类建筑材料成为紧俏的资源。麻庄开办了砖厂,"砖厂位于麻庄正东方,离麻庄苹果园不远,和小龙河只隔了一条路,正对着麻庄苇塘。那里本来是一片高地,很肥沃的水浇田,算是麻庄最好的一块地"②,麻庄的好地,现在用来盖工厂和农业园。"全镇都在搞经济,天天把招商引资、发展乡镇企业挂在嘴边。各村都争着上报村财政发展的数字,争着搞各种村办工厂。为了不落后,麻庄上马了村办砖厂。"③曹东风在大喇叭里喊:"各位乡亲,我广播个事。啊,那啥,咱们村办砖厂开工了!啊,要开始重新招人啦!啊,欢迎乡亲们去报名!啊,去报名"④,"砖坯坊一片繁忙景象,小推车装满了土和煤灰来来往往,搅拌机发出轰隆轰隆的响声,几个年轻的女孩子熟练地操控着切砖机"⑤。村里的坟地也变成果园,"这样一方面可以把荒废的土地利用起来,另一方面也能给那些亡人提供点阴凉,如今五年过去了,一个美丽的苹果园活生生地展现在麻庄人的面前。苹果丰收的第一个年头,麻庄每家每户都分到了一篮子苹果……"⑥麻庄在现代化乡村建设过程中,实现了整个农业产业化的模式。砖厂和苹果园成为麻庄人的工作空间,工厂一片繁忙的景象,麻庄似乎不像一个村庄,更像一个城镇,麻庄人实现了在离家近的地方工作的想法。

然而,乡村的各类工厂如雨后春笋般出现,使乡村环境受到

---

① 关仁山:《日头》,人民文学出版社2014年版,第295页。
② 叶炜:《后土》,青岛出版社2013年版,第15页。
③ 叶炜:《后土》,青岛出版社2013年版,第54页。
④ 叶炜:《后土》,青岛出版社2013年版,第34页。
⑤ 叶炜:《后土》,青岛出版社2013年版,第37页。
⑥ 叶炜:《后土》,青岛出版社2013年版,第119页。

了污染。21世纪的作家关注到这一问题,虽然乡村经济发展得到了较大的改善,然而不断恶化的环境对传统乡村是一种破坏。如何寻找一种可持续发展的平衡点,也是作家关心的问题。长篇小说《日头》里写道,"年轻人都进了企业,或是去外地打工,不管土地的事。只有年老的在地里干着……只能混口饭吃。工业把土地弄脏了,河水泡浑了,长出的东西,都是脏的……"① 农业工业化后,土地空间变得不再那么干净,工厂里排出的水污染了土地和水源,乡村的土地和流水都变脏了,乡村生态正在受到破坏。"我慢慢走过那些正在开发的农田,记得那是汪老七和老田埂家的承包田,这是一片盖楼工地,有的主体建筑已经成形,堆放钢筋和砖头的缝隙,钻出一棵一棵谷苗。过了这片地,是一片黑乎乎的大坑,散发着臭气……"② 正如温铁军教授所说,我们的新农村建设,就是做到'三新','新'主要是指:"城乡之间的良性互动;农村社会制度的完善和农村和谐社会的构建;农村人文传统和自然环境的全面恢复"③。乡村在工业化的过程中,不能以牺牲传统聚落结构和民居结构、破坏自然生态为代价。我们在发展乡村经济的同时,也要注重人文传统和自然环境的保护,这样才是真正地实现了新农村建设的目标。

三 矿区——特定历史时期的工作空间

在21世纪长篇小说里,矿区空间犹如一个独立于乡村与城镇的空间书写。由于经济发展,全国各地的建筑材料、矿产、钢料

---

① 关仁山:《日头》,人民文学出版社2014年版,第163页。
② 关仁山:《日头》,人民文学出版社2014年版,第342—343页。
③ 温铁军:《怎样建设社会主义新农村》,《发展》2005年第12期。

第四章 城市文化的渗透、融合与新变(2000年至今)

需求量大,这一时期的矿业发展达到鼎盛。因此,农民的工作空间除了工厂与土地之外,还有矿区。矿区像是一个小型城镇,宿舍、食堂、娱乐厅、跳舞场等空间都有。叶炜的长篇小说《富矿》书写了矿区的生活。经济发展让煤矿的需求增大,乡村的矿厂投资也增多,许多年轻人去矿区打工,小说书写了这一时期矿厂空间生活的人们。矿区是一个独立于城镇和乡村的空间,它属于乡村,但也区别于传统的乡村,传统乡村是根据自然生存条件形成的空间。而矿区是顺应时代发展要求人为划定的空间。在矿区空间里,物质娱乐生活一应俱有,当乡村妇女麻姑第一次来到这个独立的矿区空间里,她"进了煤矿大门,迎面就是一条宽阔的沙子路,路边刚栽了两排白杨树。白杨树后面各有一排二层小楼,笨妮说东面那一排是办公室,是领导们用的;西面是职工活动的俱乐部,娱乐厅和食堂也在那里。再往里走,是一条南北路,通向浴池和洗衣房。南北路延伸出两条东西路,东面正在盖一排排平房,笨妮说那是职工宿舍区,听说要盖二十几排呢,是给矿工成家娶媳妇的……"[1] 可以看到,这个空间里,完全区别于与它一街之隔的传统乡村——麻庄。矿区有现代化的公路、宿舍、办公室、俱乐部、娱乐厅、食堂、浴池和洗衣房,等等。这里犹如一个现代化的城镇,物质与精神生活十分丰富。"第一家发廊出现了……发廊旁边是一家杂货铺子,店面不大,紧挨着紫秀的理发店……杂货铺子对面是一家熟食店,专卖各种各样的熟食小吃……这家名叫好再来的小饭馆规模不大,但各种各样的小吃品种齐全,……裁缝店也有了,这是麻庄的杨瘸子开的。……矿上第一家大商店,商店是由矿上出资建的,名字就叫麻庄矿商店"[2]。同样的矿区空间书写,在长篇小说《带灯》里也有,"高速路没有

---

[1] 叶炜:《富矿》,西安交通大学出版社2010年版,第20页。
[2] 叶炜:《富矿》,西安交通大学出版社2010年版,第61—62页。

修进秦岭，秦岭混沌着，云遮雾罩。高速路修进秦岭了，华阳坪那个小金窑就迅速地长，长成大矿区。大矿区现在热闹得很，有十万人，每日里仍有劳力和资金往那里跑。这年代人都发了疯似的要富裕，这年代是开发的年代"[①]。村里要兴建大矿区，华阳坪的青川街、木瓜寨、裴家堡子都得拆迁，几百年的老屋旧墙一推倒，矿区的出现是时代发展下的产物。然而，在这个过程中，许多传统的村落面临拆迁的风险，传统村落与民居正在逐渐消失。21世纪小说中出现的矿区空间书写，是独立于乡村与城市的一个空间书写，是随着时代的应运而生，这里有城市的规划与布局，而在这里工作的人们大多是年轻的农民一代，矿区空间是一个被城市文化形塑的工作与生活空间。

第四节　民俗与民间信仰空间书写的多元化

21世纪现实题材长篇小说的空间书写，让我们看到，在现代化、工业化与城镇化的发展过程中，传统乡村的道德伦理、民风民俗都逐渐改变，新一代农民的思想观念、生活方式和人生价值追求都呈现多元化的态势。21世纪当代现实题材长篇小说中的民俗与信仰空间的书写，也让我们看到了当代乡村文化的延续与新变，同时呈现文化多元化的特征。

一　乡村民俗空间呈现文化延续与新变

民俗空间书写呈现的文化延续。首先，婚俗文化在乡村得到

[①] 贾平凹：《带灯》，长江文艺出版社2015年版，第3页。

了延续。自古以来,我国乡村对婚礼习俗十分重视。在长篇小说《歇马山庄》中,首富林治帮十年前出去打工挣钱,承包工程队,回家乡后盖了房子,在村主任家办喜事时,他拿出了12000元作为礼钱,"林治帮看重这一万二千块钱的分量,是因为它展示了山庄人对村主任的尊重"①。林治帮的礼金和村主任家的彩礼,是乡村婚俗文化的体现。月月与国军的婚礼也体现婚俗文化延续的特征,小说写道:"月月回家'沾酒'这日,是结婚之后的第三个早上。乡间俗规,姑娘婚后第七天,必须双双回娘家给爹娘送酒,重视孝道的祖先为让出嫁女子永远记住孝敬父母,特意用一个规矩加以强调。不知是如今孩子少,父母初送女儿过于想念,有意改了规矩,还是刚出嫁的女儿太想父母,不想备受熬煎,不知不觉就变七日为三日。"② 不仅如此,传统丧葬风俗也在乡村延续下来。在长篇小说《歇马山庄》里,我们看到,庆珠死后,家里为她办了丧事,村里留下来的大多是女人,所以来到大院的大多是女人哭丧,大嫂队长潘秀英见有人来,就扶着庆珠家的人陪着哭丧。潘秀英的角色在乡下丧事中叫"扶丧","扶丧"是一种职业,"在辽南乡下,哭丧是女人无师自通的一种抒发感情的方式,谁家死人,不管是否沾亲带故,只要自家成员曾经与亡者家庭成员有过倒进倒出借借换换之类交往,就毫无疑问要前去哭丧。哭作为一种形式的存在,既交流了两家人的情谊,又抒发了哭丧者自己打发日子的艰难和伤感……"③ 这种"扶丧""哭丧"是一种风俗文化,20世纪80年代后逐渐恢复,21世纪初仍然在乡村丧葬仪式中存在。在孙惠芬的另一部长篇小说《上塘书》中,也书写了这种丧葬风俗的延续。"谁家死了人,要操办的第

---

① 孙惠芬:《歇马山庄》,人民文学出版社2012年版,第6页。
② 孙惠芬:《歇马山庄》,人民文学出版社2012年版,第16页。
③ 孙惠芬:《歇马山庄》,人民文学出版社2012年版,第40页。

一件事就是请人扶丧。所谓扶丧，就是搀扶哭丧的人。那人不是所有哭丧的人，而只是亡灵最亲近的那个女人。"① 同样，长篇小说《后土》里写道，"几个出去打工挣了钱的人回村以后，第一件事就是翻盖瓦房，第二件事就是给死去的先人立碑。他们都相信立碑可以改善风水，可以让先人泽润后代"②。可见，扶丧、哭丧、立碑等传统丧葬风俗仍然得到延续。对祖先的祭祀仍然在乡村得到重视，人们挣钱回来重视事情之一，就是给祖先立碑，一是希望祖先保佑自己，二是对祖先的缅怀之情。可见，尽管城市文化和现代文明对乡村影响深远，但拥有浓厚传统文化的风俗依然会流传下来。

此外，进入21世纪，各类传统节庆风俗在乡村依然保留。在长篇小说《上塘书》中，虽然许多年轻的农民外出打工，带回许多城市的生活方式，建造的房屋也如城里一样的格局，但还有许多风俗习惯仍然保留。例如，在上塘村，喜事有三种：生日、上梁、结婚。"新媳妇第一胎生了儿子，周岁的时候，是一定要过的，有的高兴得等不及，才一百天，就大操大办起来。这样的人家，大半是上一辈子就一个儿子，怕失了传。"③ 在盖房子上，上塘村人将盖房与娶妻放置在同等重要的位置，仪式十分隆重，"盖房子上梁，上梁也要收礼，但这收礼不同于生日的收礼，要隆重些，要在房场上放鞭炮，要在房梁上挂红，要在挂红的时候向观看的人们撒小馒头"④，"上梁这天，房场上人山人海，全村人不管老人小孩都出动，老人出动，往往只站在外边，是抢不上前的，他们一抢，肯定会被挤倒，你抢不上长寿馒头，再一不小

---

① 孙惠芬：《上塘书》，作家出版社2010年版，第161页。
② 叶炜：《后土》，青岛出版社2013年版，第107页。
③ 孙惠芬：《上塘书》，作家出版社2010年版，第153页。
④ 孙惠芬：《上塘书》，作家出版社2010年版，第154页。

第四章　城市文化的渗透、融合与新变(2000年至今)

心送了命,不是自作自受!他们只有眼看着年轻人抢,年轻人,多半是女人"①。可见,虽然上塘村人受到城市文化的影响,但这些流传几辈人的传统民俗文化依然在村落延续下来,并一代代传承下去。同样,在长篇小说《富矿》里,尽管麻庄人过着城镇居民一样的生活,但对传统的民俗丝毫不敢怠慢,"麻庄人对过年非常重视,过了腊月十五,人们就开始蒸馒头了,到腊月二十三'过小年'这一天,人们就更忙碌:不论大户小户都要到集镇商店购年货,购敬神、祭祖用的果品、香烛、纸箔、元宝、鞭炮之类的东西……年三十要做的事还有很多,贴春联是头等大事。过年就图个喜庆,这门啊、窗啊等都要贴上大红的春联。……贴完春联要放炮仗,年三十这一天,整个村子炮仗声连绵不断。……麻庄人迷信,认为谁家放炮仗哑炮多那是不吉利的,但小孩子不管这些,就盼望着出现哑炮……"② 在长篇小说《泥太阳》里,泥太阳村是西南边陲的一个村落,受到城市文化的影响较小,村落延续了许多传统的民俗文化,春节对于泥太阳村的村民十分重要,特别是正月,村落没有现代化的广场,传统的道场上作了翻修,舞龙舞狮,唱大戏,跳腰鼓说书。春节还有一个重要的活动是杀年猪,全村的人都在一起聚会。泥太阳村的民俗活动较好地得到了保留,村落道场平时用来从事农业劳动,重大节日就是农民的娱乐空间。然而,尽管在21世纪,这些传统文化在乡村得到了延续,但文化在发展过程中会自我更新,许多传统民俗大多存在于形式化,虔诚度与重视程度不再那么高,有的风俗还改变了原来的意义。

民俗空间呈现的文化新变。传统习俗在新文化的冲击下,婚俗文化发生了新变的特征。例如,在长篇小说《富矿》里,

---

① 孙惠芬:《上塘书》,作家出版社2010年版,第156页。
② 叶炜:《富矿》,西安交通大学出版社2010年版,第67页。

麻姑结婚时,"嫁妆不多,矿上就来了三辆车,前面的小车接新人,中间的大车装嫁妆,后面的小车坐矿上的领导和两个抱鸡的女方小男孩,大车上站满了矿工,他们是来抬嫁妆的。这也是麻庄的风俗……"①送新娘是具有现代社会符号的"小汽车",以前通常请村中族长主持婚礼,现在请领导主持婚礼,传统婚俗内容进行更新,具有新变特征。在关仁山的长篇小说《日头》里,婚礼民俗也有变化,"我"和权桑麻家结亲家,权桑麻说:"家里有现成的大房子,我再给大妞买上三大件,车子、手表和缝纫机……"②年轻人的结婚风俗配置了新式家电、手表、缝纫机都是这个时期流行的产品,可见,乡村传统风俗会随着时代变化而变化,不断地更新。

  墓葬风俗在 21 世纪开始改变。由于开始建设现代化的新农村,提倡移风易俗,延续几千年的土葬风俗要适应现代社会。火化、公墓安葬祖先等成为乡村的主要墓葬习俗。例如,在长篇小说《麦河》里写道,蝇子原是包工头,富裕后,他将安葬在老家的父亲迁到县城东郊新建的公墓去安葬,现代农民蝇子脱离了传统乡村土葬文化的影响,接受国家提倡的火化,有条件的农民都将祖先火化后葬在公墓。对于正处于新农村建设下的鹦鹉村,墓地的迁移也不再那么神圣,农民也不再为了是否会影响风水或子孙的运气,而阻止迁墓地。为了建设文明生态农村,首富曹双羊回乡投资,将墓地迁移,全都整合在一起。对于新迁移的墓地,他们"害怕水淹,把坟地垫高了,在麦河上修了水泥桥,来往方便多了,曹双羊还让人在墓地里栽了树,有杏树、桃树、梨树和冬枣树。听说春暖花开的时候,这儿漂亮极了。曹双羊开玩笑

---

① 叶炜:《富矿》,西安交通大学出版社 2010 年版,第 120 页。
② 关仁山:《日头》,人民文学出版社 2013 年版,第 91 页。

说,这个村儿提前进入文明生态村"①。同样,在长篇小说《后土》里也可以看到,随着新农村建设在乡村的推进,荒废的土地需要重新利用,于是将村里的坟地改成果园。小说写道,"这样一方面可以把荒废的土地利用起来,另一方面也能给那些亡人提供点阴凉。如今五年过去了,一个美丽的苹果园活生生地展现在麻庄人的面前"②。在长篇小说《良心》中也书写了传统墓葬风俗的新变,当"我"前往上任的乡村,路上看到了祭坟的队伍,"我们不知这些人是干什么的,正准备问老穆,却见老穆已经白了面孔,似乎遇见了什么不幸的事。喃喃地说了一句:'不好,祭坟的来了'"③。"我"在去上任时,发生了新旧两种墓葬风俗的冲突,村民本想沿用传统的祭祀风俗,亲人去世后,举行浩浩荡荡的祭坟仪式,但此时祭坟不被允许,小说写道:"这点你都不明白吗?为了预防森林火灾,林子中不准使用明火,连烟也不准吸,怎么能允许烧钱化纸,眼下又是最容易发生森林火灾的季节,何况那些人又抬了那么多纸东西。"④ 传统祭坟风俗,因环境保护和森林防火等新时代的理念,发生了改变。人们对于坟地的祭祀传统也没那么执着,在建设新农村的背景下,曾经神圣不可侵犯,具有保佑家族功能的墓地,随着现实需要,可以改变风俗习惯。

民俗文化的传播也发生了新变特征。旧时的民俗文化传播,大多依靠祖辈传给儿子,儿子传孙子,一代一代地相传。这种传承方式具有单一性,传播范围也较窄,大多在本村或本族内传承。21世纪,由于交流更加频繁,传播方式也多样化,民俗文化

---

① 关仁山:《麦河》,作家出版社2010年版,第30页。
② 叶炜:《后土》,青岛出版社2013年版,第119页。
③ 贺享雍:《良心》,重庆出版社2006年版,第180页。
④ 贺享雍:《良心》,重庆出版社2006年版,第180页。

的传播也与经济发展相结合,积极开拓传播空间。如长篇小说《湖光山色》中,暖暖回乡创业,将传统民俗楚剧与当地的小商品经济发展结合。暖暖在旅游项目上增加了楚国情景剧表演,从而使"楚国情景剧表演的名声越传越开,来楚王庄旅游的人也日渐增多,随着游人的增多,聚香街和邻近几个乡镇上的小商小贩包括县城和南府城里的商贩们就也闻声赶了过来,或是在村口、码头和赏心苑、楚地居门前摆起小摊兜售自己的东西"[①]。楚王庄在暖暖旅游公司的带动下,开辟了乡村民俗与商业经济结合的模式。楚剧表演是属于传统的民俗,它与商业传播模式结合过程中,通过旅客渠道,传统的楚剧得到了广泛的传播,同时,当地因为旅游,还带动了附近乡与镇上的小商贩的买卖,推动了楚王庄的经济发展。

二 民间信仰空间的多元流变

进入 21 世纪,市场经济快速发展,新农村的建设,经济的全球化,使西方文化与城市文化快速渗透乡村,乡村的传统信仰更加多元。但是,传统的"鬼神"信仰观念在乡村仍然有一定的空间。例如,在长篇小说《泥太阳》里,尽管新农村建设正在泥太阳村进行,但这是一个传统的西南村落,由于地方偏远,所以受到外来信仰文化的影响较小,他们有属于自己的信仰文化,图腾崇拜与巫傩文化都是这个村落的信仰,人们遇到困难依然会去求助这些信仰的神灵,村民对于太阳图腾保持着信仰,当人们对于连日下雨感觉无助时,村民会去求助"大将

---

① 周大新:《湖光山色》,长江文艺出版社 2014 年版,第 170 页。

第四章 城市文化的渗透、融合与新变(2000年至今)

军"。而在长篇小说《后土》里,虽然麻庄正在经历着社会主义新农村建设,但老年人对土地神依然十分深信,"在苏北鲁南的小山村里,差不多每个村子的东南角都会有一座土地庙。麻庄人也不例外。'麻庄人崇拜土地,视土地为娘亲'"①。麻庄人释放了压抑已久的信仰,重新修建了被破坏的土地庙,同时还为土地庙举行了请神仪式。在麻庄,大小事务,都会请土地神,虽然有些年轻人质疑,但仍然阻止不了人们对土地爷的信仰,"土地庙是麻庄人的精神信仰,那不是可以随口谈论的。村里的大事小事、红事白事,哪个不要去问问土地神?这是麻庄人的规矩,谁也不敢乱。曾经有几个年轻人醉酒后扬言要把土地庙砸了,说都什么年代了,还搞封建迷信,被几个老人用拐杖兜头暴打了一顿,边打边数落:'你个不孝的东西,我叫你胡说'"②,曹东风以最高价承包了麻庄砖厂,"砖厂开工那天,老村长委托村里德高望重的老人带着贡品去了一趟土地庙"③。麻庄人无论大事小事,迁土动工,工厂开工都会去请土地神,麻庄人还会为土地爷迁新居,并请来了一位能通神的白胡子老人主持请神仪式,"白胡子老人让在场的男女老幼把事先从新庙扯到旧址的一根红线抬起来,不准落地。高呼:'土地爷上轿,鸣炮奏乐!'所有人都郑重其事地'抬'起仿佛千钧重的红线,步履蹒跚地走向土地庙,把红线缠在了土地庙的基座上。做完这些,村里人把各式水果点心、馒头美酒摆上供桌,点燃香烛,口中念念有词"④。同样,长篇小说《麦河》里书写的鹦鹉村,在新农村建设的背景下,房屋统一规划,村落逐渐现代化,但人们依

---

① 叶炜:《后土》,青岛出版社2013年版,第1页。
② 叶炜:《后土》,青岛出版社2013年版,第7—8页。
③ 叶炜:《后土》,青岛出版社2013年版,第15页。
④ 叶炜:《后土》,青岛出版社2013年版,第3页。

然对土地神十分敬畏。人们相信,"一个村庄无论大小,土地神都给调剂好了。一个村的人不能一律健全,好人坏人都得搀着来……"①

虽然农村传统信仰在20世纪80年代复苏,至20世纪90年代基本恢复。但21世纪以后的信仰观念掺杂了许多与新时代需求一致的愿望,而且随着现实的需要,可以随时改变信仰观念,"当官、保平安、发财、收成好"成为这一时期乡村信仰的最终目的。"神佛信仰、多神信仰、教育信仰、财富信仰、权力信仰"等多种信仰观念开始呈现。在长篇小说《湖光山色》中,暖暖的娘得了乳腺癌,奶奶认为是暖暖爹没有敬"湖神"而导致的悲剧,"我让他每个月敬一回湖神,他总是忘记总是不听,总说去凌岩寺烧香就行了,寺里供的是谁?是佛祖,湖神不会住那里,这路神管不了那路神"②。开田希望"老天爷啥时候能眨眨眼,让我也能弄个小官当当,哪怕是当个主任也行"③,正式选举村主任时,"暖暖对开田说:咱该去一趟凌岩寺了,求求佛祖保佑你能被选上"④,"老天爷"保佑当官,这是一种"权力信仰",相信有"权"不会被人欺负;平安也是人们的理想愿望。"暖暖娘烧香勤是为了让佛祖保佑暖暖爹在丹湖里打鱼不出事情"⑤。在长篇小说《后土》中,土地神的信仰依然存在,矿厂开工会祭拜土地神,希望土地神保佑平安。

信仰不仅多元化,还在发生改变,人们对传统信仰不再那么虔诚,还可以根据现实需要而改变以往的信仰观念。长篇小说《麦河》里曹双羊对"我"说:"土地庙不让建了,我们搞一个祭

---

① 关仁山:《麦河》,作家出版社2010年版,第4页。
② 周大新:《湖光山色》,作家出版社2012年版,第6页。
③ 周大新:《湖光山色》,作家出版社2012年版,第52页。
④ 周大新:《湖光山色》,作家出版社2012年版,第192页。
⑤ 周大新:《湖光山色》,作家出版社2012年版,第10页。

奠！祭奠小麦吧！"① 在这里，小麦也成为信仰的符号。经济的发展，人们对物质追求越来越高，"财富信仰"也越来越多，当《湖光山色》中的暖暖带人参观楚长城后挣到第一笔钱，"开田捏住钱顿觉一阵畅快，又是一笔钱到手了。天哪，保准是凌岩寺的佛祖在保佑俺们"②，他们认为是"老天爷"保佑发财了。同样，农民的根本在于收成好，为了一年到头有个好收成，"开田娘不仅要在年节里去给佛祖叩头，春种、秋收、夏播前，也都要去寺里送个香火"③。《湖光山色》中的寺庙不再是单纯的烧香拜佛的信仰空间，由于新文化的需要，寺庙成为了旅游的景点，寺庙的装饰是为了吸引游客留下，暖暖想出留住游客的方法，她带游客去看凌岩寺里的殿堂壁画，连曾经神圣的"和尚们念经做佛事"和"大德高僧们建军的塔林"等场景都成为旅游点。可见，由于多种文化的渗入，人们不再仅仅将生死寄托于神灵，而体现的是一种观念、精神寄托的象征物，获得对生活愿望的追求的象征。表达发财、缅怀祖先、求子等愿望的寄托。人们去寺庙游览，出于一种美好的愿望，当游客们听说"凌岩寺里烧炷香，家财人丁两兴旺……游客们被暖暖说心动了，都表示愿去寺里看看"④。在长篇小说《良心》里，当"我"走马上任要去农村任职时，母亲抽签说上任的地方不顺利，"我"正在兴头上，哪会听，对母亲说："妈，你别相信那些胡说八道，也不要再去烧香许愿了。别说不灵，就是灵，隔了这么远，绵阳圣水寺的菩萨也管不到我们这儿来。"⑤ 同样作为年轻人的姐姐也不信母亲，调侃说现在科技发达，母亲烧香的寺庙里的菩萨会用电子邮件传给你那儿的菩

---

① 关仁山：《麦河》，作家出版社2010年版，第403页。
② 周大新：《湖光山色》，作家出版社2012年版，第106页。
③ 周大新：《湖光山色》，作家出版社2012年版，第10页。
④ 周大新：《湖光山色》，作家出版社2012年版，第139页。
⑤ 贺享雍：《良心》，重庆出版社2006年版，第172页。

萨，消灾免难，菩萨也现代化了，老一辈所信仰的神不仅不被年轻人重视，还被拿来调侃。这一时期，"俗神成了一些象征性的符号，其作用仅仅在于寄托人们的思想和情感，而不再具有神的意义"[①]。同时，由于科学技术的发展，乡村农民知识水平的提高，以及靠天吃饭的农耕时代进入农村旅游发展的时期，农民预测天气可以看天气预报。因此，传统的对龙王的祈求赐雨的愿望没那么大了，龙王庙也就成了一个摆设，供人们旅游休闲而用。随着许多外来文化介入传统封闭的乡村，乡村庙宇已不仅仅是传统文化的延续，还包含着多种文化，它不仅充当祭祀的空间和功能，而且成为推动乡村经济发展、传播乡村文化的重要组成部分，城市资本大量投入庙宇的建设中，传统的凌岩寺已经被改造，成了传统与现代结合的空间。同时，为了吸引更多的人参与庙宇空间的活动，庙宇空间被建造得更加气势恢宏，这里不仅寄托了村民对神灵的信奉，还有对现代生活的改变的寄托，是精神与物质希望的结合体。

我们可以看到，传统的乡村民俗与信仰文化，是在悠久的历史长河中、复杂的社会关系中产生和延续下来的，具有浓厚的文化底蕴。然而，进入21世纪后，这种文化底蕴受到冲击，从而发生了新变的特征。主要是因为乡村农业生产方式的改变与生产力的快速提升。在"十七年"时期与"文化大革命"时期的长篇小说空间书写中，我们看到摧毁和破坏的民俗与信仰空间。当"文化大革命"结束，这种传统的文化快速恢复到1949年前，藏匿的民俗习惯与民间信仰逐渐复苏，乡村的民俗与民间信仰活动日益活跃。而在21世纪当代现实题材长篇小说中，民俗与信仰空间的书写呈现的新变，是从内在机制上的改变，主要是因为农业生

---

① 向柏松：《传统民间信仰与现代生活》，中国社会科学出版社2011年版，第142页。

产方式的改变,让中国乡村从农耕社会进入现代农业社会,以及乡村生产力的提高,这才从根本上冲击了传统村落的民俗与信仰文化,使民俗与信仰多元且易变。

第五节　乡村休闲娱乐空间的书写

中国传统乡村的娱乐与休闲空间,大多比较分散,如在庙宇、祠堂、树下、道场等。这种中国传统乡村公共空间是在儒家道德意识之下,生产与再生产出来的空间秩序形态。农民在农忙后在这样的传统空间里交流感情,家长里短,这是一种地缘式的情感。"这种地缘式的情感一直是维系中国传统乡村社区的核心力量之一,也由此培育出乡民对乡土的喜爱、依恋和依赖。但是,随着乡村社会转型,特别是外出务工人员的增多,人员结构的老龄化和由于电视侵入后娱乐的家庭化,这些传统公共空间渐渐失去其作用,慢慢淡出乡村公共生活,群体性的情感、信息交流也日渐式微。"[1] 随着我国乡村逐步现代化,乡村"从以血缘、地缘、礼俗为底色的乡土社会,过渡到以市场、理性、法制为特征的现代社会,是一个充满断裂和新生的巨大变革"[2]。进入21世纪,农民的物质生活水平不断提高,对于精神生活的要求也越来越高。其次,乡村生产力的提高,使农民不再选择传统的日出而作,日落而息的劳作方式,他们有更多工作方式可供选择,可以用较少的时间创造更多的财富,当物质生活得

---

[1] 秦红增:《乡土变迁与重塑——文化农民与民族地区和谐乡村建设研究》,商务印书馆2012年版,第253页。
[2] 周大鸣等:《告别乡土社会——广东农村发展30年》,广东省出版集团、广东人民出版社2008年版,第392页。

到满足后，精神需求也相应地提高了标准，农民有了"不被直接生产劳动所吸收，而是用于娱乐和休闲，从而为自由活动和发展开辟了用武之地"[①]的闲暇时间更多。而这种"闲暇提供休闲发生的机会——可自由支配时间……是休闲的必要条件"[②]。这才使得农民休闲成为可能"[③]。同时，在乡村城镇化建设下，城市文化极大地影响了乡村的传统娱乐，丰富了乡村的娱乐休闲方式。新农村建设还为农民提供了休闲健身的场所。在这一社会背景下，我们看到，21世纪当代现实题材长篇小说的娱乐休闲空间书写，呈现了从传统向现代的转变。小说中乡村休闲娱乐空间书写对象包括：公园、广场、影院、舞厅、文艺演出、观光区空间，等等。

一　公园、广场空间的出现

叶炜的长篇小说《富矿》为我们呈现了现代文明对传统村落的冲击。传统的麻庄受到了矿区现代化建设的影响，在传统的麻庄村落旁边，建起了一个特别的工作空间——矿区。矿区犹如一个小型的城镇，这里的娱乐设施一应俱全，麻庄年轻一代农民，喜欢到矿区工作，他们见到了矿区不同于麻庄的娱乐休闲方式，这是一种文化上的冲击，是现代城市文化与传统农耕文化之间的冲突。麻庄人单一的娱乐方式变得丰富起来，麻庄建起了人民公园，给人们提供了休闲的场所。"人民公园张灯结彩，一派喜庆

[①] 中共中央马克思恩格斯列宁斯大林著作编译局：《马克思恩格斯全集》第35卷，人民出版社2013年版，第229页。
[②] 李仲广、卢昌崇：《基础休闲学》，社会科学文献出版社2004年版，第99页。
[③] 张敏、包佳道：《社会主义新农村视阈中的农民休闲》，《宜宾学院学报》2006年第10期。

第四章 城市文化的渗透、融合与新变(2000年至今)

气氛。只见公园门口悬挂着两盏巨大的红灯笼,一条周身剔透的巨龙花灯盘旋在门口的石柱上……蒋飞通紧紧握着麻姑的手,穿行在熙熙攘攘的人群中。耳边传来《上海滩》的歌声,循着歌声走去,两人看到公园的湖泊上漂浮着五朵大大的莲花灯,不远处还有一条用花灯装饰的花船……"[①] 受到城市文化冲击的乡村,还有鹦鹉村。在长篇小说《麦河》里,村里的首富曹双羊,致富后回乡投资建设了文化广场。小说写道,"文化广场的钟声响了,钟声一环一环,在烈日中摇摇晃晃。曹双羊村里的家,坐落在村北边的文化休闲广场对面"[②]。曹双羊将在城市生活的经验与体验带回到村落,广场上有华灯,有音乐喷泉,有旱冰场,这些设施丰富了村民的休闲娱乐生活。同样,在长篇小说《后土》里,首富曹东风要在村里建一个文化场所,供给村民娱乐消遣,他说:"我们计划着在小康楼附近专门划出一块地方,建一个文化场所,等建好了,乡亲们就可以在这里消遣消遣了。"[③] 在长篇小说《日头》里,首富权桑麻回到家乡,出资建了村落的广场,"日头村广场是权桑麻出资建的,袁三定也拿了赞助费。这个广场,几乎每天都有权桑麻的身影。早上,他在这里跑步。跑步的时候,他要听新闻,手里总拿着一个小收音机"[④]。权桑麻的生活方式与传统的农民不一样,他早上在广场上锻炼,听收音机,他的这些习惯受到了城市生活方式的影响,在国家大力提倡新农村建设的背景下,权桑麻将这种休闲生活方式与生活理念带到了传统的乡村聚落。

[①] 叶炜:《富矿》,西安交通大学出版社2010年版,第101页。
[②] 关仁山:《麦河》,作家出版社2010年版,第119页。
[③] 叶炜:《后土》,青岛出版社2013年版,第319页。
[④] 关仁山:《日头》,人民文学出版社2014年版,第160页。

二 影院、舞厅空间的出现

21世纪的当代现实题材长篇小说中，娱乐空间的书写表明了农民精神生活的丰富性。在长篇小说《富矿》中，麻庄村开办了乡村电影院，矿区是麻庄村的另一个独立的空间，这里商业文化浓厚，与矿区外面的麻庄相比，一个是城镇化规划空间，一个是自然形成的传统村落空间，但两个空间又互相融合在一起，许多现代娱乐空间在矿区里建立。"远远地看见矿区的空地上已经亮起了好几盏大白炽灯，熙熙攘攘的人群从四面八方往那里集中。看来，矿上要放电影的消息已传遍了附近的所有村庄，年轻人都来凑热闹了……人实在太多了，空地上站得满满当当，有人甚至爬上了矿上废弃的铁架子，那里高，看得清楚。……回村的路上熙熙攘攘的，麻庄有很多人都来矿上看电影了。"[1] 乡村以前的电影放映都是在空旷的道场上举行，往往某一个村放映，附近的村落的村民都会赶来观看，户外电影受到天气和农忙的影响比较大，可观看的时间并不多，也具有不确定性。矿区为麻庄人提供了进口电影，可定时观看，还可以在室内礼堂里观看。"黄进步安排娱乐厅在矿上不开会时，礼堂就来放放电影。九十年代末期，进口影片慢慢在中国内地流行开来，几乎每个周末矿上都会放映一部新的影片。周末的大礼堂渐渐取代了娱乐厅，成了矿工们最常去的地方。紫秀发廊的生意也因此受到影响，有时候碰到好的片子，她干脆也带发廊姑娘们去过一把电影瘾。电影也吸引了附近村镇的孩子们，自从矿上开始周末定期放电

---

[1] 叶炜：《富矿》，西安交通大学出版社2010年版，第75—77页。

第四章 城市文化的渗透、融合与新变(2000年至今)

影,附近村庄的孩子就多了一个盼头。没到周末,他们就提前一天打探出电影的名字,只要听说是武打片、枪战片,他们就老早到礼堂门口排队。不仅是孩子,就连附近村子里的光棍汉小媳妇们也都跟着凑热闹"①。可见,城市文明的到来,农业工业化的发展,虽然打破传统聚落的空间结构,破坏了部分生态环境,但同时也将西方文化与城市文化带到乡村,改变了农民的休闲娱乐生活空间,丰富了乡村精神生活。

三 文艺演出、观光区空间的出现

随着城市与乡村的联系越来越紧密,以及新农村建设的推进,精神文明的发展更加深入乡村,城市里的文化活动频繁在村落开展。例如,在长篇小说《后土》里,镇文化宣传团来村慰问演出:"今天乡场上人很多,全村的人差不多都集中在了这里,大热天反正也没地方去,乡场上还凉快些,又可以看演出,还有柳琴戏听,大伙索性都出来看热闹了。两支二百瓦的白炽灯高高悬挂在临时搭建的舞台两边,发出耀眼的白色光芒……"② 同时,许多受到城市文化影响的新富裕起来的农民,他们回乡后参加乡村新农村建设,积极开发各类旅游文化设施,发展旅游产业。小说中刘非平对刘青松说:"我想在咱们麻庄开发农家乐,发展旅游业,争取利用上头的资金,大力开发小龙河,把村里的苇塘、果园、马鞍山和鱼塘连成一片,集观光、旅游、垂钓、娱乐等旅游开发于一体。具体说,就是建设小龙河观光带、苇塘观鸟园、果园采摘园、马鞍山野味馆、麻庄鱼塘垂钓中心等,以观光旅游

---

① 叶炜:《富矿》,西安交通大学出版社2010年版,第227页。
② 叶炜:《后土》,青岛出版社2013年版,第43—44页。

带动麻庄的经济发展，带动麻庄乡亲共同致富！"① 长篇小说《湖光山色》里，暖暖通过旅游产业的发展，带动了楚王庄的经济与文化发展，她将楚剧与旅游结合，将传统娱乐空间商业化，"楚国情景剧表演的名声越传越开，来楚王庄旅游的人也日渐增多"②。作为乡村民俗文化的一部分，传统的戏剧大多是在村庄内的道场或戏台举行，楚楚将传统的楚剧表演空间扩大至整个旅游产业，观看的人群从本村本族人，扩大到了旅游者，不仅传播了民俗文化，也丰富了楚王庄的娱乐生活。乡村旅游业的发展，也推动了乡村娱乐休闲空间的扩大和改善。在农耕时代，田地里劳作了一天，农民没有精力也没有心情去过多地休闲娱乐，乡村旅游业带来了不同于以往的工作模式，也带来了休闲的氛围，农民不仅有更多的时间享受娱乐与休闲，也受到旅游者带来的娱乐文化的影响。

四 休闲娱乐空间书写的文化成因

"任何一个社会，任何一种生产方式，都会生产出自身的空间……从一种生产方式转到另一种生产方式，必然伴随着新空间的生产"③ 21世纪，随着大量的城市文化与城市资本进入到乡村空间，城市娱乐文化正在不断地形塑乡村，新的文化带来了新的生活方式，出现了新的空间生产。因此，乡村有了与城市相同的娱乐空间，如休闲广场、电影院、公园等。究其原因，第一是城

---

① 叶炜：《后土》，青岛出版社2013年版，第328页。
② 周大新：《湖光山色》，长江文艺出版社2014年版，第170页。
③ 包亚明主编：《现代性与空间的生产》，上海世纪出版集团、上海教育出版社2003年版，第87页。

市文化的渗透。"据统计,2013年外出农民工1.5亿多人。其中"'农二代'大约占60%,总数约1亿,而且呈扩大趋势"①。城市的快速发展,城乡一体化的加快,使许多乡村劳动力进入城镇,形成"打工潮","打工潮"让农民在城市与乡村之间流动,农民有了更多的机会了解城市生活,并参与城市娱乐空间的建设中。在打工的过程中,城市文化不断影响着新一代进城务工的农民,形成了他们的文化记忆,这些返乡创业的农民将这种文化记忆带到乡村,让传统的乡村文化开始受到现代文化的影响。因此,许多传统的乡村生活方式和娱乐方式都受到城市文化的影响,文化广场大量出现在乡村。如在长篇小说《日头》里,返乡的首富权桑麻出资兴建了村里的文化广场。在长篇小说《麦河》里,首富曹双羊出资助建了文化休闲广场。《湖光山色》里,返乡回楚王庄的暖暖,在庄里建了旅游公司和娱乐场所。《富矿》里麻庄修建了人民公园,村里的矿区资本为麻庄人提供了看电影的场地等。像曹双羊、权桑麻、暖暖这样年轻一代的农民,他们在时代观念和国家政策的影响下,通过在城市生活,回乡后开始学习模仿着城市生活方式,为家乡农民提供新的休闲娱乐方式和娱乐空间。

第二,城市文化对乡村的渗透,以及乡村不断增长的精神文化需求,使传统的乡村文化做出适应和改变。因为,"当人们的生活水平提高到一定程度时,个体的情感意识体现会自然而然地发生变化,对于极具社会价值的公共娱乐空间建设来说也是如此"②。例如,在《湖光山色》里,暖暖起初是想通过传统的种土

---

① 吕洁、戴浦之:《农村社会变迁中的文化演进与冲突》,河北人民出版社2015年版,第89页。
② 曾萌:《新农村公共娱乐空间建设现状及其价值研究》,《乡村科技》2018年第15期。

地来改变生活条件,最后她失败了,在情感上,她首先接受的是传统的种植土地的致富方法。但是,她在城市打工生活过,了解到城市生活的人们对乡村的向往,以及在考古教授的启发下,她开始改变自己的想法。她利用城市文化与乡村文化的契合点,吸引众多的城市人来到楚王庄,让城市人体验不同的乡村文化,在设计旅游公司的娱乐项目时,暖暖在保留楚王庄楚剧内核的同时,也设计了适用城市人理解的文化元素。在传统乡村文化与城市文化不断磨合的过程中,传统的乡村文化做出了改变,以适应城市人的生活习惯,这个过程是一个文化的渗透、融合与变异的过程。

　　第三,国家政策的影响。在快速的乡村城镇化的过程中,"集镇生活对现代都市生活的模仿和对周边农村的辐射,带来了城市文化下沉和乡村文化接受现代改造的现象"[①]。2000年后,国家开始在农村大力建设公共文化设施,也丰富了乡村的娱乐空间。同时,乡村劳动生产率不断提高,农民不必像以前一样,辛苦地在土地里劳作,他们可以有更多的休闲娱乐时间。进入21世纪以来,农民的休闲活动也变得丰富多彩,物质生活得到满足后,精神生活的品位逐渐提高。以前农民的休闲活动空间主要在民居室内或田野,现在对于娱乐休闲的要求也有所提高。同时,新农村建设政策的引导下,外来资本不断进入乡村投资,户外的各类公园、广场等服务性娱乐空间增多,室内影院、娱乐室等商业性空间也越来越多。

[①] 陈波:《二十年来中国农村文化变迁:表征、影响与思考——来自全国25省(市、区)118村的调查》,《中国软科学》2015年第8期。

结　语

　　传统的观念认为，乡村是过去式，城市是现在式。乡村是相对现在而言的过去，乡村是代表传统，城市是代表现代。然而，事实上，乡村的发展并不是永恒静止的存在。乡村呈现的空间形态随着时代的变迁，也在逐渐发生着变化。现实题材的文学作品较好地反映了乡村在不同的历史时期的变化。"文学作品接受了文化存在的巨大投影，社会经济、政治、种族、阶级、风俗、人文环境、科学、宗教等文化渗透、制约和规范着文学，使文学作品打上了鲜明的文化烙印，呈现为一个文化的世界。"[①] 可以说，"它（文学作品）是文化的形象'肖像'"[②]。因此，在不同的历史时期，当代现实题材长篇小说中的乡村空间书写，与时代的发展有着密切的联系。我们看到，在"十七年"时期与"文化大革命"时期、新时期、新世纪三个重要历史阶段的当代现实题材长篇小说中，乡村空间书写的对象与特点都发生了变化，这种变化是当代中国乡村社会与文化变迁的一个投影。当代现实题材长篇小说的乡村空间书写，经历了传统文化、革命政治文化、改革开

[①] 罗靖：《文学作品的文化审美超越》，《船山学刊》2004年第2期。
[②] 《马克思主义文艺理论研究》编辑部：《美学文艺学方法论》（下），文化艺术出版社1985年版，第355—367页，（见本书第一章）。

放文化、市场经济文化等多种文化的影响，在磨合与碰撞，吸收与扬弃，融合与发展的过程中，不断地嬗变。可见，小说中呈现的乡村空间不是静止不变的，是一个逐渐转变的过程。空间书写的变迁，始终与当代中国历史发展的进程是一致的。乡村空间书写的变化，映射的是文化的退让与复苏，融合与发展。时代的发展不断地塑造新的空间形态，并赋予乡村崭新的文化内涵，使乡村空间想象在不同的历史时期发生着变化。

总之，当代现实题材长篇小说中的乡村空间书写，反映了我国乡村在各个时期的不同面貌。在不同的历史时期，现实题材长篇小说的乡村空间书写，都受到了当时社会、文化、作家个人思想的影响。因此，小说为我们呈现的空间有差异性，反映的文化内涵也不一样。本书因研究的时间跨越长、范围较广，因此选取各个时期典型性的现实题材长篇小说为研究对象，并根据小说中的文本叙述进行分析，分析尚且不够深入，研究的范围未有涉及所有的长篇小说，使本书还有诸多不周之处和未尽之处，这些都留下了遗憾，以期未来与学者们共同努力。

参考文献

一 经典著作

毕方、钟涛：《千重浪》，人民文学出版社1975年版。
丁玲：《太阳照在桑干河上》，人民文学出版社2005年版。
古华：《芙蓉镇》，人民文学出版社2014年版。
关仁山：《麦河》，作家出版社2010年版。
关仁山：《日头》，人民文学出版社2014年版。
关仁山：《天高地厚》，作家出版社2009年版。
浩然：《苍生》，北京十月文艺出版社1988年版。
浩然：《金光大道》（第一部），北京人民出版社1972年版。
浩然：《金光大道》（第二部），北京人民出版社1974年版。
浩然：《金光大道》（第三部），华龄出版社1995年版。
浩然：《金光大道》（第四部），京华出版社1994年版。
浩然：《艳阳天》（第一部），人民文学出版社2009年版。
浩然：《艳阳天》（第一卷），人民文学出版社1972年版。

浩然：《艳阳天》（上），作家出版社 1964 年版。

浩然：《艳阳天》（下），作家出版社 1964 年版。

浩然口述，郑实采写：《浩然口述自传》，天津人民出版社 2008 年版。

何申：《多彩的乡村》，人民文学出版社 1999 年版。

贺享雍：《苍凉后土》，四川文艺出版社 2013 年版。

贺享雍：《良心》，重庆出版社 2006 年版。

贾平凹：《带灯》，长江文艺出版社 2015 年版。

贾平凹：《浮躁》，作家出版社 2009 年版。

贾平凹：《高老庄》，云南人民出版社 2002 年版。

贾平凹：《商州》，人民文学出版社 2012 年版。

李佩甫：《羊的门》，作家出版社 2016 年版。

梁斌：《红旗谱》，中国青年出版社 1958 年版。

柳青：《创业史》（第一部），人民文学出版社 2005 年版。

柳青：《创业史》（第一部），中国青年出版社 2000 年版。

柳青：《创业史》（第二部），人民文学出版社 2005 年版。

柳青：《创业史》（第二部），中国青年出版社 1977 年版。

路遥：《平凡的世界》（上），陕西旅游出版社、经济日报出版社 1999 年版。

路遥：《平凡的世界》（中），陕西旅游出版社、经济日报出版社 1999 年版。

路遥：《平凡的世界》（下），陕西旅游出版社、经济日报出版社 1999 年版。

路遥：《平凡的世界》（第一部），广州出版社、太白文艺出版社 2000 年版。

路遥：《平凡的世界》（第二部），广州出版社、太白文艺出版社 2000 年版。

路遥：《平凡的世界》（第三部），广州出版社、太白文艺出版社

2000年版。

潘灵：《泥太阳》，人民文学出版社2008年版。

孙惠芬：《上塘书》，作家出版社2010年版。

孙惠芬：《歇马山庄》，人民文学出版社2012年版。

孙惠芬：《歇马山庄》，作家出版社2000年版。

王蒙：《这边风景》，花城出版社2013年版。

叶炜：《富矿》，西安交通大学出版社2010年版。

叶炜：《后土》，青岛出版社2013年版。

余华：《许三观卖血记》，人民文学出版社2004年版。

张炜：《古船》，长江文艺出版社2001年版。

赵树理：《三里湾》，人民文学出版社2012年版。

周大新：《湖光山色》，长江文艺出版社2014年版。

周大新：《湖光山色》，作家出版社2012年版。

周克芹：《许茂和他的女儿们》，四川文艺出版社1994年版。

周立波：《暴风骤雨》，人民文学出版社2005年版。

周立波：《山乡巨变》，人民文学出版社2005年版。

二 中文著作

包亚明主编：《现代性与都市文化理论》，上海社会科学院出版社2008年版。

包亚明主编：《现代性与空间的生产》，上海世纪出版集团、上海教育出版社2003年版。

蔡和森：《社会进化史》，东方出版社1996年版。

曹锦清、张乐天、陈中亚：《当代浙北乡村的社会文化变迁》，上海远东出版社1995年版。

陈国和：《1990 年代以来乡村小说的当代性》，中国社会科学出版社 2008 年版。

陈国庆、安树彬主编：《近代陕西乡村生活变迁与慈善事业》，西北大学出版社 2014 年版。

陈华文：《民俗文化学》（新修），浙江工商大学出版社 2014 年版。

陈继会：《理性的消长——中国乡土小说综论》，中原农民出版社 1989 年版。

陈世丹：《关注现实与历史之真实的美国后现代主义小说》，厦门大学出版社 2012 年版。

崔志远：《乡土文学与地缘文化——新时期乡土小说论》，中国书籍出版社 1997 年版。

丁帆等：《中国乡土小说史》，北京大学出版社 2007 年版。

方向新：《农村变迁论——当代中国农村变革与发展研究》，湖南人民出版社 1998 年版。

费孝通：《乡土中国》，上海人民出版社 2006 年版。

冯尔康：《18 世纪以来中国家族的现代转向》，世纪出版集团、上海人民出版社 2005 年版。

冯天瑜、周积明、何晓明：《中国文化史》，上海人民出版社 1990 年版。

韩春燕：《文字里的村庄——当代中国小说的村庄叙事》，上海人民出版社 2011 年版。

李存光：《巴金民主革命时期的文学道路》，宁夏人民出版社 1982 年版。

李良玉主编：《阜阳历史文化概观》，黄山书社 1998 年版。

李亦园：《人类的视野》，上海文艺出版社 1996 年版。

李仲广、卢昌崇：《基础休闲学》，社会科学文献出版社 2004 年版。

梁山、赵金龙编著：《区域经济学》，中国物价出版社 2002 年版。

刘小枫、陈少明主编：《经典与解释的张力》，上海三联书店2003年版。

鲁迅：《鲁迅全集》（第六卷），人民文学出版社2005年版。

吕洁、戴浦之：《农村社会变迁中的文化演进与冲突》，河北人民出版社2015年版。

罗汉田：《庇荫——中国少数民族住居文化》，北京出版社2000年版。

《马克思主义文艺理论研究》编辑部：《美学文艺学方法论》（下），文化艺术出版社1985年版。

毛艳、洪颖、黄静华编著：《西南少数民族民俗概论》，云南大学出版社2012年版。

潘石：《中国农村私营经济研究》，吉林大学出版社1995年版。

彭维锋：《"三农"中国的文学建构："三农"题材文学创作与社会主义新农村建设研究》，光明日报出版社2015年版。

齐涛主编，郑士有著：《中国民俗通志·信仰志》，山东教育出版社2005年版。

秦红增：《乡土变迁与重塑——文化农民与民族地区和谐乡村建设研究》，商务印书馆2012年版。

秦永洲：《中国社会风俗史》，山东人民出版社2000年版。

全国十三所综合性大学《中国农村经济学》编写组编：《中国农村经济学》，辽宁人民出版社1986年版。

沙莲香：《中国民族性（一）：一百五十年中外"中国人像"》，中国人民大学出版社2011年版。

商业部商业经济研究所编：《集镇商业》，中国商业出版社1986年版。

邵方毅：《江北作家文丛——文化行旅》，宁波出版社2015年版。

孙达佑、梁春水编：《浩然研究专辑》，百花文艺出版社1994年版。

唐山市新区地方志编纂委员会编纂：《唐山市新区志》，中华书局1993年版。

陶友之：《我的分配观——"个人消费品分配"研究拾零》，复旦大学出版社2014年版。

王鹤鸣、王澄：《中国祠堂通论》，上海古籍出版社2013年版。

王庆：《现代中国作家身份变化与乡村小说转型》，华中科技大学出版社2007年版。

王孝坤：《中国当代乡土小说源流》，黑龙江人民出版社2002年版。

魏家文：《民族国家视野下的现代乡土小说》，光明日报出版社2010年版。

乌丙安：《民俗学原理》，辽宁教育出版社2001年版。

伍蠡甫、胡经之主编：《西方文艺理论名著选编》（中卷），北京大学出版社1996年版。

向柏松：《传统民间信仰与现代生活》，中国社会科学出版社2011年版。

谢文蕙、邓卫编著：《城市经济学》，清华大学出版社1996年版。

徐凤：《甘肃非物质文化遗产概论》，甘肃人民出版社2014年版。

徐学庆：《社会主义新农村文化建设研究》，河南人民出版社2011年版。

徐扬杰：《中国家族制度史》，人民出版社1992年版。

许纪霖：《中国知识分子十论》，复旦大学出版社2010年版。

严昌洪：《20世纪中国社会生活变迁史》，人民出版社2007年版。

曾军：《文史与社会：首届东亚"文史与社会"研究生论坛论文集》，上海大学出版社2012年版。

张鸣：《乡村社会权力和文化结构的变迁》，陕西人民出版社2008年版。

张柠：《土地的黄昏——中国乡村经验的微观权力分析》，东方出版社 2005 年版。

张瑞英：《地域文化与现代乡土小说生命主题》，中国海洋大学出版社 2008 年版。

张小林：《乡村空间系统及其演变研究（以苏南为例）》，南京师范大学出版社 1999 年版。

赵园：《地之子》，北京大学出版社 2007 年版。

郑永廷主编：《毛泽东思想政治教育的理论与实践》，武汉大学出版社 1993 年版。

周大鸣等：《告别乡土社会——广东农村发展 30 年》，广东省出版集团、广东人民出版社 2008 年版。

周和军：《西方新马克思主义空间理论与当代都市文化研究》，四川大学出版社 2015 年版。

朱启臻、鲁可荣主编：《中国"三农"问题研究（之二）——乡村旅游与农村社区发展》，中国农业大学出版社 2008 年版。

朱启臻、鲁可荣主编：《乡村旅游与农村社区发展》，中国农业大学出版社 2008 年版。

朱启臻主编：《农村社会学》，中国农业出版社 2002 年版。

邹惠珊：《平利民俗辑录》，三秦出版社 2014 年版。

左克红：《20 世纪二三十年代中国乡村建设思潮与实践的哲学评析》，同济大学出版社 2015 年版。

左停主编：《新农村：村容整洁》，中国农业大学出版社 2007 年版。

三　中文论文

曹付剑：《笛声吹尽的赞歌和挽歌——刘醒龙长篇小说〈天行者〉中

的"笛声"意象分析》,《绵阳师范学院学报》2013 年第 1 期。

陈波:《二十年来中国农村文化变迁:表征、影响与思考——来自全国 25 省(市、区)118 村的调查》,《中国软科学》2015 年第 8 期。

邓雨佳、刘川鄂:《困顿境遇中的坚守——刘醒龙〈天行者〉论》,《百家评论》2013 年第 2 期。

邓聿文:《那些即将消失的村庄》,《村委主任》2010 年第 17 期。

杜香芹:《论国家、宗族与乡绅的关系——以抗战时期闽中学田案为考察对象》,《福建省社会主义学院学报》2004 年第 1 期。

段崇轩:《农村小说:概念与内涵的演进》,《晋阳学刊》1997 年第 1 期。

段金柱:《论当代中国长篇小说的史诗性追求》,硕士学位论文,厦门大学,2002 年。

范家进:《"互助合作"的胜利与乡村深层危机的潜伏——重读三部农村"合作化"题材长篇小说》,《中国现代文学研究丛刊》2011 年第 4 期。

郭翠英:《传统与变迁——从 80 年代农村改革小说看农民社会文化心理的嬗变》,《西北农林科技大学学报》(社会科学版)2006 年第 2 期。

郭元刚:《论〈金光大道〉的城市想象与呈现》,《西华大学学报》(哲学社会科学版)2008 年第 5 期。

韩文淑:《新世纪中国乡村叙事研究》,博士学位论文,吉林大学,2009 年。

何镇邦:《贺享雍乡村叙事的正调与变调——试论贺享雍的农村题材长篇小说创作》,《当代文坛》2007 年第 6 期。

贺仲明:《"农民文化小说"——乡村的自审与张望》,《文学评论》2001 年第 3 期。

洪治纲：《1976：特殊历史中的乡村挽歌——论毕飞宇的长篇小说〈平原〉》，《南方文坛》2005年第6期。

黄忠怀：《从聚落到村落：明清华北新兴村落的生长过程》，《河北学刊》2005年第1期。

惠雁冰、任霄：《从"负重"到"从轻"——论〈香飘四季〉对农业合作化题材长篇小说叙事模式的改写》，《延安大学学报》（社会科学版）2009年第5期。

焦冶：《农村婚俗与法的冲突及整合》，《黑龙江省政法管理干部学院学报》2010年第1期。

金梅：《社会主义新生事物在斗争中前进——评长篇小说〈金光大道〉第二部》，《天津师院学报》1975年第2期。

李凤群：《试析潘灵长篇小说〈泥太阳〉》，《新西部》（理论版）2015年第12期。

李莉：《风俗话语与十七年农村题材小说叙事》，《华中农业大学学报》（社会科学版）2006年第3期。

李莉：《论二十一世纪乡土小说的人文精神》，《绥化师专学报》2002年第2期。

林惠琴：《论"十七年"长篇小说的审美特征》，硕士学位论文，南京师范大学，2006年。

刘津：《90年代以来长篇小说中的村官形象初探》，硕士学位论文，陕西师范大学，2010年。

刘乐：《论孙惠芬长篇小说的女性形象》，硕士学位论文，华南理工大学，2014年。

卢新宁、胡锡进：《浩然：要把自己说清楚》，苍生文学（2009年第1期总第75期）——"纪念浩然逝世一周年暨浩然夫妇骨灰安葬仪式"特辑，河北省三河市，2009年4月。

路文彬：《论"十七年"中国乡村文学中的空间政治问题》，《文学评论》2011年第6期。

罗靖：《文学作品的文化审美超越》，《船山学刊》2004年第2期。

罗宗宇、张超：《解放区和"十七"年小说民俗叙事的政治化建构》，《湖南科技大学学报》（社会科学版）2016年第5期。

马振宏：《〈秦腔〉对我国农村改革进程中存在问题的反映》，《咸阳师范学院学报》2009年第5期。

孟繁华：《"茅盾文学奖"与乡土中国——第七届"茅盾文学奖"的两部乡土小说》，《西南民族大学学报》（人文社会科学版）2010年第3期。

孟繁华：《精神蜕变的自我苦斗——何其芳的心灵冲突与话语方式》，《社会科学战线》1996年第3期。

孟繁华：《重新发现的乡村历史——本世纪初长篇小说中乡村文化的多重性》，《文艺研究》2004年第4期。

南帆：《启蒙与大地崇拜：文学的乡村》，《文学评论》2005年第1期。

萨支山：《试论五十至七十年代"农村题材"长篇小说——以〈三里湾〉、〈山乡巨变〉、〈创业史〉为中心》，《文学评论》2001年第3期。

沈涌：《田园诗的起步——贾平凹乡村题材小说创作论（之一）》，《韶关大学学报》（社会科学版）1993年第1期。

施战军：《乡村小说：时代之变与文学之难》，《上海文学》2007年第10期。

史国强：《〈废都〉二十年：贾平凹小说在国外的研究》，《东吴学术》2013年第6期。

孙颖：《诗化乡村——也谈十七年农村题材小说的颂歌倾向》，《语文学刊》2006年第2期。

万杰：《广场的诞生——现代文学中的集会书写》，《社科纵横》

2013年第6期。

汪民安:《家庭的空间政治》,《东方艺术》2007年第6期。

王建斌:《真诚:十七年时期作家的主体精神趋向》,《文艺理论与批评》2011年第4期。

王瑞芳:《没收族田与封建宗族制度的解体——以建国初期的苏南土改为中心的考察》,《江海学刊》2006年第5期。

王胜:《20世纪50年代后期中国农村建设的历史回顾》,《求实》2010年第5期。

王先明:《中国近代乡村史研究及展望》,《近代史研究》2002年第2期。

王再兴:《〈三里湾〉对农村"集体"的想象及其局限》,《中南大学学报》(社会科学版)2014年第2期。

温铁军:《怎样建设社会主义新农村》,《发展》2005年第12期。

巫岭芬:《漫议建国后十七年农村题材的小说》,《徐州师范大学学报》1992年第1期。

吴义勤、刘进军:《"自由"的小说——评莫言的长篇小说〈生死疲劳〉》,《山花》2006年第5期。

吴玉:《私人空间的消逝——论"十七年"农村小说中的乡村生活书写》,《十堰职业技术学院学报》2008年第6期。

伍世昭:《九十年代乡土小说文化价值取向论》,《惠州学院学报》(社会科学版)1997年第2期。

阎浩岗:《作为文学史链条一环的"十七年"长篇小说》,《燕赵学术》2012年第2期。

杨春风:《新世纪作家群体创作风貌论略》,《中州学刊》2010年第1期。

曾金华:《论农业合作化题材小说的叙事张力——以〈三里湾〉、〈山乡巨变〉、〈创业史〉和〈艳阳天〉为例》,硕士学位论文，福建师范大学，2011 年。

曾萌：《新农村公共娱乐空间建设现状及其价值研究》，《乡村科技》2018 年第 15 期。

张欢：《"十七年"时期现实题材长篇小说乡村空间书写嬗变论》，《安徽师范大学学报》（社会科学版）2024 年第 2 期。

张欢：《当代长篇小说中农村信仰空间的流变——以〈创业史〉〈平凡的世界〉〈湖光山色〉为考察中心》，《中南民族大学学报》（人文社会科学版）2019 年第 2 期。

张静泊：《传统与现代：乡村法治中的观念变迁》，硕士学位论文，河北经贸大学，2018 年。

张敏、包佳道：《社会主义新农村视阈中的农民休闲》，《宜宾学院学报》2006 年第 10 期。

张文诺：《20 世纪 80 年代中国农村的个人化书写——再读莫言的长篇小说〈天堂蒜薹之歌〉》，《延安大学学报》（社会科学版）2015 年第 4 期。

张文诺：《解放区小说中的乡村空间叙述》，《社会科学家》2010 年第 11 期。

张文诺：《论十七年文学中的会议书写》，《江南大学学报》（人文社会科学版）2017 年第 6 期。

张羽华：《1990 年代以来文学中的乡村"土改"》，《中国现代文学研究丛刊》2016 年第 2 期。

张玉贞：《空间中的"政治"——"土改小说"再解读》，《海南师范大学学报》（社会科学版）2007 年第 4 期。

周立民：《隐秘与敞开：上塘的乡村伦理——读孙惠芬的长篇小说〈上塘书〉》，《当代作家评论》2005 年第 2 期。

周水涛：《90 年代乡村小说创作的文化守成》，《小说评论》2005 年第 3 期。

周水涛：《城市进逼下的乡村——90 年代农村小说的文化思考》，《小说评论》2005 年第 5 期。

周水涛：《论新时期乡村小说的文化意蕴》，博士学位论文，武汉大学，2003 年。

周水涛：《面对文化冲突的乡土恋歌——简评迟子建 90 年代乡村小说的创作》，《晋中师范高等专科学校学报》2003 年第 3 期。

周水涛：《守望乡村—拒斥城市—评 90 年代农村小说的一种文化思考》，《当代文坛》2002 年第 3 期。

周水涛：《新时期乡村小说农民文化人格审视》，《小说评论》2005 年第 4 期。

周水涛：《一种文化能指的新意味——评 90 年代以来乡村小说中的"父亲"》，《小说评论》2005 年第 1 期。

周新民：《近二十年长篇小说乡村现代性叙事规范的拆解》，《文学评论》2013 年第 5 期。

邹琦新：《从纵的对比看农村改革长篇作品的新发展》，《求索》1985 年第 1 期。

四　中译著作

中共中央马克思恩格斯列宁斯大林著作编译局：《马克思恩格斯全集》（第 35 卷），人民出版社 2013 年版。

中共中央马克思恩格斯列宁斯大林著作编译局：《马克思恩格斯选集》（第一卷），人民出版社 1995 年版。

中共中央马克思恩格斯列宁斯大林著作编译局：《马克思恩格斯选集》（第二卷），人民出版社 2009 年版。

中共中央马克思恩格斯列宁斯大林著作编译局：《马克思恩格斯

选集》（第三卷），人民出版社 1972 年版。

［美］白馥兰：《技术与性别：晚期帝制中国的权力经纬》，江湄、邓京力译，江苏人民出版社 2010 年版。

［美］杜赞奇：《文化、权力与国家——1900—1942 年的华北农村》，王福明译，江苏人民出版社 2018 年版。

［法］菲利浦·阿利埃斯、乔治·杜比：《私人生活史Ⅳ：演员与舞台》，周鑫译，北方文艺出版社 2008 年版。

［法］亨利·列斐伏尔：《空间的生产》，刘怀玉等译，商务印书馆 2021 年版。

［美］罗德里克·麦克法夸尔、费正清主编：《剑桥中华人民共和国史（1966—1982）》，李向前等译，海南出版社 1992 年版。

［英］迈克·克朗：《文化地理学》，杨淑华、宋慧敏译，南京大学出版社 2003 年版。

［捷］米兰·昆德拉：《小说的艺术》，董强译，上海译文版社 2011 年版。

［美］威廉·J. 古德（William J. Goode）：《家庭》，魏章玲译，社会科学文献出版社 1986 年版。

［美］许烺光：《祖荫下：中国乡村的亲属，人格与社会流动》，王芃、徐隆德译，南天书局 2001 年版。

［古希腊］亚里士多德：《政治学》，吴寿彭译，商务印书馆 1981 年版。

五 外文著作

Eastman, L. E., *Family, Fields, and Ancestors: Constancy and Change in China's Social and Economic History, 1550 – 1949*, New York:

Oxford University Press, 1988.

Henri Lefebvre, *The Production of Space*, New Jersey: Wiley-Blackwell, 1992.

Michael J. Dear, *The Postmodern Urban Condition*, Oxford & Maiden, Mass.: Blackwell Publishers, 2000.

下中邦彦:《大百科事典》,东京:平凡社1985年版。

六 外文论文

David Der-wei Wang, *Review of Turbulence*, Modern Chinese Literature, Vol. 6, 1992.

Leung, K. C., *Review of Turbulence*, World Literature Today, Vol. 67, 1992.

Paul E. Hutchinson, *Review of Turbulence*, Library Journal, Vol. 116, 1992.

Zoran, Gabriel, *Towards a Theory of Space in Narrative*, Poetics Today, Vol. 5, 1984.